中國語言文字研究輯刊

四 編

許錟輝 主編

第 2 冊

郭店楚簡《老子》訓詁疑難辨析（增訂本）

謝佩霓 著

花木蘭文化出版社

國家圖書館出版品預行編目資料

郭店楚簡《老子》訓詁疑難辨析（增訂本）／謝佩霓 著 ——
初版 —— 新北市：花木蘭文化出版社，2013〔民102〕
目 4+202 面；21×29.7 公分
（中國語言文字研究輯刊 四編；第 2 冊）
ISBN：978-986-322-211-8（精裝）
1. 老子 2. 研究考訂 3. 簡牘學
802.08　　　　　　　　　　　　　　102002759

ISBN-978-986-322-211-8

9 789863 222118

中國語言文字研究輯刊
四 編　第 二 冊　　　　　ISBN：978-986-322-211-8

郭店楚簡《老子》訓詁疑難辨析（增訂本）

作　　者	謝佩霓
主　　編	許錟輝
總 編 輯	杜潔祥
出　　版	花木蘭文化出版社
發 行 所	花木蘭文化出版社
發 行 人	高小娟
聯絡地址	235 新北市中和區中安街七二號十三樓
	電話：02-2923-1455 ／傳眞：02-2923-1452
網　　址	http://www.huamulan.tw 信箱 sut81518@gmail.com
印　　刷	普羅文化出版廣告事業
初　　版	2013 年 3 月
定　　價	四編 14 冊（精裝）新台幣 32,000 元

郭店楚簡《老子》訓詁疑難辨析（增訂本）

謝佩霓　著

作者簡介

謝佩霓，高雄縣湖內鄉人，大學就讀於中山大學中文系，師承先師孔仲溫先生開啓古文字學研究之道路；研究所畢業於埔里暨南國際大學中國語文系，承林慶勳與林清源兩位先生指導，研究領域以戰國楚簡爲主，碩士論文撰寫《郭店楚簡老子訓詁疑難辨析》。碩士論文撰寫同時於中央研究院歷史語言研究所金文工作室擔任研究助理一職，研究領域得以擴展至商周金文，曾發表〈說匽字〉、〈從先秦古文字材料看「且」、「叔」二字的演變歷程〉等文，今就讀於台灣師範大學國文系博士班，研究範疇以楚地簡牘喪葬禮俗爲主。

提　　要

　　1993 年郭店一號墓出土一批《老子》竹簡，不僅讓《老子》最早文本得以出土，更爲爭訟多時老子其人、其書的年代，及其先秦思想源流等問題提供許多重要線索。這些學術圈所熱烈討論的相關問題，溯其源立論的基礎仍須建構在《老子》文本的理解上，而對於任何出土文獻來說，文字考釋都是最基礎的工作。惟有透過文字考釋，才能正確閱讀文本。《郭店楚墓竹簡》一書出版後，內文所含括的儒道佚籍有大量的傳世典籍可相參證，其研究工作始爲海內外學者所重視。截至目前爲止，相關研究論文已超過數百篇，而關於郭店《老子》方面的研究成果更是豐碩，針對郭店《老子》專門性的著作多已出版，而牽涉討論到郭店《老子》文字問題的單篇論文更是不勝其數。爲了正確認識《老子》文本，學者從各個角度切入討論郭店《老子》文字構形、異體字、通假字等問題，往往一個字便有數種不同說法。自 1998 年《郭店楚墓竹簡》一出，1998 年至 2001 年間便出版多位學者對郭店《老子》研究的專書，本文就依此嘗試對郭店《老子》文字進行更深入的考釋與討論，本書改名爲「增訂版」是在碩士論文《郭店楚簡老子訓詁疑難辨析》的基礎上，又增加《上博》簡、《清華》簡兩批最新楚簡材料，剔除舊作不成熟地方，僅保留文字考釋部分，並對舊有研究成果中諸多懸而未決的爭議問題予以最新的補充和修正，並針對《老子》一書中的疑難詞義考辨亦有所涉及。

目次

凡　例

一、引用楚簡文字字形以滕壬生《楚系簡帛文字編（增訂本）》、《上海博物館藏楚竹書一～五文字編》、《清華大學藏戰國竹簡（壹）》爲主。字形後附上編號，編號方式：《出處簡牘名・篇名》（若無篇名則僅出簡牘名）＋簡號，如：《郭店・緇衣》3、《上博一・緇衣》5、《清華・祭公》1、《包山》221 等。

二、簡文釋文經重新校訂隸釋，釋文儘量採隸古定的方式，但徵引引文爲不讓字形焦點模糊，則採寬式隸定。體例：簡文的通假字、異體字、古今字等在釋文中隨文注出本字、正字，用（　）號表示。簡文中的錯字，隨文注出正字，用〈　〉號表示。據與上下文或傳世典籍對照擬補缺文，奪文用〔　〕表示。殘泐無法辨識的字，可依據旁簡推定字數，用□號表示。簡文殘泐或簡文不能辨識又不能確定字數的，釋文用‥‥‥號表示。衍文用{　}表示。

三、本書章節體例採《郭店・老子》校訂釋文、河上公本相對引文、簡文語譯、疑難字考訂，若討論小節釋文中無疑難字，則僅存《郭店・老子》校訂釋文、河上公本相對引文、簡文語譯。

四、討論疑難字之序號，採《郭店・老子甲》至《郭店・老子丙》依簡次排序，不重新開始，若討論小節釋文中疑難字重出，則於一開始校訂釋標示重出序號，以便前後翻檢。

五、「徵引書目」的排列，按作者姓氏筆畫的多寡，同一作者再按出版年代先後排列，而論文內文斟引前人學者意見均於意見後加註腳，採（年代：頁碼）方式。

第一章　《郭店‧老子甲》譯釋

一、【1～2 簡《郭店‧老子甲》釋文】

﨟（絕）智弃（棄）龹（辨），民利百伓（倍）。﨟（絕）攷（巧）弃（棄）利，覝（盜）惻（賊）亡又（有），﨟（絕）慮（偽）①弃（棄）慮（慮）②，民复（復）季③子。三言以 1 爲貞④（使）不足，或命（令）之或（有）唇（呼）豆（屬）：視（示）⑤索（素）保（抱）僕（樸），少厶（私）須〈寡〉⑥欲。（頁碼 1～31）

【河上公本《老子》】十九章

絕聖棄智，民利百倍；絕仁棄義，民復孝慈；絕巧棄利，盜賊無有。此三者，以爲文不足，故令有所屬：見素抱樸，少私寡欲。

【簡文語譯】

斷絕認知拋棄分辨，人民將獲得百倍的利益；斷絕機巧、拋棄利欲，盜賊便不會有，斷絕人爲的造作、拋棄謀慮，民眾就會復歸嬰孩之態。上述三句史鑑條文是不夠的，一定要讓人們觀念有所歸屬，示人以白色布帛，抱持未雕琢之木，以樸素示人，減少私心和欲念。

【1】憍

《郭店・老子甲》1：

𢿝（絕）攷（巧）弃（棄）利，覜（盜）惻（賊）亡又（有），𢿝（絕）

『憍』（偽）弃（棄）慮。

「𢖻」，整理小組隸定作「憍」，與帛書《老子》甲、乙本及今本《老子》的「絕仁棄義」之「仁」無法對應，學者就此展開一連串討論。目前「憍」字的訓讀有三說，分別通假「化」（歌部曉母）、「義」（歌部疑母）、「偽或為」（歌部疑母）。從聲音上來說，「憍」從為得聲，與「化」、「義」、「偽或為」均可通假。擇要說明如下：

（一）讀為「化」者

有高明〔註1〕、劉信芳、彭浩。劉信芳據《郭店・老子甲》13「萬勿（物）䏯（將）自𢖻（化）」，將《郭店・老子甲》1之「憍」字讀作「化」，訓解為教化之義，彭浩亦主此說。（劉信芳 1999：2，彭浩 2000：3）高明則指出帛書《老子》甲本相對應簡文「萬勿（物）䏯（將）自𢖻（化）」之「化」亦作「憍」，「憍」可假作「偽」，還可讀作「譌（訛）」和「化」。

（二）讀為「義」者

趙建偉認為「絕偽棄瑞〈慮〉」〔註2〕，之所以與帛書本《老子》、今本《老子》不同，可能是有意的改動，抑或形音相近所造成的異文現象，也就是說「憍」、「慮」是「義」與「仁」或形或音的訛變。「憍」、「義」為雙聲疊韻通假，高明與讀成「化」字說同時並列提出。（趙建偉 1999：270，高明 2002：40）

（三）讀為「為」或「偽」者

季師旭昇主張「憍」是「為」的分化字，添加義符「心」以示強調「心」之作為。（季旭昇 1998：131～133）許抗生、裘錫圭、丁原植、魏啟鵬、李零〔註3〕等學者，皆將「憍」讀作「偽」，訓解略有不同。許抗生訓解為人為，

〔註1〕 高明：〈讀《郭店》老子〉，《中國文物報》1998 年 10 月 28 日三版，又發表於 1998 年美國達慕思大學主辦《郭店老子國際研討會論文集》；後修訂收入《郭店〈老子〉：東西方學者的對話》（北京：學苑出版社，2002 年），頁 40～41。

〔註2〕 林師清源認為此「瑞」字應是電腦造字所產生的訛誤，當作「慮」字，今從之。

〔註3〕 關於「憍」字李零僅作釋讀，未做訓解。

裘錫圭贊同許抗生看法〔註4〕，進一步解釋「人爲」即「用己而背自然」的作爲，等同《淮南子‧詮言》所云：「道理通而人爲滅」之「人爲」。丁原植訓解爲人倫關係的矯飾約束。魏啓鵬訓解作欺詐、姦僞不誠之義。（丁原植 1998：10；裘錫圭 1998：1～7；李零 1999：463；許抗生 1999：99～102；魏啓鵬 1999：3；裘錫圭 2000：28）

　　其一讀爲「化」說，此說忽略了「㠯（絕）㥂（僞）弃（棄）慮（慮）」，與前文「絕智（知）棄弁（辨）」〔註5〕、「絕攷（巧）棄利」的連貫性，老子所反對的「知」、「辨」、「巧」、「利」等觀點，指涉的都是內發性人爲的造作，「知」、「辨」，「巧」、「利」兩兩相對，雖用字有別，詞義卻彼此互見，詞異義同。心知而有所謂的分別之知，分別之知便有是非、好惡之感，繼而對立競逐之心便油然而起。「巧」謂之機巧或技巧，「利」則指人爲造物講求的便利、鋒利，當人愈發講究技術技巧，奇物便相應而生，萬生萬物又以稀物奇物爲貴，人們競相追逐所謂難得之貨，慾望起，盜賊乃生。因此，「㥂」與「慮（慮）」互見，「慮」讀爲「慮」，指人自身內在的思慮，「㥂」若讀爲「化」，指接受外來之教化，「慮」與「化」一內一外，兩兩並不能形成上文如此詞異互見的模式。

　　其二讀爲「義」說，此論點以「慮」是「仁」或形或音的訛變爲關鍵，「仁」、「義」需兩兩相對，「㥂」訛變爲「義」方有意義。就字形來論，楚文字「仁」多作「𢛳（息）」，「𢜩（慮）」與「𢛳（息，仁）」除同有心旁外，「盧」與「身」訛混的可能性甚微，如此若「慮」非「息（仁）」之形訛，那「㥂」通假作「義」上下文便不好說解。況且郭店《老子》中並沒有發現強烈反對儒墨「仁」、「義」的思想，故此說以勘校今本結果反推郭店「㥂」與「慮（慮）」二字並不適當。

　　其三讀爲「爲」或「僞」說。此說各家學者的解釋，無論是心之作爲、違背自然的人爲或者矯飾、欺詐，就廣義的訓解來說均不出違反天性自然的人的作爲，人之作爲可以是心機動，亦可以是表現於外的作爲、欺詐、虛僞、造作。裘錫圭便言「僞」字的上述意義和它的作假義、詐僞義，都是指一般作爲的「爲」

〔註4〕裘錫圭後更改其說，將㥂依然訓解爲「人爲」之義，但改讀爲「爲」，義同於《老子》言「無爲」之「爲」。詳見裘錫圭：〈關於《老子》的『絕仁棄義』和『絕聖』〉，《出土文獻與古文字研究》第一輯，2006 年，頁 1～15。

〔註5〕此釋讀據裘錫圭意見，詳參〈關於《老子》的『絕仁棄義』和『絕聖』〉意見，《出土文獻與古文字研究》第一輯，2006 年，頁 1～15。

的引申義，其說至為適切。然此說的爭議處在於究竟讀為「偽」或「為」？如：裘錫圭原先傾向讀為「偽」，後又感於《老子》屢見之「無為」不作「無偽」，改讀為「為」。〔註6〕

　　楚文字表示一般作為義的「為」極為常見，均不加心旁。「憍」字於《郭店》中共出現 8 例，除《郭店‧老子甲》13「萬勿（物）牳（將）自憍（化）」和《郭店‧語叢一》68「謨（察）天道以憍（化）民燊（氣）」，這兩個「憍」字均通假為「化」，其餘 6 例，簡文擇錄如下：

　　　　1、凡人『憍』為可亞（惡），『憍』斯哭（鄰，隱）壴（矣），哭（鄰，隱）斯慮壴（矣）。（《郭店‧性自命出》48）

　　　　2、凡兌人勿哭（鄰，隱）也，身必從之。言及則明壴（舉）之，而毋『憍』。（《郭店‧性自命出》60）

　　　　3、身谷（欲）宵（靜）而毋訦（滯），慮谷（欲）囷（淵）而毋『憍』。（《郭店‧性自命出》62）

　　　　4、退谷（欲）易（？）而無坙（輕），谷（欲）皆麖（文）而毋『憍』。（《郭店‧性自命出》65）

由〈性自命出〉諸簡的通讀，《郭店‧性自命出》48「『憍』為」連用，斷不能將「憍」讀為「為」，上述簡文的「憍」多讀為「偽」，訓解為虛偽、人為造作義。而《老子》屢見之「無為」一詞，《郭店》則作「亡為」，如《郭店‧老子甲》13：「衍（道）亙（恆）亡為」，《郭店‧老子甲》14「為亡為」。可以見得《郭店》的「憍」字與「為」應還是有意義上的不同，才會導致時人行筆運用有所不同。誠如裘錫圭所言，「偽」字所囊括的種種意涵，起源於「為」字的引申，而此字又特意疊加心旁，應有其強調作用，故此以為讀為「偽」仍較「為」來得恰當，「絕偽」則指斷絕一切非天性自然的人為造作。

　　簡文意指斷絕機巧、拋棄利欲，盜賊便不會有，斷絕人為的造作、拋棄謀慮，民眾就會復歸嬰孩之態。

〔註6〕裘錫圭之說法詳見〈關於《老子》的『絕仁棄義』和『絕聖』〉，《出土文獻與古文字研究》第一輯，2006 年，頁 1～15。

【2】慮

《郭店・老子甲》1：

𢇍（絕）攷（巧）弃（棄）利，覜（盜）惻（賊）亡又（有），𢇍（絕）𢡺（僞）弃（棄）『慮』，民复（復）季子。

「」，隸定作「⿱虘心」，讀爲「詐」；或逕隸定作「慮」。「⿱虘心」從心虘聲，所從之「虘」旁最常見於「䖒」字，作「」（《包山》2.198）、「」（《包山》2.202）二形，虎頭所包之「且」形，亦可省作「目」形，如此可知作爲偏旁部件之「且」、「目」二形，有形近互換的用法。於《郭店》、《上博》中同時可發現與「⿱虘心」字類似字形，作「」（《郭店・性自命出》48）、「」（《郭店・語叢二》11）、「」（《郭店・性自命出》62）、「」（《上博一・性情論》39）、「（《上博一・緇衣》17）」，據與今本書籍勘校、簡文上下文義及字形結構，此類字形整理小組均釋作「慮」。簡文「」與「」（《郭店・語叢二》11）的差異僅在於「目」形與「且」形的不同；而簡文「」與「」（《郭店・性自命出》62）二形基本結構無異。於是乎此二類字形究竟該釋作「⿱虘心」或「慮」，隨即引發學者熱烈討論。擇要分述如下：

（一）隸定作「⿱虘心」，讀為「詐」

「」字，裘錫圭本主張隸定作「⿱虘心」，從心「虘」得聲。歷來「虘」與「且」用作聲符常見通用，而從「且」從「乍」得聲之字又相通，根據《禮記・月令》又見「毋或『詐僞』淫巧」，因此認定簡文應讀作「絕僞棄詐」。〔註7〕讀爲「絕僞棄詐」說獲得丁原植、魏啓鵬，但丁原植將「詐」進一步解釋作人倫關係的

〔註7〕此説裘錫圭三變其説，起初裘錫圭於《郭店》按語及1998年美國達慕斯大學郭店《老子》國際研討會議論文——〈以郭店《老子》簡爲例談談古文字的考釋〉，主張「絕僞棄詐」説，達慕思會議論文正式稿發表於2000年《中國哲學》二十一輯内。後1999年於武漢召開的「郭店楚簡國際學術研討會」中〈糾正我在郭店《老子》簡釋讀中的一個錯誤——關於『絕僞棄詐』〉一文，更改其説，改易爲「絕僞棄慮」。武漢會議論文於2000年湖北人民出版社出版。2002年刑文主編《郭店〈老子〉：東西方學者的對話》一書，其中收入裘錫圭〈以郭店《老子》簡爲例談談古文字的考釋〉一文，本段簡文已以1999年的主張改易爲「絕僞棄慮」。相關討論又見2006年復旦大學主編《出土文獻與古文字研究》中〈關於《老子》的『絕仁棄義』和『絕聖』〉一文，「絕僞棄慮」説又變爲「絕爲棄慮」。

矯飾。（丁原植 1998：10；魏啓鵬 1999：3）

（二）隸定作「慮」，讀為「作」

主其說爲季師旭昇與龐樸，二者意見大抵相同，均從能與前後文義銜接入手，簡文之「僞」、「慮」所表示的詞義當與前文「智」、「辯」、「攷」、「利」等正面價值一致，而又能與後文「民复季〈孝〉子（慈）」相承接。因之季師旭昇將「慮」讀爲「作」，所從心旁爲義符，表心之作爲義。龐樸亦讀爲「作」，指人的有意作爲，非自然、眞情的行爲。陳偉贊成季師旭昇之說，並引《上博三·恆先》11～12「嬰天下之『复（作）』，……嬰天下之『爲』」「作」、「爲」同出而意義不同，作爲「爲」、「作」是當時連語的佐證。（季旭昇 1998：131～133；龐樸 1999：11；陳偉 2006.02.19）

（三）隸定作「慮」，讀為「怚」

主其說爲劉信芳，引《說文》「怚，驕也。」驕者，欺也，字用如矯，故訓解作矯飾之義。（劉信芳 1999：2）

（四）隸定作「慮」

主其說前有許抗生、袁師國華，後裘錫圭亦改易其說作「慮」。許抗生與袁師國華均認爲「慮」爲「慮」字的形近而訛。許抗生引《尚書·太甲下》「弗『慮』胡獲，弗『爲』胡成」作爲「爲」、「慮」二詞連用的佐證，並將之訓解作思考、謀劃，「棄慮」即是老子所主張的無知、無爲。袁師國華又引《郭店·性自命出》48、62 及《郭店·語叢二》10、11 的「慮」字字形，與《郭店·老子甲》1「慮」字相近，簡文均「僞」、「慮」二字連言，以推「僞」、「慮」連言爲當時流行時語。裘錫圭指出郭店楚簡字形中，已出現「虖」旁與「虘」旁混同的現象，如：叡作「叡」亦作「叡」，所從「虘」旁可省作「肙」；「膚」字所從之「虖」旁，亦多寫作「肙」。同時徵引上述袁師國華列舉郭店簡所出「慮」字字形，並加以通讀文義，進而修正其說改爲「慮」字可能是「慮」字的誤寫，2006 年又增補《上博五·三德》15「百事不述（遂），『慮』事不成」之「慮」字，讀爲「慮」，進一步補強「慮」讀爲「慮」字說。（許抗生 1999：102；袁師國華 1998：136；裘錫圭 2000：27；裘錫圭 2006：5～6）

首先，若先撇開字形不論，單就文義及訓詁方式來分析，其一讀爲「詐」說與其三讀爲「怚」說可率先剔除。季師旭昇與龐樸的反駁很有見地，季師旭

昇認爲《老子》所反對的多爲儒家道德觀念或一般的價值取向，而「僞詐」屬
於負面意涵並非一般認定的重要價值，與前述「智」、「辯」、「攷」、「利」等價
值並不一致。（季旭昇 1998：132～133）而龐樸則認爲「僞詐」一直屬於反面
意義，本該棄絕，是不待言論之事，從未有人提倡維護，《老子》若特意強調反
對，跡近無的放矢，對老子思想而言是很難成立的。（龐樸 1999：10～12）後
裘錫圭亦贊成二人說法。其三劉信芳讀爲「怚」說，此說推論方式有其瑕疵，
引《說文》「怚」訓「驕」，又言「驕」可與「矯」通借，然「驕」訓解爲「矯」
是音近關係使然，並非代表「怚」可轉折訓解爲「矯」，劉氏所引例證只能證明
「矯」字曾有作欺解，並不能證明「怚」有矯飾之義。故此說斷不能成立。

　　其次，由字形來論，目前所見楚簡中隸定作「慮」與「慮」的相關字形分
見如下，

（1）凡人僞（僞）爲可亞（惡），僞（僞）斯翌（鄰，隱）壴（矣），
　　翌（鄰，隱）斯𧨒（慮）壴（矣），𧨒（慮）斯莫與之結壴（矣）。
　　（《郭店·性自命出》48）

（2）凡人僞＝（僞爲）可亞（惡），僞（僞）斯翌（鄰，隱）矣，翌
　　（鄰，隱）斯𧨒（慮）矣，𧨒（慮）斯莫與之結矣。（《上博
　　一·性情論》39）

（3）身谷（欲）寎（靜）而毋訹（惢），𧨒（慮）谷（欲）困（淵）
　　而毋僞。（《郭店·性自命出》62）

（4）凡身（欲）寎（靜）而毋遣（滯），……𧨒（慮）谷（欲）崩（淵）
　　而毋暴。〔註8〕（《上博一·性情論》27）

（5）悆（慾）生於眚（性），𧨒（慮）生於悆（慾），悟（倍）生於
　　（慮），靜（爭）生於悟（倍），尚（黨）生於靜（爭）。（《郭
　　店·語叢二》10～11）

（6）古（故）言則𧨒（慮）亓（其）所冬（終），行則酯（稽）亓
　　（其）所幣（敝）……（《郭店·緇衣》32～33）

<hr />

〔註8〕 此句季師旭昇認爲乃合《性自命出》「慮欲淵而無僞」、「怒欲盈而毋𧨒」爲一句。
　　「𧨒」，從周鳳五〈無暴〉釋作「暴」，此暫且從之。

（7）古（故）言則畫（慮）亓（其）所冬（終），行則旨（稽）亓
（其）所幣（敝）……（《上博一・緇衣》17）

（8）百事不述（遂），畫（慮）事不成。（《上博五・三德》15）

（9）幽（絕）攷（巧）弃（棄）利，覞（盜）惻（賊）亡又（有），
幽（絕）惪（偽）弃（棄）畫。（《郭店・老子甲》1）

（10）母（無）爲惪畫（詐），上帝牅（將）憎之。（《上博五・三
德》2）

（11）女（汝）母（無）小惎（謀）殿大畫（作）（《清華・祭公》16）

引文（3）（4）分屬不同批簡牘，文本相同簡文可相互參照，引文（4）「畫」從
「膚」得聲，與金文「盧」從「膚」得聲相類〔註9〕，釋作「慮」，訓解爲思慮
應無問題。而二段引文相對勘結果可知，引文（3）之「畫」，雖目形下有曲折
線條，應亦是「慮」無誤。同理，引文（6）（7）同屬《禮記・緇衣》之內容，
勘校今本《緇衣》相對應位置，引文（6）之「畫」與引文（7）之「畫」均爲「慮」。
故又得「慮」字除可作從「膚」得聲字形外，亦可將中間所從部件省作「目」
形。依引文（7）省作「目」形字形類推引文（1）（2）（5）之字形，應具爲省
作「目」形之「慮」字。從文義上看，引文（1）（2）可解釋作「爲凡人虛僞是
可惡的，虛僞就會隱匿眞心，隱匿眞心就會心機深沈，心機深沈就沒有人與之
結交了」〔註10〕。引文（5）可解釋爲「慾望生成於天性，圖謀生成於慾望，背
叛生成於圖謀，爭奪生成於背叛，偏私生成於爭奪。」〔註11〕足見讀爲「慮」，
文義亦是文從字順。

楚簡從「盧」之字，其下部既可作「目」形又可作「且」形，而戰國時期
齊、三晉等國從「膚」得聲之字，又常在「膚」旁下加一橫，加上「膚」所從
中間部件至戰國已變化作「凸」、「凸」、「凸」、「凸」等形互作，「膚」旁與「盧」
旁混同演變之跡甚明。上述討論已知楚文字中讀爲「慮」，有作從膚得聲之「憶」，

〔註9〕 相關字形變化可參吳振武：〈釋戰國文字中的從『膚』和從『朕』之字〉，《古文字
研究》19輯（北京：中華書局，1992年），頁490～499。

〔註10〕 此段簡文相關討論詳參李天虹：〈《性自命出》『哭』、『愁』二字補釋〉，《簡帛》第
一輯（上海：上海古籍出版社，2006年），頁53～57。

〔註11〕 此段簡文參劉釗：《郭店楚簡校釋》（福建：福建人民出版社，2005年），頁201。

有作從「目」之「慮」（另有目形下多一曲線）。然則，引文（8）（9）之字形相同，二字均從「且」非從「目」，作「慮」。「慮」是否同樣讀爲「慮」則需從上下文義考量，引文（8）整理小組原本讀爲「耴（聽）其縈（營），百事不述（遂），慮（且）事不成」，陳偉改讀爲「耴（聽）其縈（營），百事不述（遂），慮（慮）事不成」〔註12〕，其說可從，讀爲「慮」意指聽信其誘惑，則百事皆無所終，圖謀之事亦無所成。《淮南子‧俶眞》語：「耳目不耀，思慮不營」，言耳目不受其眩亂，思慮圖謀不受其迷惑。「營」、「慮」間用，或可作爲此例佐證。由《上博五‧三德》15 之「慮」字例證，可知中間從且之「慮」應讀爲「慮」，同理可證《郭店‧老子甲》1：「厽（絕）憍（僞）弅（棄）『慮』」之「慮」亦當讀爲「慮」，此取其人爲思慮義。

關於道家「無爲」、「無慮」之言，裘錫圭徵引多處《莊子》、《淮南子》之文字作爲「厽（絕）憍（僞）弅（棄）慮（慮）」的補充，如：《淮南子‧精神》：「……無爲復樸，……機械知巧弗載于心，……清靖（靜）而無思慮……」〔註13〕。而袁師國華所提出《性自命出》及《語叢二》諸簡均作「憍」、「慮」連言，又均涉及討論心性問題，「憍」、「慮」應是當時流行時語一說，正可與荀子〈性惡〉、〈正名〉等篇章的「僞」、「慮」並提兩相呼應〔註14〕。由字形、文義、時語多相參證下，可知《郭店‧老子甲》1：「厽（絕）憍（僞）弅（棄）『慮』」之「慮」，讀爲「慮」甚爲正確，「絕僞棄慮」即斷絕人爲的造作與謀慮，下文承接「民復季子」（詳見【3】「季」字條），文意脈絡也正好吻合老子所主張的反歸赤子之心的境地。

最後補充討論引文（10）（11）之「𢛳」字，可隸定作「慮」，從心從「叔」，與上述諸字多一「又」旁。引文（11）《清華‧祭公》16：「女（汝）母（無）小愍（謀）𣪠（敗）大慮（作）」，有今本《逸周書‧祭公》及《郭店‧緇衣》、

〔註12〕陳偉：〈上博五《三德》初讀〉，武漢大學簡帛網：http://www.bsm.org.cn/show_article.php?id=201。2006 年 2 月 19 日

〔註13〕詳參裘錫圭：〈關於《老子》的『絕仁棄義』和『絕聖』〉，《出土文獻與古文字研究》第一輯（上海：復旦大學，2006 年），頁 1～15。

〔註14〕《荀子‧性惡》：「聖人積思『慮』，習『僞』故，以生禮義而起法度。」又《荀子‧正名》：「情然而心爲之擇謂之『慮』，心慮而能爲之動謂之『僞』。」此取自裘錫圭〈糾正我在郭店《老子》簡釋讀中的一個錯誤—關於『絕僞棄詐』〉之徵引。

《上博一·緇衣》可相對照，相關簡文謹引述如下，

　　《逸周書·祭公》：汝無以小謀敗大作。

　　《郭店·緇衣》22～23：毋（無）以少（小）愚（謀）敗（敗）大慮。

　　《上博一·緇衣》12：毋（無）以少（小）愚（謀）敗（敗）大慮。

「慮」字分別相對應「作」及「慮」，「慮」從「叔（虘）」得聲（從紐魚部），「作」（精紐鐸部）、「慮」從者得聲（照紐魚部），音近可通，如是可推知從「叔」之「慮」字當讀爲「作」不讀爲「慮」甚明。同理反觀引文（9）《上博五·三德》2：「毋（無）爲僞（僞）🔲（詐），上帝牺（將）憎之」，讀爲「詐」亦文通字順，於是乎可知從「叔」從「心」之「慮」，與從「虘」從「心」之「慮」讀法不同，中間之「又」旁，乃判斷從「叔」得聲，或讀爲「慮」的重要符號。

　　簡文意指斷絕機巧、拋棄利欲，盜賊便不會有，斷絕人爲的造作、拋棄謀慮，民眾就會復歸嬰孩之態。

【3】季

《郭店·老子甲》1：

　　民复（復）『季〈孝〉』子（慈）。

　　簡文「民复季子」，帛書《老子》甲、乙本與王弼本《老子》均作「民復孝慈」，整理小組便根據勘校結果，將「🔲」當作「孝」字之誤，而下文「子」與「慈」音近通假，季子即孝慈，全句簡文意指人性中自然而生的孝敬與慈愛。此說一開始獲得大多數學者的認同，如：丁原植（1998：10）、魏啓鵬（1999：3）、李零（1999：463）、黃人二（2000：236）等皆從之。然亦有學者持不同意見，認爲當逕讀如本字，「季子」一詞即可清楚地說明上下文意，並不一定要將季子講成孝慈，持此說的有季師旭昇（1998：133～134）、崔仁義（1998：62）、劉信芳（1999：2）、裘錫圭（2000：29；2006：1～15）。

　　季師旭昇從字形、字音、字義三方面討論，首先，簡文「季」字作「🔲」，從禾從子，相當清楚，應不是孝字之誤。再者，「季」是脂部字，「孝」是幽部字，兩韻相差甚遠，似難通假。最後，在字義上「季子」一詞亦文通字順，《說文》：「季，少偁也。從子稚省，稚亦聲。」「季子」，猶言「嬰兒」，也就是指道德純樸的本質。劉信芳在訓解及徵引的材料上與季師旭昇相去不遠。另外，崔

仁義認爲帛書《老子》是對仁義而言，故後文作孝慈；而竹簡本《老子》是相
對憍慮而言，應直接釋作季子。裘錫圭主此說並從思想意涵、協韻、「季子」詞
彙不同方面補充其說，於 06 年所提出馬王堆帛書《脈法》篇所載「脈之縣書而
熟學之。『季子』忠謹」，可謂爲爭頌多時的此說補充了最佳佐證。

　　《郭店》所見「孝」字，作「安（焉）又（有）『𡥪』孿（慈）（《郭店‧老
子丙》3)」；「效（教）民『𡥪』也（《郭店‧唐虞之道》5)」；「爲𡥪，此非𡥪也」
（《郭店‧語叢一》55）其字形與「𡥪」字迥然有別，楚文字中尚未見此二字訛
混的例證。加上「季（見母脂部）」、「孝（匣母幽部）」二字上古音韻相差甚遠，
將「季」視爲「孝」之誤寫或通假，皆不恰當。再者，裘錫圭以詩文押韻四聲
分用，來證明郭店《老子》「𢇍（絕）智（知）弃（棄）𧧻（辨），民利百伓（倍）。
𢇍（絕）攷弃（棄）利，規（盜）惻（賊）亡又（有）。𢇍（絕）憍（僞）弃（棄）
慮，民复（復）季子」三句，「子」與「伓（倍）」、「又（有）」均屬之部上聲字，
更優於今本「慈」爲之部平聲字。關於「季子」一詞，裘錫圭又以馬王堆《脈
法》篇將初學脈法之幼童稱之「季子」，反證郭店《老子》之「季子」當指尚未
從學的幼童；可以見得，從字形及音韻、詞彙多方面來說，「季子」一詞更勝於
改讀爲「孝慈」。

　　郭店《老子》此句作「𢇍（絕）憍（僞）弃（棄）慮，民复（復）季子」
與帛書本《老子》、傳世本《老子》相勘校，原本就有很大的差異。如崔仁義所
言，帛書本「孝慈」是對「仁義」而來，而郭店《老子》卻作「憍慮」，對文當
亦有所不同。季子，言復歸嬰孩之態，與前文所言棄絕不自然的人爲造作，銜
接得也十分貼切，當絕棄各種背自然的作爲和思慮，人們當然會回復到渾樸無
知稚子狀態。如是，「季」當郭店《老子》的原本面貌，非抄手筆誤所致。

　　簡文意指斷絕機巧、拋棄利欲，盜賊便不會有，斷絕人爲的造作、拋棄謀
慮，民眾就會復歸嬰孩之態。

【4】叟

《郭店‧老子甲》1～2：

　　三言以爲『叟』不足，或命（令）之或（有）�（呼）豆（屬）：見
　　索（素）保僕（樸），少厶（私）須〈寡〉欲。

「叟」，整理小組隸定作「叟」，引李家浩先生〈釋弁〉一文，將「叟」釋

作「弁」，讀爲辨別之「辨」，訓解作判別之義。（李家浩 1979：391）此字尙見於《郭店‧老子甲》35：「心『𢿱』燬（氣）曰勞（強）」，與傳世本及帛書本《老子》「心『使』氣曰強」句對照，整理小組將此字同樣隸定作「叓」，讀爲「使」，未多作說明，當是釋作「史」讀爲「使」爲是。「弁」、「史」二字在上古音韻相差甚遠，通假的可能性低，由此可見整理小組對「叓」字的訓讀並不一致。

簡文「三言以爲『叓』不足」，對讀帛書本《老子》作「此三言也，以爲『文』未足」，王弼本《老子》作「此三者以爲『文』未足」，「叓」相應之字爲「文」。簡文若照整理小組所釋爲「弁」，讀爲辨別之「辨」，與其所對應的異文「文」聯繫不上，文意亦有所不同。郭店《老子》「𢿱」字的出現，讓學者們對舊說「叓」即是「弁」有了不同的思考空間。

學者諸說多從「弁」、「史（吏、使）」二類或與之音近的字作解讀，爲使歷來訓解眉目清楚，便依此先將諸說分「弁」、「史」二大類，並統整諸說節引於二大類項下，

一、字形據「弁」字爲解

（一）讀爲「辨」

《郭店》整理小組將「叓」讀爲辨別之「辨」，訓解作判別之義。（郭店 1998：113）羅凡晸運用科學比較法，由「叓」字四種不同的文例用法，企圖找出據「弁」解及據「史（使）」解，是否有細微的文字構形差異。其結果如「叓」（《郭店‧五行》21）字所從的「八形撇」，並不能作爲區別「弁」與「使」的符號，「八形撇」或可當作「叓」字所添加的飾筆，要辨別讀爲「史（使）」或「弁」，仍須從上下文例加以通讀。故簡文「叓」字仍從整理小組的考釋，讀爲辨。（羅凡晸 2000：111～113）

（二）讀爲「辯」

趙建偉將「叓」釋作「辯」，引《文子‧微明》：「治國有禮，不在『文辯』」，及《荀子‧非相》注：「文，謂辯說之詞也。」以「文」「辯」近義連言，用以說通簡文「辯」字與帛書本、今本相對應的「文」字。陳斯鵬意見大體與趙建偉相同，在字形上則懷疑簡文「叓」字乃「弁」字之訛。（趙建偉 1999：270；陳斯鵬 2008：400～406）丁原植，引《尙書‧周官》：「王俾榮伯作賄肅愼之命」，孔《傳》：「俾，馬本作辯」，將「叓」亦讀爲「辯」。又以《小爾雅‧廣言》：「辯，

使也」將簡文之「旻」解釋爲「針對施政方向所採取的的處置措施。」（丁原植
1998：11）

（三）讀为「文」

高明認爲整理小組將「弁」借爲「辨」不妥，當從帛書《老子》假借爲「文」
字。「弁」古音在並紐元部，「文」在明紐文部，並明唇音，文元旁轉，「弁」、「文」
古音同通假。（高明 1998：10 月 28 日三版；2002：41）

（四）讀为「辩」

陳錫勇讀作「辩」，云：「辩」是謂如虎豹之文彩，或作「斑」，與帛書本「三
言以爲文」，其義並同，謂以三項政令爲敗德者爲政之文飾，文飾之猶不足信，
故或命令之，又咐囑之。（陳錫勇 2005：25～26）

二、字形據「史（吏、使）」字爲解

（一）釋作「史」，讀为「使」

此說張桂光考辨最深，於 1994 年提出此字形下從「又」從「人」，及中間
兩撇羡筆的有無，是判斷「史」、「弁」的主要依據，1998 年《郭店》楚簡的出
土，張桂光再度提出證據補強此說，認爲簡文「三言以爲『旻』不足」之「旻」
字當釋爲「史」，而讀作「使」字，訓解爲「用」，全句意指三言爲用尙不足夠。
其後又陸續在《上博簡》公開後再三引用新證據，重申其說。〔註 15〕主此說還
有曹錦炎，曹錦炎的見解不脫張桂光意見之外，認爲「旻」是楚國「史」字爲
與「事」字有所區別的特殊寫法，「史」、「弁」區別特徵在於上部左右伸出對襯
短筆的有無，弁作「旻」，史作「旻」。（曹錦炎 2000：1～3）

（二）釋作「吏」，讀为「使」

李零初將「旻」字釋作「史」，讀爲「使」，並認爲馬王堆帛書本《老子》
與今本《老子》相對應之「文」字，乃「史」字之誤；後改釋作「吏」，以簡文

〔註 15〕此說，張桂光前後共發表五篇著作，分別爲〈楚簡文字考釋二則〉，《江漢考古》
1994.03，頁 74～78；〈《郭店楚墓竹簡・老子》釋注商榷〉，《江漢考古》1999.02，
頁 72～74；〈《郭店楚墓竹簡》釋注續商榷〉，《簡帛研究 2001》（廣西：廣西教育
出版社，2001 年），頁 186～191；〈《戰國楚竹書・孔子詩論》文字考釋〉，《上博
博物館藏戰國竹書研究》（上海：上海出版社，2002 年）；〈上博簡（二）《子羔》
篇釋讀札記〉，《華南師範大學學報》2004.04。五篇俱收入其所著《古文字論集》
（北京：中華書局，2004 年）。

「吏」與「弁」二字常形近易混，糾正整理小組所釋「弁」字之說，將簡文的「吏」讀爲「使」，訓解爲用。（李零 1998：1～4；1999：468；2007：10）

　　（三）釋作「史」，義同「文勝質則史」之「史」

　　陳偉認同張桂光對「弁」、「吏」二字所做的分析，下部從人或從又，及上部兩側各有一向下的短筆，是區別此二字的標準。故此字形考訂從李零、劉信芳之說，釋爲「吏」或「史」。然陳偉認爲「史」字本身已有偏重文辭、文辭繁多之意，不必如李零所言假爲「使」讀之，簡文的「史」字義同於《論語・雍也》：「質勝文則野，文勝質則史」之「史」，何晏《集解》引包咸註：「史者，文多而質少。」「繁於文彩」之「史」字正能與各種版本《老子》異文的「文」字保持一致。此說，廖名春亦從之。（陳偉 1999：12；2002：15～17；廖名春 2003：14～16）

　　（四）釋作「使」

　　袁師國華於 1994 年就包山楚簡所見「叓」字，將之隸定作「使」，訓解爲假使、如果。全句改句讀爲「三言以爲，叓（使）不足，或命（令）之或（有）虐（呼）豆（屬）」，解釋爲「上述三種言論而有所作爲，假使還不足夠，要告誡他們要有所歸屬。」〔註16〕魏啓鵬提出「叓」字與「使」字的古文相同〔註17〕，故認爲「叓」當釋作「使」，訓解爲使民之事。（魏啓朋 1999：3）

　　此字考辨之所以頭緒紛繁，在於學界普遍已認可「叓」與「弁」二字確有同形現象，然區別判斷標準之下又有例外產生，如羅凡晸用文例配合文字構形，便得出《郭店》「叓」字的八形撇，並非區分「弁」、「史」的主要根據，其結果便與張桂光、曹錦炎的判斷有所不同。因此在討論簡文「叓」字究竟是「弁」或「史（吏、使）」前，當先釐清「叓」字是否存在同形二義的可能或僅是同形訛混的錯誤。對這問題的討論，採納入《郭店》以外的各批楚簡，將楚簡中所有出現的「叓」字及其與「叓」偏旁相關的字形，透過文字構形與文例使用，

〔註16〕將「叓」釋作「使」，袁師國華前後共發表三篇著作闡述其說，分別爲〈讀《包山楚簡字表》札記〉，國立中央大學主辦全國中國文學研究所在學研究生學術論文研討會，1993 年 4 月 18 日。又〈「包山竹簡」文字考釋三則〉，國立政治大學主編《中華學苑》第四十四期（1994 年），頁 87～97。又〈《郭店楚簡・老子》甲篇「三言以爲叓（使）不足」新探〉，97 年度楚系簡帛文字字典編纂計畫論文成果發表研討會。

〔註17〕翻檢結果當是根據《汗簡》中三體石經「使」字字形。

再次通盤檢視，希望呈現出更確切結果，待此問題釐清後再回來討論諸家對簡文的通讀。

「貞」字除了在《郭店》中出現外，亦出現於《信陽》、《包山》、《天星觀》、《曾侯乙墓》、《上博》、《清華》，通觀所有文例，共有八種用法。（為讓問題焦點集中於「貞」字形，下引簡文盡量用寬式釋文）

（一）人名姓氏字

  1. 喜君司敗『貞』善受期（《包山》2.54）

  2. 辛亥，妾婦監『貞』懌（《包山》2.168）

  3. 辛巳，赴敓『貞』疾（瘇）（《包山》2.194）

用作人名姓氏的例子，字形分別作「貞」、「貞」、「貞」，所從「占」形可省中間短橫作如「占」形，亦可於右下方加一短撇為飾筆。舊釋為「弁」讀與楚人「卞和」之「卞」（李家浩 1979：391），曹錦炎則認為應直接釋作「史」（曹錦炎 2000：1～3）。「卞」或「史」均為姓氏用字，二說均可成立。若釋作「弁」讀為「卞」，則需多一道通假的轉折，「卞」姓，除李家浩所指出戰國楚人「卞和」外，於出土文獻及傳世典籍中「卞」是極少見的姓氏；相反地在《左傳》、《國語》等文獻中，卻可以發現許多以「史」為姓的楚人記載。〔註18〕《包山》乃是一批地方性的司法文書簡，就姓氏出現的或然率來看，「史」姓的可能性遠超過「卞」姓。

（二）職官名

  4. 正『貞』赤（《包山》2.102）

  5. 大『貞』連中（《包山》2.138）

  6. 畢得廁為右『貞』（《包山》2.158）

  7. 畢紳命以夏路『貞』逪、『貞』為告於少師（《包山》2.159）

  8. 厰仿司馬婁臣、厰仿『貞』婁佗諍事命（《包山》2.161）

  9. 『貞』丑、『貞』丑、『貞』丑（《天星觀》卜筮祭禱簡）

〔註18〕據石泉主編《楚國歷史文化辭典》一書所載，《左傳》、《國語》中記有：史老、史皇、史舉、史秦、史疾、史狟等，為職屬與名連稱，或為史官之後以官為氏者。然觀其文獻上的職屬，以上諸位並非全為史官，有為大夫有為冶師，故以後者說法以史官之後以官為氏較為恰當。

10. 辷『𩔖』啓之醫爲左驌（《曾》155）

11. 辷『𩔖』伐之騏爲右驌（《曾》156）

12. 公疥且瘧，逾歲不已，是吾無良祝『𩔖』（史）也，吾欲誅諸祝『𩔖』（史）。（《上六・競公》2）

13. 是信吾無良祝『𩔖』（史）。（《上六・競公》3）

14. 夫□『𩔖』（使）丌（其）厶（私）『𩔖』（史）聽獄於晉邦。……『𩔖』（使）其私祝『𩔖』（史）進☒（《上六・競公》4）

15. 其祝『𩔖』（史）之爲其君祝敫也。（《上六・競公》5）

16. 則恐後誅於『𩔖』（史）者。（《上六・競公》7）

17. 故其祝『𩔖』（史）裂（製）蔑耑折祝之。（《上六・競公》7）

18. 『𩔖』（史）乃冊祝告先王曰。（《清一・金縢》2）

19. 堯（世）三代之傳『𩔖』（史）乚（《上五・季庚子》14）

　　例證 4～19 爲目前所見楚簡中出現用作職官名的例子，除《上五・季庚子》「傳史」之「𩔖（史）」作兩側各有一向下的短筆外，多作「𩔖」或「𩔖」形（「𩔖」、「𩔖」亦可視爲此二形的省變）。舊釋爲「弁」，《周禮・夏官・弁師》：「諸侯及孤卿大夫之冕，韋弁、皮弁、弁絰各以其等爲之。」意指專司諸侯及卿大夫冠冕的職官。曹錦炎則釋作「史」或「吏」。就目前楚文字材料中尙無確定爲「史」字之字形，但「史」乃西周時便設立的職官，承至春秋各國多沿用其制，設置太史一職，楚國亦不例外。吳永章〈楚官考〉即云：「春秋時，各國均有史官，魯、齊、鄭曰太史，晉同楚曰左史。」在《左傳》、《國語》等書中，亦多見「左史」、「史老」、「史皇」〔註19〕等名稱，指涉的均是楚國史官。反觀上述所羅列的數例職官名，從上下文對照看來，與冠冕或其相關服飾的職官並無關係，但若將「𩔖」讀爲「史」，作「大史」、「正史」、「右史」、「夏路史」、「祝史」等職官名，卻是古籍常見的職官。據此「𩔖」當釋作「史」較爲恰當。

（三）讀爲使

〔註19〕左史，楚史官名，掌管記載國家史事。《國語・楚語》及《左傳》等典籍中，有楚之左史倚相、左史老等多處記載。史老，春秋時楚史官。名老。史即周人官制中的太史。《周禮・春官・宗伯》：「大史，史官之長」。史舉，春秋時楚史官。名皇。

20. 賹（益）生日兼（祥），心『⻗』（使）燹（氣）日強。（《郭店‧老子甲》35）

21. 民可『⻗』（使）道（由）之，而不可『⻗』（使）知之（《郭店‧尊德義》21～22）

22. 而學或『⻗』（使）之也。（《郭店‧性自命出》8）

23. 其用心各異，教『⻗』（使）然也。（《郭店‧性自命出》9）

24. 其用心各異，教『𧵒』（使）然也。（《上一‧性情論》4）

25. 必『⻗』（使）有末。（《郭店‧性自命出》60）

26. 必『𧵒』（使）有末。（《上一‧性情論》30）

27. 作禮樂，制刑法，教此民尔（？）『⻗』（使）之有向也。
（《郭店‧六德》2～3）

28. 有『⻗』（使）人者，有事人〔者〕（《郭店‧六德》9）

29. 『⻗』（使）之足以生，足以死，謂之君，以義『⻗』（使）人多（《郭店‧六德》14～15）

30. 智率信，義『⻗』（使）忠。（《郭店‧六德》35）

31. 是古（故）先王之教民也，不『⻗』（使）此民也憂其身。（《郭店‧六德》40～41）

32. 故曰，民之父母親民易，『⻗』（使）民相親也難。（《郭店‧六德》49）

33. 是以曰君子難得而易『⻗』（使）也，其『⻗』（使）人器之；……
是以曰小人易得而難『⻗』（使）也，其『⻗』（使）人必求備焉。
（《上二‧從政甲》17～18）

34. 季桓子『⻗』（使）中弓爲宰。（《上三‧中弓》1）

35. 『⻗』（使）雍也從於宰夫之後。（《上三‧中弓》4）

36. 早『⻗』（使）不行。（《上三‧中弓》14）

37. 宜稚之至者，教而『⻗』（使）之，君子亡所厭人。（《上三‧中弓》16）

38. 今之君子，『𤕦』（使）人不盡其□□☑（《上三·中弓》25）

39. 人『𢔳』（使）士，我『𢔳』（使）大夫，人『𢔳』大夫，我『𢔳』將軍。人『𢔳』將軍，我君身近。(《上四·曹沫》39～40)

40. 有夏氏觀其容，以『𤕦』（使）及其葬也。(《上五·鮑叔》1)

41. 迿佝者『𤕦』（使）堋其所以衰亡。(《上五·鮑叔》2)

42. 至欲食，而上厚其斂；至惡苛，而上不時『𤕦』（使）。(《上五·鮑叔》7)

43. 先人之所『𤕦』（使）。(《上五·季庚子》12)

44. 先人所惡勿『𤕦』（使），先人之所讓（廢）勿起。(《上五·季庚子》15)

45. 𤕦（使）民不逆而順成，百姓之爲聽。(《上七·武王》15)

46. 孤𤕦（使）一介𤕦（使），親於桃逗勞其大夫。(《上七·吳命》15)

47. 故能治天下，平萬邦，『𤕦』（使）無有小大、肥竈，『𤕦』（使）皆得其社稷百姓而奉守之。(《上二·子羔》1～2)

48. 善『𤕦』（使）其下，若蚤之足，眾而不害，害而不僕（仆）。善事其上者，若齒之事舌，而終弗齧（噬）。善□□□者，若兩輪之相逋（轉），而終不相敗。善『𢔳』（使）其民者，若四時一遣一來，而民弗害也。(《郭店·語叢四》17～21)

49. 而『𤕦』（使）君天下而俋。(《上二·子羔》8)

50. 帝之武，尚『𤕦』（使）……。(《上二·子羔》12)

51. 必召邦之貴人及邦之奇士厽（御）卒『𢔳』（使）兵。(《上四·曹沫》29)

52. 『𢔳』（使）人，不親則不敦，不和則不祝（篤），不義則不備（服）。(《上四·曹沫》33)

53. 能治百人，『𢔳』（使）長百人；能治三軍，思（使）衛（帥）。(《上四·曹沫》36)

54. 言人之君之不能『**愛**』（使）其臣者，不與言人之臣之不能事其
　　君者，不與言人之君之不能『**愛**』（使）其臣者。（《上四‧內豊》
　　1～2）

55. 曰：與君言，言『**愛**』（使）臣。（《上四‧內豊》5）

　　例證 20～55 均為「叟」讀「使」之例，楚簡中共出現 49 次，為使用最為
頻繁的用法。例證 20～47 的字形與例證 1～19 姓氏用字、職官用字的寫法大抵
相同，「**叟**」、「**叟**」二形仍是大宗，約佔出現比率 80％；例證 48～55，則是兩
側各有一向下的短筆，約佔出現比率 20％。而例證 48 更是同一條簡文「**叟**」、「**叟**」
二形同時出現，可見其書手應是視此二形無別。

（四）讀為事

56. 危其死弗敢愛也，謂之以忠**叟**（事）人多。（《郭店‧六德》17）

57. 鄭壽告有疾，不**叟**（事）。（《上六‧鄭壽》4）

58. 文陰而武陽，信文得『**叟**』（事），信武得田。（《上六‧天子建
　　州乙》4）

　　現有楚簡材料，「叟」讀為「事」的例證較少，作「**叟**」、「**叟**」二形，此情
況應是「事」字於楚文字為一般常用字，多寫作「**叟**」或「**叟**」，然「叟」可讀
為「事」，亦暗示出「叟」、「事」二字有讀音或字形接近的關係。

（五）讀為變

59. 疾『**叟**』（變）又瘥（篤）[註20]。（《包》2.240）

60. 疾『**叟**』（變）肪（病）窔。（《包》2.245）

61. 不『**叟**』（變）不悦。（《郭店‧五行》21）

62. 顏色佁（容）侫（貌）悃（溫）『**叟**』（變）也（《郭店‧五行》32）

63. 於（猗）差（嗟）曰：「四矢『**叟**』（變），以御亂」。
　　（《上一‧孔子》22）

64. 其聲**叟**（變）☐，其心『**叟**』（變）則其聲亦然。（《郭店‧性自
　　命出》32～33）

[註20] 本文「瘥」、「瘥」之釋讀均參照劉釗說法，相關考釋詳參看劉釗：〈釋『債』及相
　　　關諸字〉，《古文字考釋叢稿》（湖南：岳麓書社，2005 年），頁 231～232。

65. 其聲『█』（變），則心從之矣。其心『██』（變），則其聲亦然。
（《上一・性情論》20）

66. 若（匿）在腹中巧『變』，故父母安之。（《上四・內豐》7）

67. 『██』常易禮，土地乃坼，民乃囂死。（《上五・三德》5）

68. 毋減宗，無虛床，毋□敢，毋██事。（《上五・三德》10）

69. 不以其身『██』（變）釐尹之常故；釐尹爲楚邦鬼神主，不敢以
君王之身『██』（變）亂鬼神之常故。（《上四・柬大王》21+6）

70. 鮑叔牙答曰：「星██（變）。」（《上五・競建》1）

71. 而尚不時██（變）（《上五・鮑叔牙》7）

「叀」讀爲「變」的例子，楚簡中共有 13 例，多數字形兩側各有一向下的短筆（亦稱八形撇）或重疊兩次對襯短筆，例證 59～68（64 除外）字形則是此類有八形撇字形，出現比率占所有字形的 70％，而例證 64 及 69～71 則作右側一短撇-「██」，出現比率約 30％，可見八形撇仍是此類讀爲「變」的字形的主要寫法。

（六）讀爲弁

72. 少（小）██（弁）、考言，則言諝人之害。（《上一・孔子》8）

73. 用身之██（弁）者，悅爲甚。（《上一・性情論》36）

現有古文字材料，「叀」讀爲「弁」之例證僅此 2 例，均寫作具八形撇之「██」形。

（七）讀爲辯〔註21〕

74. 純德，組緣，「██」（辯）（《信陽》2.07）

「叀」讀爲辯的例子，楚簡中僅有 1 例，作「██」形，雖字形略微模糊，但反覆驗證，兩側應各有一向下的短筆無誤。

綜上所列七組字形，最後可歸納成如下的簡表：

用　法	常見字形	比率	少見字形	比率	補充說明
人名姓氏用字－「史」	██ ██ ██	100％			

〔註21〕據李家浩〈釋弁〉一文的考釋，讀爲辯，訓解爲衣服上的裝飾。

職官名－「史」	夋夋夋夋	95％	戛	5％	「夋」、「戛」應可視為夋的變形
讀為「使」	夋夋	80％	戛戛	20％	
讀為「事」	夋	66％	戛	34％	此例證僅出現3次
讀為「變」	夋戛	63％	夋	37％	
讀為「弁」	戛	100％			此例證僅出現2次
讀為「辯」	夋	100％			此例證僅出現1次

透過簡表的統計顯示，可以清楚看出隸作「夋」字之形，其通讀有二種情況：其一、讀為「史」或與「史」聲相近者，如：「使」、「事」一類，這一類字形以「夋」、「戛」為最常見字形，以「戛」形出現比率最高為 50/78〔註22〕，其次為「夋」形為 16/78〔註23〕，若將右側一短撇視為飾筆，將此二類字形歸為同類，出現比率則高達 85％。最後，八形撇或重疊兩次對襯短筆之字形－「戛」「戛」則佔出現比是 12/78，約 15％。據此可見讀為「史」或與「史」聲相近者，其標準字形應以「夋」、「戛」為是。其二、讀為「弁」或與「弁」聲相近者，如：「變」、「辯」一類，其主要字形有「夋」（戛、夋歸入同類字）、「戛」二形。其「占」形部件有八形撇（包含重疊兩次對襯短筆）的比率為 12/18〔註24〕，約 67％，剩餘作「戛」形的比率為 6/18，約 33％。

簡單來說，就目前楚簡資料中的「夋」字統計，按其比率可以得到以下結果，「夋」若作「戛」或「夋」形，多讀為「史」或與「史」聲相近的字。若「夋」有八形撇或重疊兩次對襯短筆，讀為與「弁」聲相近的字，可能性相對較高。

據此「讀為與『弁』聲相近的字，多有八字撇」之結論為主要方向，再來一併討論楚簡中從「夋」旁，讀如「弁」聲之字，是否有相同情形。

（一）欪

欪，從欠「夋」聲，《望山》整理小組讀為「歠」，以《說文》：「歠，欠貌」

〔註22〕其中包括「戛」形 2 例，及「戛」2 例。

〔註23〕其中包括「夋」1 例。

〔註24〕全部字例有 11 個，然其中一字例完全無法辨識，故僅取 10 例。

作爲訓解。而劉信芳釋作歕，讀如便，訓解成腹瀉之病。（劉信芳 1998：37）
二說均將「歕」字所從「貞」聲，讀如「弁」，此字所從的「貞」形均有八字撇，
作「𤰞」、「𤰞」。

（二）筸

筸，從竹「貞」聲，此字所從的「貞」形，有「𠦝」、「𠦝」、「𠦝」「𠦝」、「𠦝」、
「𠦝」等形，李家浩釋作「筸」（李家浩 1979：392），張桂光則認爲若字形作
「筸」、「筸」可讀爲「筸」，但若字形作「筸」、或「筸」則應隸定作「筦」，讀爲
「笥」，二者最大區別「弁」中部所從之「𤰞」頂端有分別左右伸展之對稱短
筆，而對稱短筆在中間作「𠦝」僅是「𠦝」的形變，仍應隸定作「史」。（張桂
光 1994：76）就張桂光的字形分析結果，配合《包山》遣策簡及《包山》出土
原物，發現《包山》簡 258：「檮（桃）脊（脯）一筸、僻脩一筸、庶（炙）鷄
一筸、一筸脩」與簡 259「一縷（巾）筸，六縷。一緯（幃）粉（紛）。四椰（櫛），
一筸」字形若依之張桂光說法當一讀爲「筸」，一讀爲「笥」，當是兩種不同形
制用途的竹編箱型器，然配合出土簽牌與竹編器內容物，張雅麗考訂結果顯示
258、259 號遣策所載物品均裝載在形制一致的方形雙層竹編容器內（張雅麗
2009：252～253）。就此可知，張桂光的字形分析與出土實物並不吻合。另外，
《望山》簡、《信陽》簡中各有讀爲「笥」者，作「一𠚥（笥）齒珥（《信》
2.2）」「二竹𠚥（笥）（《望》2.48）」，因此此字從李家浩之說均隸定作「筸」，
讀爲「筸」。

「筸」，蓋解爲盛物之器。《儀禮・士昏禮》：「婦執筸棗栗自門入」，鄭玄注：
「竹器而衣者，其形蓋如今之筥、笒、蘆矣。」《禮記・昏義》：「婦執筸」，陸
德明《經典釋文》：「筸，器名。以葦若竹爲之，其形如筥，衣以青繒，以盛棗
栗殿脩之屬。」可見「筸」應是用葦、若、竹編織而成，表面覆繒的一種竹筥，
主要用來裝盛果品肉食等。從出現「筸」字的楚簡簡文還可發現，「筸」的用途
廣泛，除可裝盛板栗、篦梳、牛羊豬鷄等肉品外，還包括衣物和絲織品、首飾。
〔註25〕

最後，就「筸」字所從的「貞」形，有「𠦝」、「𠦝」、「𠦝」「𠦝」、「𠦝」、「𠦝」

〔註25〕參見田河：《出土戰國所記名物分類匯釋》，吉林大學古籍研究所 2007 年博士論文，
頁 236～237。

六形進行分析，《信陽》、《望山》、《包山》三批楚簡所從「弁」形，上方「占」形添加八字撇的比率為 11/13；而下方所從作「大」、「弓」二形，「弓」應是「屮」形的一種形變，而「大」形李家浩推測，應是弁、冠屬同類性質之物，所以「弁（弁）」字下半部所從之「屮」形始趨近「冤（冠）」字下半部所從之「大」。另外，於《天星觀》簡所出現的「笲（笲）」字，其形構與其他批楚簡大不相同，《天星觀》簡的「笲（笲）」字作「笲」，下方本應所從的「手」形部件已完全形變為「人」形，上方「占」形，則無八形撇。在此推論《天星觀》簡書手對於「笲（笲）」的書寫，可能受到「冤（冠）」字影響甚深，是以將下方全寫作類化成「人」形的「笲」字形，並視為「笲（笲）」字的分辨條件，從而忽略了八形撇的有無。除此之外，排除《天星觀》簡後，其他批簡牘中的「笲（笲）」字多有八字撇。

（三）綅

「綅」，出現《郭店》與《上博》的〈緇衣〉中，簡文具同作「教（教）此以遊（失），民以此『綅』」，字形分別作「綅（《郭店‧緇衣》18）」、「綅（《上博一‧緇衣》10）」。對照今本《禮記‧緇衣》：「民是以親失，而教是以『煩』」。可知「綅」讀為「煩」。而《禮記‧昏義》：「夙興婦沐以俟見質明贊見婦於舅姑執『笲』棗栗段脩以見贊醴婦」注疏：「『笲』音『煩』一音皮彥反，器名以葦若竹為之，其形若筥，衣之以青繒，以盛棗栗腶脩之屬。」亦可作為「弁」、「煩」古音接近的佐證。

由今本〈緇衣〉及〈昏義〉兩條資料可知，簡文「綅」所從之「弁」，當即是可讀為「煩」之「弁」。其「弁」旁均有八形撇。

就上述討論「歘」、「笲」、「綅」三字字形，便可歸納成以下字形簡表：

從弁之字〔註26〕	字形 1	字形 2	八形撇出現比率	補充說明
歘	《望》1.17 《望》1.38		100 %	
笲	《信》2.013	《天》遣策	70 %	若不包含天星觀遣策簡字形，則八形

<hr>

〔註26〕字形資料出處參照滕壬生：《楚系簡帛文字編（增訂本）》，湖北：湖北教育出版社，2008 年。「歘」參頁 796「欿」字條，「笲」參頁 440「笲」字條；「綅」參頁 1097「綅」字條。

				撇出現率爲 100％
	《望》2.48 《包》2.258			
縝	《郭店・緇衣》18		100％	

從簡表便可很清楚看出，若去除《天星觀》簡這批資料，其餘楚簡中從「叀」旁，讀如「弁」聲之字，多具備八形撇特徵。

綜合前文諸多討論，可以再做一次簡要的歸納，楚簡中釋作「叀」字或從「叀」旁之字，具有二種釋讀，其一爲「史（吏、使）」一類或與之音近的字，其二爲「弁」或與之音近的字，字形上仍有其些許不同的判斷依據可尋，分舉如下：

（一）由於「笲（筭）」字受到「冠」字影響進而類化，故「叀」字下方若作「<img>」、「大」或人形，此「叀」字必定指的是「弁」字。

（二）若無其他分別「弁」或「史」的條件，從「弁」得聲的字，大多具備八形撇。魏三體石經中「變」字作「<img>」，其左半部所從「<img>」形，應是「亭」字的訛變，亦可作爲「弁」字需加八形撇的佐證。

（三）「史」字構形多作「<img>」或「<img>」二形。

依上述字形結論，再回過來討論簡文「三言以爲『叀』不足」之「叀」，「叀」字作「<img>」，上方所從無八形撇，下方所從亦不作「<img>」、「大」或人形。因此，我們可以說「<img>」字釋讀爲「史（吏、使）」一類或與之音近的字，可能性是比較高的。的確，我們在討論「史」、「弁」二字字形的過程中，也出現過一些因形近而訛混的例子，但就相對數量來看，訛混畢竟是少數，是故此字形的斷定仍以讀爲「史（吏、使）」一類爲優先考慮，從而排除讀爲「弁」或與之音近的字。

讀爲「史（吏、使）」一類或與之音近的字，學者說法如前述有四，與之密切相關字有「史」、「吏」、「使」、「事」等字，而此四字又是同源關係，李孝定便認爲金文「事」、「吏」、「使」三字形同，以文義別之，三字蓋皆源於史。（李孝定 1992：86）何琳儀先生也認爲「史」、「吏」、「事」一字孳乳，往往互用。（何琳儀 1998：108）透過「史」、「吏」、「事」、「使」古文字字形對照，如下表〔註27〕：

〔註27〕 爲使相關諸字能有一個清楚簡便的對照表，此簡表中「吏」、「逮」、「使」等字的隸定，先按照何琳儀《戰國古文字典》的考釋結果，而本人不同的意見將於簡表後

叀	包山 2.54：△善	包山 2.168：△憚	包山 2.194：△猴	
史	〈史見卣〉《集成》5305：『史』見	〈作冊魖卣〉《集成》5432：公大『史』	《璽彙》1903：畏『史』	〈五年龏令戈〉《集成》11348：左庫工師長：『史』慶
吏〔註28〕	〈陳喜壺〉《集成》9700：荵『事』歲	《侯馬》303：「史」醜	《璽彙》0303：脩武畏『史』	睡虎地25：冗吏
徲	中山 39：左『使』車	〈十三年壺〉《集成》9693：左『使』車	中山 39：左『使』車	
使	中山 39：右『使』車	中山 38：左『使』車	〈右使𦰩夫鼎〉《集成》9693：右『使』車	
逨	〈中山王譽鼎〉《集成》2840：『使』知社稷之任	〈中山王譽方壺〉《集成》9735：舉賢『使』能		
事	〈叔簋〉《集成》4133：王姜史（使）叔『事』於大保	〈伯晨鼎〉《集成》2816：用夙夜『事』	包山 2.201：出內事王	包山 2.135：執事人
	包山 2.58：執事人			

不難發現「吏」、「事」、「使（包含：徲、徲、逨三種字形）」由「史」字分化出來的痕跡，字形仍趨近相似。目前「吏」字古文字隸定乃依「從史，中

文——說明。

〔註28〕「吏」字收字根據何琳儀《戰國古文字典》取字標準，從史中間豎筆加圓點或橫筆者，非取詞例義項即是「官吏」之「吏」字，其所收字例有讀爲「史」、「使」、「事」三種讀法，逕讀爲「吏」者僅《睡虎地》25「冗吏」，但何琳儀將此字例歸入「事」字下。

間豎筆加圓點或橫筆」依形隸定，但在文例上「史」、「吏」並無區別，以「嘗史」為例，既作「𦣞（《璽彙》1903）」也作「𦣻《璽彙》0303」，可見中間豎筆加圓點或橫筆，並無區別「史」、「吏」的功能；這種情況同樣可在「使」字看到，「使」字作「𢓵」、「𢓜」、「𨕝」三種寫法，所從「史（或吏）」旁，中間豎筆亦是有加圓點、橫筆或不加兩種寫法，可見一開始這只是裝飾性的贅筆，無區別功能，

「使」、「史」較大差異在於加「人（或變為亻）」、加「辵」，所從「史」旁與「史」字並無太大差異。「史」、「事」在甲骨文便有所區別，「史」字上端加「V」形分化符號作「𦥔」即是「事」，「史」為「職事者」，所從事之事即為「事」。〔註29〕西周至春秋戰國金文「史」、「事」均有明顯差異，尤其戰國楚簡更甚，「事」字多作「𦥖」或「𦥘」，與「史」字有明顯不同。

回過頭來觀察簡文「𦣞」字，形體與簡表「史」或「史」旁之字極為相近，差異僅在與「𦣞」、「𦣜」、「𦣻」所持之「中」形中間豎筆不同，依春秋戰國楚文字特性，特別偏好增添贅筆，據林師清源歸納結果：楚國常見的贅筆，以小圓點、『短橫畫』、平行二短畫、短斜與鳥蟲書與美術書體。（林清源1997：95）「𦣞」所從豎筆的短橫畫，應就是其中一種贅筆，楚文字「中」作「𢆉（《仰》25.13）」形便是佐證，因此是可以合理的推斷「𦣞」即是古文字中的「𦣞（史）」字，上述諸說中張桂光、曹錦炎之隸定可從。

「𦣞」，隸定作「史」，李零、張桂光主張讀「使」，訓解為用；而袁國華隸定作「使」，訓解為假使；陳偉逕讀為「史」，訓解為「文勝質則史」之「史」，文辭繁多、偏重文辭之義。就與其他《老子》相對勘「𦣞」相對應之字均作「文」，陳偉之說顯然與眾本異文的「文」在意義上較聯繫得上，但在訓解上陳斯鵬便提出不適之處，「文勝質則史」之「史」屬於貶抑色彩的文辭，與簡文「三言之為史不足，令之有所屬」的文義明顯不符，若「三言『足以為史』，則無須再有所屬」〔註30〕，陳斯鵬的考慮是正確的。因此，本文認為「𦣞」，隸定作「史」，應訓解為史鑑或史冊之「史」，「三言以為史不足」表示「上述三句史鑑條文是不夠的」。

〔註29〕參見于省吾：〈釋古文字中附劃因聲指事字的一例〉，《甲骨文字釋林》，頁446。

〔註30〕陳斯鵬：〈楚簡『史』、『弁』續辨〉，《古文字研究》第二十七輯（北京：中華書局，2008年），頁403。

簡文意指：上述三句史鑑條文是不夠的，一定要讓人們觀念有所歸屬，示人以白色布帛，抱持未雕琢之木，以樸素示人，減少私心和欲念。

【5】見／視

《郭店·老子甲》2：

『𥄚（視）』索（素）保（抱）僕，少厶（私）須〈寡〉欲。

《郭店·老子丙》5：

『𥄚（視）』之不足『𥄟（見）』。

整理小組於甲簡注釋〔六〕中提出，簡文「視」與「見」的字形有別，「視」下部爲立「人」，「見」作「𥄟」。裘錫圭以《郭店·老子丙》5「𥄚（視）之不足𥄟（見）」，「視」、「見」寫法不同爲此佐證。並以甲骨文、金文「𥄚」、「𥄟」、「𥄚」、「𥄚」等字形，說明「𥄟」字當爲楚簡「見」字，爲跪坐人形；「𥄚」爲楚簡的「視」字，爲立人形。但由於《郭店·五行》文字顯示，當時某些「見」字已作人形，與「視」字無別，表示當時此種區別方式已有被放棄的趨勢。（裘錫圭 2000：183）

裘錫圭所提出「見」「視」二字形體有別，爲多數學者所遵從，但仍有學者提出反對意見，如：張桂光便認爲裘錫圭所徵引甲金文字並不足以作爲楚簡「見」、「視」二字區別的佐證，目前尚無充分證據可資證明楚簡「𥄚」、「𥄟」乃承自甲骨文「𥄚」、「𥄚」一脈，在文字隸更是認爲甲骨文「𥄚」字當釋作「望」，非「視」。而商周金文中，橫目下從「跪坐人形」或從「直立人形」之字，文例多相通，僅是從「跪坐人形」之字多見於早期，從「直立人形」之字多見於晚期。因此認定「𥄚」、「𥄚」當是同一字，其不同處在於不同時代呈現出不同的文字形體，「𥄚」字乃是「𥄚」字所從跪跽狀逐步消失，簡化爲直立人形所致。（張桂光 1999b：27～34）朱歧祥的意見與張桂光雷同〔註31〕，認爲上古文字並無統一書體的規範，同類偏旁常有自由混用的例子，因此楚簡中的「見」字從「人」或從「卩」並無差別。（朱歧祥 2001：180～184）

裘錫圭與張桂光所持論點及其證據，各有所從，然簡文爲戰國時期楚國文字材料，欲瞭解楚簡中的「見」字是否有從「人」或從「卩」的區別，僅能以

〔註31〕此說朱歧祥與張桂光仍有不同之處，張桂光認爲甲骨文「𥄚」字當釋作「望」，而朱歧祥釋作「見」。

各批楚國簡牘材料中的「見」字著手，以此作爲理論依據，方能準確說明何者說法較爲適切。擇其簡文中讀爲「見」及「視」之字形，分屬「見」及「視」項下，製作以下簡表，進以歸納確認「視」、「見」二字字形是否有所分屬（引文盡量用寬式釋文，以免混淆字形焦點）：

	〔見形〕	〔視形〕
1	《郭店·老丙》5：視之不足〔字〕（見）	〔字〕（視）之不足見
2	《郭店·緇衣》19：《君陳》云：「未■（見）聖，如其弗克〔字〕（見），我既〔字〕（見），我弗由聖。」	《郭店·緇衣》2：子曰：「有國者，彰好彰惡，以〔字〕（視）民厚。」（《上一·緇衣》相對應「視」異文作「〔字〕」）
3	《郭店·緇衣》40：苟有車，必〔字〕（見）其轍；苟有衣，必〔字〕（見）其敝；人苟有言，必聞其聲；苟有行，必〔字〕（見）其成。	《郭店·緇衣》6：故君民者，彰好以〔字〕（視）民。
4	《郭店·五行》9～10：不仁不智，未〔字〕（見）君子，憂心不能惙惙；既〔字〕（見）君子，心不能悅。亦既〔字〕（見）之，亦既覯之，我心則〔悅〕。	《郭·語三》13～14：自〔字〕（視，示）其所能，損；自〔字〕（視，示）其所不足，益。
5	《郭店·五行》12：未〔字〕（見）君子，憂心不能忡忡；既〔字〕（見）君子，心不能降。	《郭·語四》27：聖（聽）君而會，〔字〕（視）膚（貌）而納。〔註32〕
6	《郭店·五行》14：智之思也長，長則得，得則不忘，不忘則明，明則〔字〕（見）賢人，〔字〕（見）賢人則玉色。	《上二·民》6：明目而〔字〕（視）之，不可得而〔字〕（視）也，而得既塞於四海矣。
7	《郭店·魯》2：成孫弋〔字〕（見）	《上二·容》9：是以〔字〕（視）賢。
8	《郭店·性》2：喜怒哀悲之氣，性也，及其〔字〕（現）□□，則物取之也。	《上二·容》17：堯乃老，〔字〕（視）不明，聽不聰。
9	《上一·性》1：喜怒哀悲之氣，性也，及其〔字〕（現）於外，則物取之。	《上三·周》25：六四，顚頤，虎〔字〕（視）矖矖（眈眈）
10	《郭店·性》12：凡〔字〕（見）者之謂物，快於己者之謂悅，……	《上四·昭》7：王召而予之陳袍，龔之脾披之，其襟〔字〕（視）。
11	《上一·性》6：凡〔字〕（見）者之謂物，快於己者之謂悅，……	《上一·緇衣》20～21：苟有車，必□其轍；苟有衣，必〔字〕（見）其□；……必〔字〕（見）其成。
12	《郭店·性》38：□過十舉，其心必在焉，察其〔字〕（見）者，情安失哉？	《郭店·五行》29～30：文王之〔字〕（現）也女（如）此。文……于而〈天〉，此之謂也。〔字〕（見）而知之，智也。
13	《郭·語四》10：不〔字〕（見）江湖之水。	《上一·緇衣》10～11：《君陳》云：「未〔字〕（見）聖，如其弗克〔字〕（見），我既〔字〕（見），我弗由聖。
14	《上一·孔》16：〔字〕（見）其美必欲反其本。夫葛之〔字〕（見）歌也，……	《郭店·五行》23：未嘗〔字〕（見）賢人，謂之不明。
15	《上一·孔》23：以道交，〔字〕（見）善而傚。	

〔註32〕 本則釋文參照劉釗：《郭店楚簡校釋》（福建：福建人民出版社，2005年），頁234～235。

16	《上一‧孔》24：后稷之 （見）貴也，則以文武之德也。	
17	⊙《郭店‧五行》24～25：（見）賢人而不知其有德也，謂之不智。（見）而知之，智也。	
18	⊙《郭店‧五行》27～28：（見）賢人，明也。（見）而知之，智也。	
19	《上四‧昭》8：僕 （見）胖寒也，以告君王，今君王或命胖無 （見，現）。	

　　由上圖 19 組例證，我們可以得出以下結果：其一、作跪坐人形的「」多讀爲「見」，未有讀爲「視」的例證；其二、作直立人形「」多讀爲「視」，但偶而會有讀爲「見」的例證，如例證 11～14 即是；其三、檢視同批簡牘二字出現情況，如：郭店簡中的《老子》、《緇衣》、《性之命出》、《語叢》及上博簡中的《性情論》、《孔子詩論》、《昭王毀室》等篇明顯使用「」讀爲「見」，「」讀爲「視」的分野；其四、使用混亂的例證集中在某些篇章，如：郭店簡中的《五行》及上博簡中的《緇衣》，推測應與書手水平有極大關係。

　　歸納上述四點結論，我們可以證明裘錫圭之說法是較爲正確可信，雖戰國以後「見」、「視」二字已有混用階段，但多數簡牘的書寫仍存在十分嚴謹的分際分野。

　　簡文「視素抱樸，少私寡欲」意指示人以白色布帛，抱持未雕琢之木，以樸素示人，減少私心和欲念。

【6】須

《郭店‧老子甲》2：

　　少厶（私）『須〈寡〉』欲。

　　「」，相應帛書本、王弼本、傅奕本《老子》均作「寡」，整理小組將之視爲「寡」字之誤。

寡							
	毛公鼎	中山王𦮷壺	天策	《古文四聲韻》引古孝經	《古文四聲韻》引古老子	上博簡	清華簡
須							
	易弔盨	鄭義伯盨	曾侯乙簡	包山簡	郭店簡	上博簡	

選取金文、《古文四聲韻》及楚簡中的「寡」、「須」二字字形，綜合成上述字表，可發現楚簡中「彔（寡）」、「鬚（須）」二字是可歸類於形近字形，最大差異在於右半部二撇筆的有無，其形近而訛的可能性是有的，加上簡文此字相對應各個版本《老子》的相應位置均作「寡」，因此學者多從整理小組意見，將此字當作「寡」字之誤。然顏世鉉參酌《郭店》簡中「寡」字字形，以「鬚」形作爲「寡」字省「ㄐㄑ」部件的佐證，進而認定《郭店・老子甲》2與《郭店・老子甲》24二處之「須」字，均爲「寡」字之省寫，非形誤。（顏世鉉 2000b：38）

《郭店》簡中「寡」字共出現 5 次，分別作「彔」、「鬚」、「寡」三種字形，相應簡文如下：

1. 葉（葉）公之彔（顧）命員（云）。(《郭店・緇衣》22)
2. 古（故）君子鬚（寡）言。(《郭店・緇衣》34)
3. 彔（寡）人惑安（焉）。(《郭店・魯穆公》4)
4. 則民訏以彔（寡）信。(《郭店・尊德義》15)
5. 智鈃者寡（寡）悔（謀）。(《郭店・語叢三》31)

參酌第一型表格中《古文四聲韻》引古《孝經》與古《老子》「寡」字字形，可知《郭店》簡中「寡」形與《古文四聲韻》「寡」形乃一脈之承。寡字於金文作「寡」形，從宀從頁，戰國文字或省宀加四點以別嫌。（何琳儀 1998：482）《郭店》簡作「寡」形，其字形結構可能是「寡」字未省宀形，又多加四點別嫌符號，導致上方部件類化爲「雨」。顏世鉉以此字例作爲「寡」字或省「ㄐㄑ」部件之形，不甚恰當。再者，查閱其他古文字材料，「寡」字均有「彔」形，如：

字形	釋文	字形	釋文
寡中山王譽鼎	寡人聞之	寡中山王譽壺	寡人非之
寡中山王譽鼎	寡人許之	鬚中山王譽壺	不寡（顧）逆順
寡天策	一左寡	彔上博一孔子詩論	饌募（寡），德故也
寡天策	一右寡	彔上博一緇衣	葉公之募（寡）命云
		彔上博一緇衣	故君子募（寡）言而行

如圖表字形所示，目前所見「寡」字均有「ㄐㄑ」部件，未見省單邊「ㄑ」形部

件作似「須」形。因此顏世鉉之說就字形方面而論，缺乏了具體例證。

　　另外，劉信芳從字義上提出新說，認爲《郭店‧老子甲》2「須」字非誤寫，而當直接訓解爲止或避。「須欲」即是止欲或避欲。（劉信芳 1999：3～4）劉信芳徵引《書序》二條注釋，馬融注：「須，止也。」及鄭康成注：「避亂於洛汭」，進而將「須」訓作「止」。劉信芳於此是否過度詮釋馬融之註釋，恐有待商榷。《爾雅‧釋詁》：「止，待也。」《禮記‧檀弓》：「吉事雖止不怠」注：「止，立俟時事也」。由此可知「止」可作等待義訓解，而「須」字在典籍使用上亦多解釋爲等待之義，因此馬融之註解應是一種同表等待義的互訓，並非表示「須」有停止之義。

　　就字形字義兩方面，顏世鉉與劉信芳二說均有不足之處，《郭店‧老子甲》2「須」字，仍以整理小組所認爲「寡」字之形誤爲是，「少厶（私）寡欲」表減少私念，克制慾望之意。

二、【2～5簡《郭店‧老子甲》釋文】

> 江海（海）所以爲百浴（谷）⑦王，以亓（其）能 2 爲百浴（谷）下，是以能爲百浴（谷）王。聖人之才（在）民前也，以身逡（後）之；亓（其）才（在）民上也，以 3 言下之。亓（其）才（在）民上也，民弗毛（厚）也；亓（其）才（在）民前也，民弗害也。天下樂進而弗訨（厭）⑧。4 以亓（其）不靜（爭）也，古（故）天下莫能異（與）之靜（爭）。

【河上公本《老子》】六十六章

> 江海所以爲百谷者，以其爲善下之，故能爲谷王。是以聖人欲上民，必以言下之；欲先民，必以身後之。是以聖人處上民弗不重，處前而民不害。是以天下
>
> 樂推而不厭。以其不爭，故天下莫能與之爭。

【簡文語譯】

> 江海之所以能成爲百川匯集的歸處，是因爲江海能處於百川之下，所以能成爲百川匯集的歸往。聖人想位在人民之前，就必須把自身

利益放在人民之後；聖人想位在人民之上，必須對人民言辭謙讓。
因此聖人位居人民之上，人民並不感到沈重；處於人民之前，人民
也不感到妨害；天下百姓樂意推舉聖人而不感到厭棄。因爲聖人不
爭，所以天下沒有能與其爭者。

【7】浴

《郭店・老子甲》2～3：

> 江海（海）所以爲百『浴』（谷）王，以其能爲百浴（谷）下，是以
> 能爲百『浴』（谷）王。

「篗」、「篗」二字，整理小組隸定作「浴」，借作「谷」，學者多從之。然
劉信芳認爲「浴」字正統寫法應作「谷」形，是否有作「篗」或「谷」形提出
懷疑。

根據目前出現於各批楚簡的「浴」字，有「浴」（《郭店・老子甲》20）、「浴」
（《信陽》1.05）、「浴」（《帛書》乙 11.28）「浴」、「浴」《上博二・容成氏》27
等，均作「浴」形，未有水旁下移或谷形作「篗」、「谷」形。另外，「谷」或從
「谷」得聲的字，如：「谷」作「谷」（《郭店・性自命出》62），「欲」作「欲」
（《上博二・容成氏》12）、「欲」（《信陽》1.026），亦未見谷形部件作「谷」、
「篗」形。〔註33〕

劉信芳繼而提出「篗」隸作「浴」是錯誤的，認爲「穴」形部件與「骨」
字所從部件相類，應隸作「渦」或作「過」，乃老子故居渦水之名。（劉信芳
1999：4）此說雖有待商榷，但值得討論的是「穴」形部件，《說文》：「浴，
洒身也，從水谷聲。」浴的聲符爲「谷」。《說文》：「谷，泉出通川爲谷，水
半見出於口。」何琳儀認爲「谷」是個象形字，其聲符爲口。（何琳儀 1998：
346）然甲骨文作「谷（《合集》8395）」，金文承其形，或作「谷（〈格伯簋〉）」，
「口」形可簡化爲「凵」形，可見其聲符不應作「口」。又「禍」字於楚文字
作「禍」（《清華・楚居》10）及禍（《清華・尹至》03）二形，可見「谷」、
「骨」二字所從聲符相同，換句話說，浴、谷、骨的準聲首均是上方的「穴」

〔註33〕相關字形參照滕壬生：《楚系簡帛文字編（增訂本）》（湖北：湖北教育出版社，2008
年），頁 955～957「谷」字條，頁 946「浴」字條，頁 796「欲」字條。

形部件。在楚文字中從「公」得聲的字，如：骨作「骨」（《包山》2.152）、「骨」（《仰天湖》25.30）；髖作「髖」（《包山》2.232）或「髖」（《包山》228）；慉作「褐」（《秦家嘴》99.11）或「褐」（包山 2.213）。〔註34〕準聲首「公」可同時作「公」、「公」、「公」形。

再者，返回來討論《郭店・老子甲》2～3 的「窬」、「窬」，戰國時期文字異形實屬常見，文字偏旁寫法和位置經營往往不固定，水旁放置在字形的左、右、下均有可能，如：「清」字作「清」（《郭店・老子甲》10），亦作「清」（郭店・五行 11），足以證明水旁位置的不同僅是同一文字的異寫而已，加上上述論證結果準聲首「公」同時可作「公」、「公」、「公」形，是故可知《郭店・老子甲》之「窬」、「窬」二字與一般「浴（浴）」字無異，均釋作「浴」，借作「谷」。「百浴（谷）王」即指百川之王，意指江海能容百川之水。然楚簡中「浴」字均假作「谷」，而「谷」多假作「欲」，可能是當時流行的一種特有通假，是值得注意的地方。

簡文「江海所以為百谷王，以其能為百谷下，是以能為百谷王」意指江海之所以能成為百川匯集的歸處，是因為江海能處於百川之下，所以能成為百川匯集的歸往。

【8】詁

《郭店・老子甲》4：

　　天下樂進（推）而弗『詁』（詁）。以丌（其）不靜（爭）也，古（故）
　　天下莫能弄（與）之靜（爭）。

將郭店《老子》與帛書《老子》甲乙本及傳世本《老子》羅列如下：

　　郭店《老子》　　　　　天下　樂進而弗詁

　　帛書甲　　　　　　　天下　樂隼而弗猒也

　　帛書乙　　　　　　　天下皆樂誰而弗猒也

　　王弼本　　　　　　　是以天下　樂推而不厭

〔註34〕相關字形參照滕壬生：《楚系簡帛文字編（增訂本）》（湖北：湖北教育出版社，2008年），頁 405「骨」字條，頁 933「慉」字條，頁 36「褐」字條。

對照簡文「詀」的相應位置之字，正與「猒」、「厭」字相當，故整理小組僅釋為「厭」。丁原植、劉信芳、張桂光等人持反對意見；袁師國華則對「詀」字重新作構形分析，最後訓讀結果與整理小組意見相同。

　　丁原植認為若通假作「厭」，訓解作厭棄或厭倦，文意並不通順，「詀」該假作「詹」，《說文》：「詹，多言也」。《莊子・齊物論》成玄英疏：「詹詹，詞費也」，引伸有議論紛紛之義。劉信芳則認為「詀」也就是「詹」字，《玉篇》：「詀，多言也」是為其義。（丁原植 1998：24；劉信芳 1999：6）丁原植、劉信芳依據《玉篇・言部》「詀」字條，與簡文「詀」字劃上等號，進而與「詹」字通假，對於「詀」字的考釋卻隻字未提。「詀」字除《玉篇》、《廣韻》曾出現外，現有文字資料皆未見其字，如此立論，就整個「詀」字的文字源流而言，缺乏了最主要的文字演變過程與平行證據，亦忽略文字發展的過程中「同形異字」的可能。字書在文字考釋上，是能當作考釋的線索或旁證，但仍須透過整個文字構形或偏旁部件的分析，找出和已知文字的相應關係，通過比較確認字形，方能做出準確的考釋，丁原植、劉信芳之言論流於輕信字書而忽略其他佐證材料。

　　張桂光認為「詀」從占得聲，「詀」、「厭」二字雖同屬談韻，但聲母相差甚遠，反不如與「讒」字通假，「天下樂進而弗讒」意指天下人都樂於推舉他而不說他壞話。（張桂光 1999：73）檢索《郭店》的厭字作「𤡔」形，從犬猒聲，「猒」從肉「𠡒」聲。〔註35〕如此，「詀」與「厭」二字均從「𠡒」得聲，單就聲音通假而言，是絕對沒有問題的，故張桂光的質疑並不成立。

　　袁師國華則運用李運富所考證楚簡「紻」即「絹」字同音異體〔註36〕，重新對「詀」字作構形分析，認為「詀」字也就是省略聲符的「誵」字，而厭字又作「猒」形，「猒」與「誵」同聲符，故可通假。（袁師國華 1998：138）李運富將楚簡中從「肙」（「𠤳」、「𠤱」、「𠤰」）之字，作了精細的比對與推論，釋出「肙」字即「肙」字，並提出《望》2.8 有「生紻之裏」這樣的辭例，與包山簡「生絹之緹」之類的辭例相同，故「紻」字應就是「絹」字，可能為省體或同

〔註35〕楚簡中占字作「𠡒」（包 2.245）「𠡒」（包 2.213）二形，詳見滕壬生《楚系簡帛文字編（增訂本）》「占」字條，頁 325～327。

〔註36〕參李運富，《楚國簡帛文字構形系統研究》，長沙：岳麓書社，1997 年 10 月，頁 114～115。

從占得聲的異體字。（李運富 1997：114～115）根據李運富的文字構形分析，可知從肙得聲的字，在楚簡中可能有「　」、「　」、「　」、「　」、「　」等不同寫法。如此，再回過來檢視簡文的「詀」字，袁師國華的說法便比丁原植、劉信芳、張桂光諸說來的恰當，且顏世鉉更提出另一項證據，馬王堆帛書《雜療方》云：「棲木者爲蠭（蜂）、蟿斯」，「蟿斯」於《爾雅‧釋蟲》則爲「蛄斯」，恰好提供了「占」、「厭」二聲互換的證據。（顏世鉉 1999：25）

簡而言之，「詀」與「厭」同從「肙」得聲，故可通假，訓解爲厭棄、討厭之義。簡文「天下樂進（推）而弗詀（厭），以其不爭也，故天下莫能與之爭」釋爲：天下百姓樂意推舉聖人而不感到厭棄。因爲聖人不爭，所以天下沒有能與其爭者。

三、【5～6 簡《郭店‧老子甲》釋文】

　　皋（罪）莫厚唇（乎）甚欲，咎莫<u>僉⑨</u>唇（乎）谷（欲）得 5，化（禍）莫大唇（乎）不智（知）足。智（知）足之爲足，此互（恆）足矣。

【河上公本《老子》】四十六章下段

　　罪莫大於可欲，禍莫大於不知足，咎莫大乎欲得。故知足之足，常足。

【簡文語譯】

　　罪過不會重過過份的欲望，過錯沒有厲害過貪得無厭，災禍沒有大過不知足。知道滿足爲滿足，這就是恆久的滿足。

【9】僉

《郭店‧老子甲》5～6：

　　皋（罪）莫厚唇（乎）甚欲，咎莫『僉』唇（乎）谷（欲）得，化（禍）莫大唇（乎）不智（知）足。

首先將《老子》與帛書《老子》甲本及各個傳世本版本《老子》羅列如下：

　　帛書甲　　　　　　　咎莫『憯』於欲得。

　　王弼本　　　　　　　咎莫『大』於欲得。

　　傅奕本　　　　　　　咎莫『憯』於欲得。

敦煌本　　　　　　咎莫『甚』於欲得。

《韓非子・喻老》　咎莫『憯』於欲得。

《韓非子・解老》　咎莫『憯』於欲利。

簡文「皋（罪）莫『厚』啬（乎）甚欲，咎莫『僉（憯）』啬（乎）谷（欲）得，化（禍）莫『大』啬（乎）不智（知）足」，三句一組爲排比句型，「僉」相對應的「厚」與「大」，均屬表程度的形容詞。於敦煌本《老子》、王弼本《老子》中與「僉」相對應之異文爲「大」及「甚」字，亦表程度形容詞用字，因此竹簡本的「僉」與帛書本的「憯」字應具相同詞性。

　　整理小組將簡文的「僉」字直接假作「憯」，然「憯」字如何訓解，卻未作補充說明。學者對此多未採納整理小組意見，因「憯」字無法將全句解釋通順，繼而學者多直接訓解「僉」字，或以「僉」字與其他字通假。如：

　　1、丁原植、顏世鉉均將「僉」字訓解爲大、多或甚之義，然所徵引的文獻有所不同，丁原植引《方言》卷十二：「僉，劇也。僉，夥也。」《廣雅・釋詁三》：「僉，多也。」並認爲郭店《老子》與馬王堆帛書《老子》是不同傳本，與作「甚」或「大」的版本較接近。（丁原植1998：34）顏世鉉引《爾雅》：「僉，遍也。」王念孫《疏證》云：「遍之言過也，夥也。《方言》云：『凡物盛而多，齊宋之郊，楚魏之際曰夥。自關而西秦晉之間，凡人語而過謂之遍，或曰僉』又云：『僉，劇也。僉，夥也』（顏世鉉1999：25～26）

　　2、張桂光、李零、劉釗：將「僉」字假作「險」字，訓解爲險惡、危險之義。（張桂光1999：73；李零1999：468；劉釗2005：7）

　　以上諸說，均可與前後文的「厚」字、「大」字之類的程度形容詞相呼應，在文意通讀上也比讀爲「憯」字來得好，就歷來各批楚簡中「僉」字的通假用例，通假作「險」最爲常見，上述二說以張桂光、李零、劉釗「險」字之說較不迂迴，但在歷來不同的版本用字上，二說均無法給予一個合理的解釋。

　　在如此情況下，若要說通歷來《老子》版本異文之不同，本文則提供另一新的想法，「僉」字在《包山楚簡》中便有出現，其文例如下：

競不割（害）　（僉）殺余舉於競不割（害）之官。（《包》121）

僉殺僕之兄旳，……（《包》133）

苟冒、桓卯僉殺僕之兄旳，……（《包》135）

　　苛冒、桓卯僉殺舒明，……（《包》136）

原釋文初將此字釋作「並」，後滕壬生《楚系簡帛文字編（增訂本）》、何琳儀《戰國古文字典》均收入「僉」字例下〔註37〕，目前此字的隸定多同意上述作「僉」，但此字的訓讀較不一致。「僉」字在古文字中有假作「劍」〔註38〕、「斂」〔註39〕、「儉」〔註40〕，「險」〔註41〕等用法，但這些通假卻無法將上述《包山楚簡》文例訓解通順。簡文《老子》「僉」相應帛書本《老子》作「憯」，佐以通讀《包山楚簡》之文例，將「僉」讀為「憯」，《說文》：「憯，慘也。」訓解為慘殺、毒殺之義，其文意似乎便趨明朗。如此，亦可反證「僉」字可與從「朁」得聲的字相通假。「僉」、「憯」同屬清母添部字，在聲音上理應可通假。《莊子‧庚桑楚》：「兵莫『憯』于志，莫邪為下。」，其語法與簡文「咎莫『憯』乎甚欲」幾近相同，用法應也是雷同，《莊子‧庚桑楚》「憯」字，解釋為厲害，全句意指武力兵器不會比心志謀略來的厲害，莫邪與之相比是屬於低下的。同理「咎莫憯乎甚欲」之「憯」字，亦可解釋為過錯不會比貪得無厭來的厲害。

　　最後，需疏通歷來版本不同用字的問題，「僉」字在歷來各個《老子》版本中有作「憯」、「大」、「甚」。在《郭店竹簡》未出土前，朱謙之就以馬王堆帛書及各個傳世本為基礎，對此問題有所整理。（朱謙之 1985：187～188）如下：

　　（1）劉師培《老子斠補》認為王弼本「咎莫大於欲得」句，《韓非子‧解老》、《韓非子‧喻老》引用時「大」均作「憯」。〈解老篇〉云：「苦痛雜於腸胃之間則傷人也憯，憯則退而自咎」，將「憯」字訓解同「痛」。又傅奕本「大」亦作「憯」。因此，劉師培認定「憯」字必為《老子》古本的本字。而王弼本所作的「大」字，應是後人以為「罪莫大於可欲，禍莫大於不知足」的「大」字是此句的字律，故將「憯」改為「大」。

〔註37〕詳見滕壬生《楚系簡帛文字編（增訂本）》（湖北：湖北教育出版社，2008 年）「僉」字條，頁 510；何琳儀《戰國古文字典》（北京：中華書局，1998 年）「僉」字條，頁 1460。

〔註38〕《望》2.48：「七商僉（劍），一嵩戈，七僉（劍）繡。」

〔註39〕《郭店‧性》25～26：「觀韶、夏，則免（緬）女（如）也斯僉（斂）。」

〔註40〕《郭店‧性》64：「憂欲僉（儉）而毋悟。」

〔註41〕《銀雀山‧善者》：「故善者制僉（險）量阻，敦三軍，利詘（屈）信（伸），適（敵）人眾能使……」

（2）畢沅《老子道德經考異》云：「河上公、王弼『憯』字亦作『大』，韓非作『咎莫憯於欲利』，李約『憯』作『甚』。《說文解字》：『憯，痛也』古音甚，憯同。」

（3）馬敘倫《老子覈詁》認為「甚」借為「憯」，聲同侵類。《說文》「糂」重文作「糣」是其例證。

首先，劉師培的推論有其道理的，就版本先後來看，「憯」字早於「大」字。而王弼本改易成「大」字，除去如劉師培所言因應字律而改定外，亦有可能是後人不知如何訓解「憯」字，才會改易成較容易理解的「甚」字或「大」字。再者，根據畢沅與馬敘倫的疏證，可知「憯」字與「甚」字古音相同，應可通假。如此推論下來，在郭店《老子》未出之前定以「憯」字為最古本字，如此方可疏通後來改易的「大」字和「甚」字。

而郭店《老子》的「僉」字亦假作「憯」，訓解為屬害，與帛書本、《韓非子·解老》、《韓非子·喻老》、傅奕本等版本的「憯」字應是一脈相承，後又易字為「大」或音借為「甚」這二種版本。簡文意指：罪過不會重過過份的欲望，過錯沒有屬害過貪得無厭，災禍沒有大過不知足。

四、【6～8 簡《郭店·老子甲》釋文】

以衍（道）差（佐）人宔（主）者，不谷（欲）以兵弪（強）6於天下。果而弗戮（伐）⑩，果而弗喬（驕），果而弗矜（矜）⑪，是胃（謂）果而不弻（強）。丌（其）7事好長。

【河上公本《老子》】三十章

以道佐人主者，不以兵強天下。其事好還。〔師之所處，荊棘生焉。大軍之後，必有凶年。〕善者果而已，不敢以取強。果而勿矜，果而勿伐，果而勿驕，果而不得已，果而勿強。（〔〕內文字表簡文無相對異文）

【簡文語譯】

用道輔佐君主的人，不想以武力逞強於天下。成功了不誇耀，成功了不驕傲，成功了不自恃，這就是成功了不逞強。輔佐君王之事美

好而長久。

【10】䥯（癹）

《郭店‧老子甲》7：

　　果而弗『䥯（伐）』，果而弗喬（驕），果而弗裣（矜），是胃（謂）

　　果而不弱（強）。

　　「䥯」字，整理小組釋作「癹」，根據與帛書《老子》甲、乙本異文對勘，簡文應借作「伐」，丁原植（1998：44）、魏啓鵬（1999：9）、李零（1999：464）等多從之。上述學者均引《玉篇》：「自矜曰伐」；《尚書‧大禹謨》：「汝惟不矜，天下莫能與汝爭能；汝惟不伐，天下莫能與汝爭功。」孔《傳》：「自賢曰矜，自功曰伐。」訓解作誇耀之義。

　　劉信芳卻對此提出反駁，認爲諸本改「䥯」爲「伐」，甚爲不通。「果」已是不得已用兵，又謂之「不伐」，前後矛盾。因此將此字隸作「癹」，引《郭店‧老子丙》3「古（故）大道癹」與楚帛書乙篇「山陵其癹」，「癹」讀如「廢」，將此簡「癹」字亦讀如「廢」，訓解爲廢毀宗廟之義。「果而弗廢」的意涵與古代兵家思想相同，均指達到用兵的目的即可，不要連國家宗廟都毀廢了。（劉信芳 1999：8）

　　「䥯」字隸定爲「癹」或「癹」均可，袁師國華于〈戰國楚簡文字零釋〉中即有詳細的論述，袁師國華認爲從《包山楚簡》「癹」字的不同寫法，可勾勒出「癹」字衍化的輪廓：（A）「䥯」（B）「䥯」（C）「䥯」（D）「䥯」（E）「䥯」（F）「䥯」。（1993：225～227）由此可知，「癹」字乃「癹」字之訛變，「癹」、「癹」實爲一字。劉信芳對整理小組所提出的反駁，顯然是誤解了「不伐」之義，此處的「伐」並不作攻伐解，而是自誇功績之義，所以並沒有劉信芳所提出的前文已不得已出兵，後文又謂之不伐的矛盾。簡文「果而弗癹」、「果而弗驕」、「果而弗裣」三句爲排比句型，「驕」、「矜」、「癹」三字，均應指涉心理行爲，若「癹」借作「廢」，訓解爲廢毀，則無法與「驕」、「矜」二字對應，故此字訓讀上仍以整理小組所說爲是。簡文意指成功了不誇耀，成功了不驕傲，成功了不自恃，這就是成功了不逞強。

【11】矜

《郭店‧老子甲》7：

果而弗豐（伐），果而弗喬（驕），果而弗『矜（矜）』，是胃（謂）
果而不弜（強）。

「矜」字于《天星觀》簡與〈詛楚文〉亦曾出現，其辭例分別爲「墜矜」
與「張矜意怒」，前者爲人名用字，毋庸申論；後者何琳儀引《廣雅‧釋詁》：「『矜』，
大也」作訓解。（何琳儀 1998：1148）《說文》：「矜，矛柄也，從矛令聲。」《段
注》：「各本篆作矜，解云：今聲今依漢石經、《論語》、溧水校官碑、魏受禪表
皆作矜，……今音之大變於古也，矛柄之字改而爲稜，云古作矜，他義字亦皆
作矜，從今聲。又古今字形之大變也」，其義「矜」之本義爲矛柄，古音在眞部，
後因「矜」引伸義極多，文字開始分化，分化後「矜」改易成「稜」；引伸義，
如作「矜誇」、「矜持」訓解者，韻部則轉入蒸韻，文字改易成「矜」。郭店《老
子》中的「矜」字保留「矜」字未變易前的字形，二者爲分化字的關係。

簡文意指成功了不誇耀，成功了不驕傲，成功了不自恃，這就是成功了不
逞強。

五、【8～9簡《郭店‧老子甲》釋文】

長古之善爲士者，必非（微）⑫溺（妙）⑬玄達，深不可志（識），
是以爲頌（容）：夜（豫）麿（乎）奴（若）⑭冬涉川，猷（猶）麿（乎）
奴（若）其慬（畏）四哭（鄰），敢（嚴）麿（乎）其奴（若）客，觀
（渙）⑮麿（乎）其奴（若）懌（釋）⑮，屯⑯麿（乎）其奴（若）
樸，坉⑯麿（乎）其奴（若）濁。竺（孰）能濁以朿（靜）9者，牂
（將）舍（徐）清。竺（孰）能吡⑰以迲⑱者，牂（將）舍（徐）
生。保此衍（道）者，不谷（欲）端（尚）呈（盈）⑲。

【河上公本《老子》】十五章

古之善爲士者，微妙玄達，深不可識。〔夫唯不可識〕，故強爲之容：
與兮若冬涉川，猶兮若畏四鄰，儼兮其若客，渙兮若冰之將釋，敦
兮其若樸，〔曠兮其若谷〕，渾兮其若濁。孰能濁以靜之，徐清。孰
能安以久動之，徐生。保此道者不欲盈。〔夫唯不盈，故能蔽而新成。〕

（〔 〕內文字表簡文無相對異文）

【簡文語譯】

古時善於體道的士人，一定是精微玄奧，幽深通達，深淵得難以認識。所以只能勉強地加以形容。猶豫的樣子就像冬天過河，躊躇的樣子就像害怕周邊鄰國進攻，嚴肅莊重的樣子就像在作客。行動灑脫的樣子就像冰雪消融，敦厚樸實的樣子就像未加工的木頭，混屯的樣子就像江水混濁。誰能使濁流靜止，讓之慢慢澄清；誰能在安靜中起律動，使之慢慢萌生。保持此道者，不要崇尚盈滿。

【12】非

《郭店・老子甲》8：

古之善爲士者，必『非（微）』溺玄達，深不可志（識），是以爲之頌（容）：

「非」字，整理小組假作「微」，丁原植、魏啓鵬、李零等學者均從之。（丁原植 1998：52；魏啓鵬 1999：9；李零 1999：464）劉信芳則另持異說，讀爲「菲」，《方言》卷十三：「菲，薄也。」訓解爲微薄之義，且將「非溺」讀爲「菲弱」。（劉信芳 1999：10）

今按，就聲音而言，將「非」讀爲「微」或「菲」皆可。就文意的訓解，整理小組將「非溺」讀爲「微妙」，藉以形容上文所謂「善爲士者」的深不可測；而劉信芳讀爲「菲弱」，應指薄弱之義，「薄弱」乃負面詞彙不應用以形容善於爲士的人，且歷來文獻資料中亦未有將「薄弱」寫作「菲弱」之例。因此，就文意上的順讀以整理小組說法較好。

此句「必非溺玄達」對勘帛書《老子》乙本與今本《老子》，「非」字對應異文「微」字。典籍文獻中亦多有「非」「微」二字通假的例證，如：《禮記・檀弓下》：「雖微晉而已天下其孰能當之。」《孔子家語・曲禮》「微」作「非」；《荀子・哀公》：「非吾子無所聞之也。」《新序・雜事四》「非」作「微」。故此仍以整理小組意見爲是，不另闢新說。簡文意指：古時善於爲士的人，一定是精微玄奧，幽深通達，深淵得難以認識。所以只能勉強地加以形容。

【13】溺

《郭店・老子甲》8：

古之善爲士者，必非（微）『溺』玄達，深不可志（識），是以爲之
頌（容）：

「𧾷」字曾出現於《包山楚簡》中，其隸定與訓解眾說紛紜、莫衷一是，
最普遍的說法爲從「勿」聲，「沕」字異體，抑或讀爲「沒」，至《郭店竹簡》
出土才得以釐清此爲「溺」字之訛變。《郭店竹簡》中，「𧾷」字共出現四例，
除《老子》簡 8 外，其餘三例「骨溺（弱）堇（筋）秾（柔）而捉固」（《郭・
老甲》33）、「溺（弱）也者，道之甬（用）也」（《郭・老甲》37）、「天道貴溺
（弱），雀（爵）成者以益生者，伐於勞（強）」（《郭・太》9）均假作「弱」。《郭
店竹簡》中「𧾷」字與「弱」字通假，恰可反證此字必爲「溺」字。

「𧾷」整理小組假作「妙」，與上文「非（微）」字連讀爲「微妙」。魏啓鵬
從之，認爲二字藥宵對轉，其韻甚近，其聲同爲鼻音，故得通假。（魏啓鵬 1999：
9）丁原植提出另一看法，將「溺」假作「沕」，訓解爲潛藏隱沒之義。（丁原植
1998：52）

丁原植將「溺」假作「沕」，可能受到整理小組將溺字分析爲「從弓從勿從
水」的影響，然上述已證明此字爲「溺」字無誤，「從弓從勿從水」乃溺字之訛
變，因此，丁原植以從勿聲作爲假作「沕」字的理由，一開始便不成立。從聲
音上來看，「沕」字明母沒韻，「溺」字泥母藥韻，「妙」字明母宵韻，「沕」「溺」
二字韻部相差甚遠，通假的可能遠低於「溺」假作「妙」。就語法而言，「非溺」
與下文的「玄達」應同屬雙聲疊義的形容詞，如：《文子・九守》：「聖人誠使耳
目精明玄達」，用「精明」、「玄達」這二組詞來形容聖人，一般來說，理應不會
將「精明」一詞拆解成「精」而「明」。同理「非溺」即是與「玄達」相應的一
組詞，所以不應被拆解成「非（微）」、「溺」、「玄達」這樣的句子。而丁原植所
言「非（微）溺（沕）」一詞，即會造成以上這種不對應的語法。從歷來《老子》
版本對勘的結果，「溺」字均作「眇」或「妙」，而「眇」與「妙」又爲古今字，
故可知此字在版本上未有歧異。綜上所述，此字仍以整理小組意見爲是。

簡文意指：古時善於體道的士人，一定是精微玄奧，幽深通達，深淵得難
以認識。所以只能勉強地加以形容。

【14】奴

《郭店・老子甲》8～9：

> 夜（豫）虖（乎）『奴（若）』冬涉川，獻（猶）虖（乎）『奴（若）』
> 其悁（畏）四叟（鄰），敢（嚴）虖（乎）其『奴（若）』客。

「奴」字對勘歷來《老子》版本均作「若」，而裘錫圭按語云：「『奴』似應讀為『如』」，裘錫圭說法多為學者所接受。《老子》這段文字同時出現于《文子・上仁》：「為天下有容者，豫兮其若冬涉川，猶兮其若為四鄰，儼兮其若容……」，與其「奴」字相應之處亦作「若」字。簡言之，從歷來版本校勘的結果得知，此處均作「若」不作「如」。從聲音上來說，奴（魚部泥母）、如（魚部泥母）、若（鐸部泥母）三者通假的可能性都很高。因此，透過觀察《郭店》參酌《上博》及其他批簡牘中「奴」、「如」、「女」、「若」四字的使用情形，進一步討論「奴」、「如」、「若」三字的關係。（引文盡量用寬式釋文，以免混淆字形焦點）：

奴	1、夜（豫）乎『奴』冬涉川。猶乎其『奴』畏四鄰，嚴乎其『奴』客，觀（渙）乎其『奴』釋，屯乎其『奴』樸，坉乎其『奴』濁。（《郭・老甲》8～9）
	2、子『奴（如）』思我。《上四・采》1
	3、子之賤『奴』。《上四・采》4
女	1、侯王『女（如）』能獸（守）之。（《郭・老甲》18～19）
	2、臨事之紀，慎終『女（如）』始。（《郭・老甲》11）
	3、明道『女（如）』字。夷道□□，□道若退。上德『女（如）』谷，大白『女（如）』辱，4.廣德『女（如）』不足，建德『女（如）』□，□貞『女（如）』愉。（《郭・老乙》10～11）
	5、好美『女（如）』好繻衣，惡惡『女（如）』惡巷伯。（《郭・緇》1）
	6、詩云：「彼求我則，『女（如）』我不得，執我仇仇，亦不我力。」。（《郭・緇》18）
	7、子曰：王言『女（如）』絲，其出『女（如）』綸；王言『女（如）』索，其出『女（如）』絆。（《郭・緇》29～30）
	8、君子不自留『女〈安〉（焉）』。（《郭・緇》41）
	9、魯穆公問於子思曰：何『女（如）』而可謂忠臣？（《郭・魯》1）
	10、泣涕『女（如）雨』也。（《郭・五》17）
	11、文王之見（現）也女『如』此。（《郭・五》29）
	12、上帝臨『女（汝）』，毋貳爾心。（《郭・五》48）
	13、故昔賢仁聖者『女（如）』此。（《郭・唐》2）
	14、故堯之禪乎舜也，『女（如）』此也。（《郭・唐》25）
	15、仁者為此進，……女『如』此也。（《郭・唐》28～29）
	16、至信『女（如）』時，必至而不結。（《郭・忠》2）
	17、君子『女（如）』此，。（《郭・忠》3）
	18、是故之所以行乎蠻貉者，『女（如）』此也。（《郭・忠》9）
	19、聞笑聲，則鮮『女（如）』也斯喜。聞歌謠，則舀（陶）『女（如）』也斯奮。聽琴瑟之聽，則悸『女（如）』也斯歎。觀賚、武，則齋『女（如）』也斯作。觀韶、夏，則免（繇）『女（如）』也斯斂。咏思而動心，喟『女（如）』也。（《郭・性》24～26）
	20、哭之動心也，浸殺，其烈戀戀『女（如）』也，戚然以終。樂之動心也，濬深而喊（鬱）舀（陶），其烈則流『女（如）』也以悲，悠然以思。（《郭・性》30～31）
	21、不『女（如）』以樂之速也。（《郭・性》36）

	22、有其爲人之節節『女（如）』也，不有夫柬柬之心則采。有其爲人之柬柬『女（如）』也。不有夫恆殆之志則縵。（《郭‧性》44～45）
	23、有其爲人之快『女（如）』也，弗養不可。有其爲人之菓（淵）『女（如）』也，弗補不足。（《郭‧性》47～48）
	24、君子不卞（偏）『女（如）』道。（《郭‧六》5）
	25、君子『女（如）』欲求人道。（《郭‧六》6）
	26、非我血氣之親，畜我『女（如）』其子弟。（《郭‧六》15～16）
	27、女（如）將有敗。（《郭‧語四》16）
	28、雖勇力聞於邦不『女（如）』材，金玉涅（盈）室，不『女（如）』謀，眾強甚多不『女（如）』時，故謀爲可貴。（《郭‧語四》24～25）
	29、男女卞（偏）生言。（《郭‧六》33～34）
	30、男女不卞（偏）。（《郭‧六》39）
如	1、未見聖，『如』其弗克見。（《郭‧緇》19）
	2、『如（諾）』，莫敢不『如（諾）』。（《郭‧五》45）
若	1、《郭店竹簡》26 例均作「若」，無其他用法。〔註42〕
	2、馬王堆《六十四卦‧卒掛》：卒若嗟若。「若」，《易》通行本作「如」。
	3、《尚書‧微子》：若之何其。《史記‧宋微子世家》作如之何其。
	4、殷墟甲骨文《前》5.30.3：「王如曰…」如讀同若。
	5、《詛楚文》「若壹」讀爲「如一」。

　　于《郭店竹簡》中當連詞「如」字使用，除「如」字本身外，其餘多由「女」字所假。《郭店竹簡》中「女」字共49例，除《緇衣》簡41誤寫作「安」；《五行》簡48假作「汝」；《六德》簡33、39仍作「女」外，其餘45例均假作「如」，故可知「女」字與「如」字通假比例高達91％，儼然成爲《郭店竹簡》中特定的單向通假〔註43〕。「奴」（魚部泥母）與「如」（魚部泥母）二字雙聲疊韻，理應可同音通假，但各批楚簡中少見此種通假，僅上表「奴」字例證2：《上博四‧采風曲目》1有此例證。而「如」（魚部泥母）與「若」（鐸部泥母）通假例證，則見上表「如」字例證2：《郭店‧五行》45「如」讀爲「諾」（鐸部泥母）。「奴」讀爲「如」及「如」讀爲「若」，在例證上均屬於極少數，但均有其佐證可尋，就聲音上而言，「如」與「奴」二字上古音韻均同，便無法斷然排除「奴」與「若」通假的可能。

　　綜上所述，《郭店竹簡》中「如」字91％由「女」字所假，儼然成爲一種

〔註42〕　詳參張光裕、袁國華合編《郭店楚簡文字編》（台北：藝文印書館，1999年）「若」字條，頁345。

〔註43〕　「單向通假」一詞，乃唐鈺明于〈屮又考辨〉一文中所提出的看法，唐認爲「屮」、「又」二字在造字初期有各自的義項，「又」表「屮」的義項時，一開始只是臨時的假借，後來變成普遍的假借，但這屬於一種單向的通假，「又」可假作「屮」，但「屮」卻不作「又」。此處「女」與「如」通假的情形即是如此，故稱之單向通假。

特定的通假。上溯西周至戰國青銅器資料，金文作為連詞「如」義項使用的用字依然以「女」字居多，且金文中「奴」字屬於不常見用字，「若」字出現時間早至殷商，但作為連詞等同「如同」義項使用，時代則晚至春秋。並且金文中均未見「奴」通假作「如」或「若」的例證。是故簡單來說，簡文「奴」字無論通假作「如」或「若」，我們都只能說這是一種不常見的通假情況。宗靜航認為簡文「奴」應讀為「如」，是一種表示《郭店·老子甲》用字較古的證據〔註44〕，但就較古金文材料來看，此說法未必正確。

總括來說，簡文「奴」讀作「若」或「如」，在聲音上都極為相近，且均為少數通假用法，而在意義上，也無太大差別，並不會造成郭店《老子》思想的不同。是故就歷來《老子》版本的「若」字之用，此處仍傾向將「奴」假作「若」，不從裘錫圭意見。

簡文意指：猶豫的樣子就像冬天過河，躊躇的樣子就像害怕周邊鄰國進攻，嚴肅莊重的樣子就像在作客。

【15】觀／懌

《郭店·老子甲》9：

敢（嚴）唇（乎）其若客，『觀（渙）』唇（乎）其奴（若）『懌（釋）』，

屯唇（乎）其奴（若）樸，地唇（乎）其奴（若）濁。

「𤩷」，整理小組注曰：「從遠聲，讀作渙。」對勘帛書《老子》甲乙本與今本《老子》均作「渙」字，觀（遠）（匣母元韻）與渙（曉母元韻）聲音相近，應可通假。劉信芳則提出另一看法，認為「𤩷」字與郭店《五行》簡22「不『𣃓』（遠）不敬」之「𣃓」字相似，因此根據《郭店·五行》簡的校注將「觀」直接讀作「遠」，並訓解為疏而離之（劉信芳1999：11）。

首先將郭店《老子》與帛書《老子》甲乙本及傳世本《老子》羅列如下，再加以討論簡文「觀」、「懌」二字：

帛書甲、乙本　　　　　　　『渙』呵其若凌（凌）『澤（釋）』。

王弼本　　　　　　　　　　『渙』兮若冰之將『釋』。

〔註44〕宗靜航：〈讀《老子》偶記〉，《華學》第九、十輯（上海：上海古籍出版社，2008年），頁252～253。

傅奕本　　　　　　　　　　『渙』若冰之將『釋』。

《文子・上仁》　　　　　　『渙』兮其若冰『液』。

「懌」字，在郭店《老子》未出土前，因爲《文子・上仁》異文作「液」，因而引發學者討論「液」、「釋」二字之脈絡演變，哪一字爲古本《老子》的本字，易順鼎引《山海經・北山經》：「液，音悅懌之懌。」而「懌」又可與「釋」通，如：《尚書・顧命》：「王不懌」，馬本作「不釋」，故「液」字爲「釋」字之假。蔣錫昌亦認爲，此句用「釋」字勝於用「液」字，《說文》：「釋，解也。」「液，水盡也。」冰可言解，而不可言水盡，故《文子》作「液」應是「釋」字之假。《禮記・月令》：「冰凍消釋」，《釋文》「釋」作「液」，可爲其佐證。同理，簡文「觀啻其奴懌」之「懌」字，通假作「釋」字是較適當的。

「懌」字，整理小組讀爲「釋」，並認爲此句「觀啻其奴懌」之「懌」字前脫「凌」字。丁原植與李零認爲「觀（渙）啻（乎）其奴懌」與前後文的「其奴客」、「其奴樸」、「其奴濁」句式一致，未必脫「冰」字（丁原植 1998：54～55；李零 1999：469），此說法可備一說。然丁原植所提出「懌」字可能爲「液」字之同音假借，訓解爲滲漏、潛沒之義，則有其討論的空間。如前文所述，可知「懌」與「釋」定可通假，文意上假作「釋」字亦優於「液」字。「釋」字，段《注》亦云：「《廣韻》曰：捨也、解也、散也、消也、廢也、服也、按其實一解字足以包之。」用「釋」字形容前文的「觀（渙）」字其思想意涵更爲深遠，不似「液」字之意涵被拘限於某一範圍，且「液」字作潛沒義項解屬於非常見訓解用法，丁原植於最後解釋「觀（渙）啻（乎）其奴（若）懌（釋）」時，云：「他渙然散釋，像似潛沒而身解」，亦無法用潛沒之義貫通全句，只好又回到「釋」字之義補充身解二字，如此迂迴不如一開始就假作「釋」。

基本上前人學者對於此句「觀（渙）啻（乎）其奴（若）懌（釋）」的說解，與今本《老子》的理解相去不遠，而劉信芳卻另有新解，將全句讀爲「遠乎其如釋」解爲「若分手之人，去已邈遠」。通觀《郭店・老子甲》8～9，此句乃用以形容前文所謂「長古之善爲士者」所具備的態度，若如劉信芳所言，此句與前後文將完全不能銜接，文意窒礙隔閡，將「釋」字解爲分手之人亦有增字解經之嫌。故此處仍採一般的說解，將此句讀爲「渙乎其若釋」。

簡文意指：嚴肅莊重的樣子就像在作客。行動灑脫的樣子就像冰雪消融，

敦厚樸實的樣子就像未加工的木頭，混屯的樣子就像江水混濁。

【16】屯／坉

《郭店‧老子甲》9：

敢（嚴）啓（乎）其若客，觀（渙）啓（乎）其奴（若）懌（釋），『屯』
啓（乎）其奴（若）樸，『𡊅（坉）』啓（乎）其奴（若）濁。

將帛書《老子》甲乙本及各個版本《老子》羅列如下：

帛書甲	玌呵其若樸，	湷□□□□
帛書乙	沌呵其若樸，	湷呵其若濁
王弼本	敦兮其若樸，曠兮其若谷，混兮其若濁	
《文子‧道原》	其全也敦兮其若樸，	其散也渾兮其若濁
景龍碑	敦若朴，混若濁，曠若谷	

「屯」，由於簡文「『屯』乎其若樸」緊接下文「『坉』乎其若濁」，因此學者多從「屯」與「坉」前後呼應，連貫成雙聲聯綿詞「混沌」，同前文「『夜（豫）』乎若多涉川，『猶』乎若畏四鄰」，「豫」與「猶」這般關係的思路前進，將簡文「屯」字假作「沌」，「坉」字假作「混」。其中有二位學者提出較不同的看法，李零在認同「混沌」說之外，亦提出或許「坉」或讀「淳」亦通之說法。（李零1999：469）而劉信芳則認爲置於前的「屯」字當假作「敦」，置其後的「坉」字則假作「幐」。（劉信芳1999：12）

由於一開始便將思路鎖定在「屯」與「坉」，等同於前文「豫」與「猶」般的關係，所以問題討論上多環繞在「屯」與「坉」，究竟何字該假作「混」，又何字該假作「沌」，進而忽略簡文全句的文義連貫。簡文「屯」相應帛書《老子》乙本異文作「沌」，其他《老子》版本均作「敦」。「屯」、「沌」、「敦」三均定母諄韻，均可通假。如：《莊子‧天地》：「渾『沌』氏」，《路史‧前紀四》引《風俗通》作「渾『屯』氏」；《詩經‧大雅‧常武》：「鋪敦淮濆」，鄭《箋》：「敦當作屯」；《銀雀山‧孫臏‧善者》：「敦三軍，利詘信（伸）」，「敦」通假作「屯」，皆可爲其佐證。簡文「豫乎其若多涉川，猶乎其若畏四鄰，嚴乎其若客，渙乎其若釋，屯乎其若樸，坉乎其若濁」，除「豫」、「猶」外，仍有「嚴」與「渙」句，但卻無前後相對應的情況，是故「屯」是否必定是呼應「坉」而存在，是

需要再考慮的。若單就簡文「屯乎其若『樸』」之「樸」字思考，用未經雕琢的木頭來形容古之善爲士者，相應言其質性敦厚，會比言混沌的樣子來得恰當。是故此處傾向將「屯」假作「敦」，訓解爲質性敦厚樸實。

「坉」字相應帛書《老子》甲乙本異文作「淳」，王弼本《老子》作「混」，《文子》作「渾」。帛書本「淳」字亦出現于帛書《老子》乙「我愚人之心也，淳淳呵。」甲本則作「惷惷」、河上公本作「純純」、王弼本作「沌沌」。依上下文對勘的結果，可知「淳」字可假作「沌」或「混」、「渾」或「惷」字。劉信芳應也是依此將「淳」假作「惷」，引伸爲動擾之義。但觀簡文「長古之善爲士者，……，是以爲之容，豫乎其若冬涉川，猶乎其若畏四鄰，嚴乎其若客，渙乎其若釋，屯乎其若樸，坉乎其若濁」，「豫」、「猶」、「嚴」、「渙」皆是用以形容聖人行爲質性之詞，所以若如劉信芳所言將「坉」字訓解爲「動擾」，則無法與前文這些詞彙相對應，劉信芳此說較不恰當。若撇開一開始所侷限「屯」、「坉」兩兩呼應這一關係，同樣僅從簡文意涵去考慮，「坉乎其若濁」，指以江水之混濁來形容古之善爲士者之混沌未開，原始自然的樣子，「坉」假作「沌」，訓解爲混沌的模樣，亦是十分適切。帛書本《老子》「淳」「惷」均從「屯」得聲，與「坉」字音近，其他版本《老子》作「混」或「渾」，均正可爲簡文「坉」讀爲「沌」，訓解爲混沌作良好的佐證。

簡文意指：嚴肅莊重的樣子就像在作客。行動灑脫的樣子就像冰雪消融，敦厚樸實的樣子就像未加工的木頭，混屯的樣子就像江水混濁。

【17】屼

《郭店・老子甲》10：

竺（孰）能濁以朿（靜）者，牆（將）舍（徐）清。竺（孰）能『屼』以迋者，牆（將）舍（徐）生。

首先將帛書《老子》甲本及其他版本《老子》羅列如下：

帛書甲　　女（安）以重（動）之，余（徐）生。

王弼本　　孰能安以動之，徐生。

傅奕本　　孰能安以久動之，而徐生。（同河上公本）

「屼」，學者多不識，整理小組依其與其他版本《老子》對勘的結果，將之視爲

「安」字誤寫。此說法丁原植、魏啓鵬、趙建偉從之。（丁原植 1998：56；魏啓鵬 1999：10；趙建偉 1999：266）然觀其形構「從厂從匕」，與一般楚簡中的安字大不相同，因而崔仁義、張桂光等其他學者紛紛提出新的看法，茲逐一條列如下，以示眉目清晰，方便討論。

1、視爲「安」字之訛，讀爲安

主此說爲整理小組意見，丁原植、魏啓鵬、趙建偉從之。魏啓鵬另引金文「安」作「宀」；古貨泉文等例證，支持此說。趙建偉對於此字釋讀有二種看法，其中一種從整理小組意見，當作安字之訛，訓解爲安靜之義。

2、庀字之訛，讀爲橐

趙建偉另一說法，將「厂」視爲「庀」字之訛，讀爲橐，訓解爲虛器，引伸作虛無狀態。（趙建偉 1999：266）

3、依形隸定，從人從厂，與「安」同義

崔仁義則認爲「厂」字實從「人」從「厂」，「厂」與「宀」義近，而從「人」與從「女」義同，故爲「安」之同義詞。（崔仁義 1998：65）

4、隸定作「厄」，分析作從戌省匕聲，牝之異構

劉信芳將「厂」字隸定作「厄」，並分析成「從戌省匕聲」，認爲「厂」偏旁同《郭店‧老子甲》34 的「戌」字，「戌」可假作「牡」，因此，「厄」字是「牝」字之異構。（劉信芳 1999：13）

5、隸定作「庀」，讀爲「庇」

張桂光將「厂」隸定作「庀」，引《集韻‧紙韻》：「庀或作庇」。《左傳‧襄公十年》：「我實不能御楚，又不能庀鄭。」阮元《校勘記》：「各本庀作庇。」將「庀」讀爲「庇」，訓解爲庇護之義，連貫簡文「迬」讀爲「駐」，全句讀爲「庇以駐」。「庇以駐」對應河上公本「孰能安以久？」之「安以久」，恰巧文意相仿。（張桂光 1999：73）

6、隸定作「匹」，讀爲「宓」

1998 年袁師國華首先提出「厂」當隸定作「匹」。徵引《曾侯乙墓竹簡》及金文〈大鼎〉之「匹」字各作「匸（《曾》179）」、「匸（《曾》189）」、「匹（〈大鼎〉）」、「匹（〈大鼎〉）」相參照，認爲簡文之「厂」字當是「匹」字的變形音化。（袁國華 1998：135～146）2001 年又以《上博一‧緇衣》之「匹」字作從反「匕」

形-「斤」「斤」，補充前說，並參酌顏世鉉意見將「匹」讀作「宓」。〔註45〕（袁國華 2003：17～33）

就字形而言，隸定作「安」、「庀」或「厄」均有其明顯問題，先一一分析如下：

一、隸定作「安」字說

楚文字中「安」多作「𡠗（《包》2.105）」、「𡠗（《天》卜）」、「𡝩（《曾》50）」，以上三形為常見字形，無其異寫，也未見崔仁義所言以「厂」、「人」二偏旁替代的字形；「安」字的常見寫法與簡文「斤」形差距亦甚遠。就字形形近而訛及偏旁替代二說法，均無法說通「斤」即是「安」字。因此整理小組與崔仁義意見均非正解。

二、隸定作「庀」字說

「毛」形部件多作「勹」、「七」、「七」或「手」，其橫撇筆畫上只在中間處與豎筆相交會，若有兩橫撇筆則上部斜筆不出頭，觀其「斤」字，豎筆明顯不與橫撇筆畫相交，中間所從必是「七」非「毛」，趙建偉之隸定與推論並不適當。

三、隸定作「厄」，牝之異構說

林師清源曾提出「戊」字甲骨文作「𠂤」，乃屬於不可拆解的獨體象形，因此，戊字是否可省形成「厂」是首先需要被懷疑的〔註46〕。再者，「戊」字能與「牡」字相通假，即是取其「戊」聲與「土」聲相近，劉信芳以省形的「戊」聲又疊加上「七」形音符，以說明「斤」即是「牝」字，此造字之法似乎不合造字既有的邏輯，劉信芳之說亦不甚穩妥。

再者，針對第 5 說張桂光的「厄」字說進行討論，在字形上，此說乍看似乎言之有理，然從各個《老子》版本的對勘下，其說則有可議之處。將郭店《老子》、帛書《老子》甲乙本與各個傳世本《老子》羅列如下：（無問題文字通假引文盡量用寬式釋文，以免混淆字形焦點）

〔註45〕讀為「宓」之意見首度由顏世鉉提出，然顏氏對於「斤」字的字形分析，與袁師國華不同。詳參顏世鉉〈郭店楚簡散論（一）〉，《郭店楚簡國際學術研討會論文集》頁 100～107，武漢：湖北人民出版社，2000 年 5 月。

〔註46〕此說解為林師清源於課堂講解之意見，未見其他著錄。

郭店竹簡	孰能濁以朿（靜）者，將徐清。 孰能𠂆以迌　　　者，將徐生。	
帛書甲	濁而情（靜）之，　　　　徐清。 女（安）以動之，　　　　徐生。	
帛書乙	濁而靜　　之，　　　　徐清。 女（安）以動之，　　　　徐生。	
河上公本	孰能濁以止靜之，　　　徐清。 孰能安以久動之，　　　徐生。	
王弼本	孰能濁以　靜之，　　　徐清。 孰能安以久動之，　　　徐生。	
傅奕本	孰能濁以澄靖之，而　　徐清。 孰能安以久動之，而　　徐生。	

　　從歷來《老子》版本看來，此四句為前後對應的韻文形式，如：帛書《老子》甲本的「濁而情（靜），徐清」與「女（安）以動之，徐生」。「濁」對「安」；「靜」對「動」；「清」對「生」，二句意指「使濁流靜止，讓之慢慢澄清；在安靜中起律動，使之慢慢萌生」，文意上下相承、相輔相生。元吳澄便曾對此有很好的解釋，云：「濁者，動之時也，繼之以靜，則徐徐而清矣。安者，靜之時也，靜繼之動，則徐徐而生。」〔註47〕將其相輔相生之象，形容的十分貼切入裡。觀其河上公本與傅奕本，則在「動」、「靜」之前增入一形容詞以彰顯文意，王弼本近河上公本，但「濁以止靜」句卻缺一「止」字。歷來版本文字上雖有些許不同，但文意大抵同吳澄所言。然若如張桂光所云簡文為「庀以駐者，將舍生」與「安以久，動之徐生」，如此斷句問題便隨及產生，所徵引河上公本的句子應作「安以久動之，徐生」，而非「安以久，動之徐生」這樣的斷句，「久」字是用來形容「動」字而特意增添的，句型與上句「濁以止靜之」是相承而來。如此說來，張桂光對所徵引河上公本之佐證是有所誤解的。再者，「庀以駐者，將舍生」這樣的說法，將歷來版本所強調的動靜相生之理，和特意安排前後文句相呼應這般巧思將完全消失，繼而轉換成另一層面的思想意義。所謂「竺（孰）能濁以朿（次）者？牁（將）舍（徐）清。竺（孰）能庀（庀）以駐者？牁（將）舍（徐）生。」〔註48〕

<hr>

〔註47〕轉引自陳鼓應《老子註釋與評介》（北京：中華書局，1985年6月），頁120。

〔註48〕此釋文乃從張桂光〈《郭店楚墓竹簡·老子》釋注商榷〉一文中徵引下來。張桂光將朿讀為次，《尚書·泰誓中》：「惟戊午，王次于河朔。」孔安國傳：「次，止也。」

文意變成「誰能讓混濁停止？將逐漸清明。誰能長久庇護？將逐漸有生息」。其思想意涵與《老子》的動靜相生差之千里。單就歷來《老子》版本斷句及所傳達的思想意涵二方面來看，張桂光所持說法亦有其不妥之處。

「🀆」，在《上博》簡未發表前，一直廣爲學者分析討論，卻遲遲未有一個適當的定見出現。于 2001 年 11 月《上博》簡發表，新材料的出現使得「🀆」字的釋讀有了新的契機。1998 年袁師國華提出「🀆」當是「匹」字變形音化說，當時並未獲得很多迴響，2002 年袁師國華再次以《上博‧緇衣》簡「匹」作「🀆」「🀆」補充前說。「🀆」字的隸定由於外包部件似「厂」，進而忽略左上角塗黑處，《郭店》簡面世時代，由於尚無更多的字形可供比對，當時或以爲是筆墨不小心的過份按壓所造成，殊不知外包的部件當是「卩」非「厂」，爲「匹」之省寫。比較「🀆」、「🀆」二形，字形有異，但不難發現其相似處，均從匹從匕，「🀆」所從「匹（卩）」形角落撇筆作爲塗實，「🀆」所從「匹（卩）」形省作「卩」又與「匕」共用筆畫。二字所從「匕」形正反不同，但在金文中便常見「正匕」「反匕」互用的情形，如：「🀆（〈木工冊作匕戊鼎〉）」、「🀆（〈戈匕辛鼎〉）」、「🀆（〈妣己爵〉）」、「🀆（〈作妣己觶〉）」等。此二字完整隸定應作「𣥖」，從「匹」又疊加「匕」聲音符，均爲「匹」字異體無誤。而楚簡中屢見從「匕」得聲之字與從「必」得聲之字通假用例，如：《郭店》簡中「柲」多讀爲「必」，因此「𣥖」讀爲「宓」，說解亦十分恰當，袁師國華當是可從。

簡文意指：誰能使濁流靜止，讓之慢慢澄清；誰能在安靜中起律動，使之慢慢萌生。

【18】迬

《郭店‧老子甲》10：

　竺（孰）能濁以朿（靜）者，牁（將）舍（徐）清。竺（孰）能庀

　以『迬』者，牁（將）舍（徐）生。

「迬」，整理小組隸作「迬」，相應帛書本《老子》異文作「重」，王弼、傅奕本《老子》異文作「動」。裘錫圭按語云：「主與重上古聲母相近，韻部陰陽對轉」。然前輩學者對此字的訓解，衆說紛紜，莫衷一是。如：魏啓鵬將之讀作

故張氏將朿訓解爲停止之義。

「注」，訓解為生聚之義。（魏啓鵬 1999：10）劉信芳則讀作「徝」，訓解為相隨之義。（劉信芳 1999：13）張桂光讀作「駐」，訓解為長久之義。（張桂光 1999：73）趙建偉則讀為「動」。（趙建偉 1999：266）

魏啓鵬以「迬」、「注」二字同諧聲偏旁，故通假。並引《周禮・天官・獸人》：「令禽注于虞中。」賈疏：「注，猶聚也。」訓解為聚之義。又以《左傳・哀公元年》：「越十年生聚，而十年教訓」中「生聚」一詞，進一步認為「注」恰與後文「生」遙遙相應。（魏啓鵬 1999：10）首先，從韻讀上來說，簡文「竺（孰）能濁以朿（靜）▲者，牆（將）舍（徐）清▲。竺（孰）能庀以迬▲，牆（將）舍（徐）生▲。保此衍（道）者不谷（欲）竘（尚）呈（盈）▲。」運用了協韻的韻文書寫形式，此小節押耕韻，「注」字古音為端母侯部字，侯、耕二韻相差甚遠理應不會押韻，故「迬」若讀為「注」，在此段落便會造成韻不協。再者，「注」可訓解為匯聚，然「生聚」一詞未有作「生注」之例，故魏啓鵬之說多有不妥。

其次，劉信芳讀為「徝」之說，乃上承「庀」視作「牝」之異構而來，「庀以徝」即牝以相隨，然拙文已于「庀」字條有討論「庀」與「牝」字無關，其後續推論亦將不成立。（詳見「庀」字條）

再者，張桂光讀為「駐」，全句成「庇以駐」。而「庇以駐」恰與河上公本「孰能安以久？動之徐生」的「安以久」文意相仿。（張桂光 1999：73）然從歷來《老子》版本的對勘可知，此簡文為前後呼應的韻文形式，如：帛書《老子》甲本的「濁而情（靜），余（徐）清」與「女（安）以重（動）之，余（徐）生」。「濁」對「安」；「靜」對「動」；「清」對「生」，二對句文意更是上下相承、相輔相生。然張桂光所云的「庇以駐者，牆（將）舍生」與河上公本《老子》「安以久，動之徐生」文句相仿，實則誤解河上公本《老子》的斷句，河上公本《老子》「久」字是用來形容「動」字而特意增添的，斷句應作「安以久動之，徐生」，文法與上句「濁以止靜之」是相承而來。可見張桂光的說法仍待商榷。

最後，趙建偉讀為「動」，與今本《老子》相同，拙文於「庀」字條業已證明「庀」為「匹」之異體，讀為宓，訓解為安靜、靜謐之義，因此「迬」讀為「動」正與今本《老子》有所承，「庀以迬」與「安以動」文意相符，意指在安靜中起律動。

簡文意指：誰能使濁流靜止，讓之慢慢澄清；誰能在安靜中起律動，使之慢慢萌生。

【19】呈

《郭店‧老子甲》10：

　保此衍（道）者，不谷（欲）端（尚）『呈（盈）』。

「不谷（欲）端呈」句，帛書《老子》甲乙本與王弼本《老子》均作「不欲盈」，缺「端」字。「端（壐）」字最早出現於〈鄂君啓車節〉作「壐」、「壐」，隸定作「端」，從立、尙聲，然古文字中時有土旁與立旁互換的例子，如：坤或從立作「壐」（《璽彙》1792）或「壐」（《璽彙》2574）；坡或從立作「壐」（《璽彙》0522）或「壐」（《璽彙》3256），故「端」應讀作「堂」，爲堂字之異體，後《上博》簡多次出現此字，多讀爲「當」〔註49〕，此處整理小組則假作「尙」。

「端呈」一詞，學者多讀作「尙盈」，訓解爲崇尙豐足盈滿之義，如：魏啓鵬、李零等均主此說。（魏啓鵬 1999：10；李零 1999：464）丁原植則直接將「呈」字訓解爲呈現、顯露。（丁原植 1998：57）劉信芳則讀作「堂廷」，訓解爲朝廷之義。（劉信芳 1999：13）

劉信芳認爲楚系文字中，呈字僅此一例，舉凡讀如「盈」者，多作「涅」而不作「呈」。因此，「堂呈」應讀作「堂廷」，不欲堂廷即善爲士者處江湖之遠仍心在朝廷之義。然現有楚系文字資料中，從「呈」得聲之字多讀作「盈」〔註50〕，例：「罷（一）缺一罷（一）涅（盈）」（《郭‧太》7）；「居之不溫（盈）志」（《九‧五六》47）；「月則緹（盈）絀」（《帛》乙一‧7）。「涅」從呈得聲，所以「呈」與「盈」在聲音上必定是可以通假的，如《說文》：「緹，緩也，從糸盈聲，緹或從呈。」可見「呈」「盈」相互通假絕對沒有問題，是故劉信芳所疑慮「盈」多與「涅」通假而不與「呈」作通假，只能說「涅」字在目前楚系文字材料出現的多，而「呈」字出現僅此例證，不能藉此說「呈」字不與「盈」字相假借。

〔註49〕詳參滕壬生《楚系簡帛文字編（增訂版）》（湖北：湖北教育出版社，2008年），頁895「堂」字條。

〔註50〕相關字例可參滕壬生《楚系簡帛文字編（增訂版）》（湖北：湖北教育出版社，2008年），頁948「涅」字條；頁496「溫」字條；頁1080～81「緹」字條。

丁原植認為「呈」字並不一定要與「盈」字通假，《廣韻》：「呈，示也、見也。」進而將「呈」訓解成顯露之義，就前後文意與字義解釋而言，似乎也通暢有理，或可聊備一說。因此，本文對於「端呈」一詞讀為「尚盈」或讀為「尚呈」，簡文意指：「保持此道者，不要崇尚盈滿」或「保持此道者，不要崇尚外露其光」。

六、【10～13簡《郭店・老子甲》釋文】

為之者敗之，執之者遠⑳10之。是以聖人亡為古（故）亡敗；亡執古（故）亡遊（失）㉑。臨事之紀，訢（慎）㉒冬（終）女（如）忥（始）㉓，此亡敗事矣。聖人谷（欲）11不谷（欲），不貴難導（得）之貨；孝（教）不孝（教），遑（復）眾之所=㞷（過）㉔。是古（故）聖人能専（輔）萬勿（物）之自朕（然），而弗12能為。

【河上公本《老子》】六十四章下半段

為者敗之，執者失之。聖人無為故無敗，無執故無失。民之從事，常於幾成而敗之，慎終如始，則無敗事。是以聖人欲不欲，不貴難得之貨；學不學，復眾之所過，以輔萬物之自然，而不敢為。

【簡文語譯】

有作為就會有失敗，有持守就會有失去。所以聖人不故意有作為，便不會有失敗，無所執守，便無所喪失。遇事的準則是：事情終結時可以像剛開始一樣慎重，就不會有失敗。聖人以不欲為欲求，不看重難得的財貨，聖人的教誨就是沒有教誨，復歸眾人所過越的心性，所以能夠輔佐萬物自然發展，而不主動有所作為。

【20】遠

《郭店・老子甲》10～11：

為之者敗之，執之者『遠』之。是以聖人亡為古（故）亡敗；亡執古（故）亡遊（失）。

簡文「遠之」，帛書《老子》乙本與王弼本《老子》均作「失之」，簡文下句又作「亡執故亡遊」，丁原植、李零等學者因而懷疑「遠」為「遊」字之誤寫。

（丁原植 1998：68；李零 1999：469）楚文字「失」均作「遊」〔註51〕，此段簡文同時出現於《郭店‧老子丙》11～12 作「爲之者敗之，執之者『遊』之，聖人無爲，古（故）無敗。無執古（故）□□□。」相互對勘後可證「遠」爲「遊」之誤的可能性甚高。

另外，我們取各批楚簡中的「遠」與「遊」二字字形比較，如下表（下引簡文盡量用寬式釋文）：

遠	遊
《郭店‧老子甲》10：執之者『遠』之。	《郭店‧老子乙》6：『遊（失）』之若驚。
《郭店‧緇衣》43：而遠者不疑。	《郭店‧緇衣》18：教此以『遊（失）』，民此以煩。
《郭店‧魯穆公》7：義而『遠』祿……	《郭店‧六德》41：不使此民也憂其身，『遊（失）』其膿（體），孝，本也。
《郭店‧五行》36：『遠』而狀之，敬也。	《郭店‧語叢二》40：凡過，正一以『遊（失）』其它。
《郭店‧成之聞之》21：其龕（去）人弗『遠』矣。	《郭店‧語叢二》50：毋『遊（失）』吾尗，此尗得矣。
《郭店‧成之聞之》37：唯君子道可近，求而可遠遉（?）也。	《郭店‧語叢三》59：得者樂，『遊（失）』者哀。
《郭店‧尊德義》16：『遠』禮亡親仁。	《包山》2.80：執勿『遊（失）』。
《郭店‧性之命出》29～30：是故其心不『遠』。	《帛》乙 3.19：是『遊（失）』月。
《郭店‧六德》48：親戚『遠』近，唯其人所在。	《帛》乙 10.30：絏紃『遊（失）』□。
〔註52〕郭店殘 15：遠	《帛》乙 3.32：是胃『遊（失）』終。
〔註53〕《包山》2.28：『遠』忻	

〔註51〕 詳見本論文「遊」字條。

〔註52〕 此字形據張光裕、袁國華合編《郭店楚簡研究》第一卷文字編考釋結果歸入「遠」字條下，然此簡爲殘簡，難以確認，故此處僅存而不論。

遠	《包山》2.207：『遠』栾之月	
遠	《包山》2.164：『遠』纏	

各批楚簡、帛書中「遠」字可歸納爲「遠」、「遠（遠）」、「遠」、「遠」四形，第 1 形-「遠」形爲最基本型，從辵袁聲，戰國時期袁字上半部所從似「止」偏旁多有變化，何琳儀便云：「止旁僞作『火』、『止』、『𡆥』、『屮』等形，璧形○或演變爲『⊙』、『⊖』、『⊕』等形。」（何琳儀 1998：987）第 2 形－「遠（遠）」，則將「袁」聲中間的聲符「○」省略。（林師清源 1997：44）第 3 形－「遠」，則是聲符「○」演變爲「⊖」部件後，又與「目」旁類化的結果，所從聲符應仍是「袁」聲。（林師清源 1997：166）第 4 形－「遠」，爲下方「衣」形部件訛作止形的「遠」字，類似字形常見於楚國璽印「傳（《璽彙》3640）」、「遠（《璽彙》5481）」。綜合上述四種字形可歸納出「遠」字最基本的部件爲「止」、「辵」、「衣」三部件。

接著我們拆分「遊」字文字結構，可分析爲「辵」、「从」、「羊」三個部件，其中「从」、「止」二部件於戰國時期常有相互類化訛變的情況，如：「前」字作「前（《包山》2.145）」亦作「前（《郭店》1.1.3）」，「止」形訛作「从」形。楚國簡牘中的出現「遊」字更能凸顯出「从」形部件各式訛變的情況，「遊」共作以下數種字形：「遊（《包山》2.187）」、「遊（《包山》2.188）」、「遊（《包山》2.181）」、「遊（《天》卜）」、「遊（《包山》2.35）」。第 1 形－遊爲基本字形，所從「从」形部件可訛變作「屮」、「屮」、「屮」、「屮」四形，此四形恰爲「止」形部件于戰國文字中所呈現的變化，尤其後二者的寫法與「遠」字右上方「止」形部件完全相同。由此可知，「止」、「从」二部件常因形近而混，簡文所討論的「遊」字亦呈現相同訛變情況，如：《郭店‧語叢四》40 作「遊」，所從「从」形便與「止」形非常近似。

再者，「遠」字所從「衣」旁、與「遊」字所從「羊」旁，雖戰國文字中未見「衣」、「羊」二旁形近而訛的例證，但就其形體結構看來，二者皆具「𢆶」部件，若「衣」旁再添加一贅筆作「衣」或「衣」形，則與「羊」部件更是接近。

〔註53〕此字形共有 8 例，多爲人名與月相名，故僅取 1 例代表，詳參滕壬生《楚系簡帛文字編》頁 146。

簡言之，若依以上述所言「㐰」、「止」二部件經常訛混，又「⿱」、「衣」二部件形近，再加上「遠」、「遊」二字的部件組合位置接近等情形看來，書手誤寫的可能性是有的。

【21】遊

《郭店·老子甲》11：

是以聖人亡爲古（故）亡敗，亡執古（故）無遊（失）。

「⿰」字楚簡屢見，過去都隸定爲「遊」，或釋「達」、「迖」或釋「逆」〔註54〕，郭店楚簡出土後，將郭店本《老子》與王弼本《老子》，郭店《緇衣》與今本《緇衣》對勘比較，可確切得知此字應讀爲「失」。對勘結果如下：

聖人亡爲古（故）亡敗，亡執古亡遊。（《郭·老甲》11）	是以聖人無爲，故無敗；無執，故無**失**。（王弼本《老子》64章）
得之若纓（驚），遊之若纓。（《郭·老乙》6）	得之若驚，**失**之若驚。（王弼本《老子》13章）
爲之者敗之，執之者遊之。（《郭·老丙》11）	爲者敗之，執者**失**之。（王弼本《老子》64章）
譽（教）此以遊，民此以纓（煩）。（《郭·緇》18）	民是以親**失**而教是以煩。（《禮記·緇衣》）

此外在《郭·語三》59：「『得』者樂，『遊』者哀」，包山楚簡 2.80「執勿遊」〔註55〕，長沙子彈庫《楚帛書》甲篇的「亂遊亓行」，「緹（盈）絀遊亂（？）」，「是遊月閏之勿行」，「是胃遊終亡」等詞例中，讀爲「失」亦完全可文通字順，這些明確的辭例，證明「遊」釋讀爲「失」不可移易，然此字的文字結構卻依然引發學者諸多討論。

「遊」字，在未有明確典籍文獻可供參照之前，將之釋作「達」。「⿰」與「達」字小篆「⿰」的差別僅在於所從「羊」旁上方，一作「㐰」，一作「大」。「達」，《說文》云：「行不相遇也。從辵，羍聲。《詩》曰：挑兮達兮。达，達或从大。或曰迖。」前人多不解許慎對於「達」字之訓解，「達」一般認知多具「通達」之義，既是通達又如何理解許慎所言行不相遇？鈕玉樹便曾爲此提出

〔註54〕 參曾憲通《長沙楚帛文字編》，北京：中華書局，1993年，頁96～97。

〔註55〕 包山楚簡「執勿『遊』」一詞例，于《睡虎地秦簡》23.89.5亦得見相似詞例，作「毋執勿『失』」。

合理的解釋：「《詩經・子衿》：『挑兮達兮。』毛《傳》：『挑達，往來相見貌。』此云『不相遇』，與《傳》正相反。竊疑『行不』二字爲『往來』之僞，蓋達未有作不遇解者。」今楚簡出現與「達」相似之「遊」字，且讀爲「失」，似乎與許愼所作「達」字訓讀有所關聯，因此拙文便嘗試以「遊」、「失」、「達」三字爲範疇，企圖尋找出其中的聯繫點。

　　首先討論「遊」與「失」的關係，李家浩認爲「遊」應釋爲「迭」，讀爲「失」。李家浩首先按時代先後羅列出五種「失」字，如下：

「𡗜」《甲骨文編》814 頁

「𡗜」《金文總集》1.511.1144

「𡗜」《郭沫若全集・考古編九》178 頁〈石鼓・鑾車〉「𤕫」偏旁

「𡗜」《郭沫若全集・考古編九》322 頁〈詛楚文〉

「𡗜」《漢印文字徵》7.10

李家浩引丁山說法，認爲甲骨文「𡗜」爲「失」字之初文，象人失足血溢于足趾形〔註56〕。而「遊」右半部所從「𡗜」形，則是「𡗜（失）」字之訛變，前者的「ㄥ」形是後者所從「止」形的訛變，與今所隸定的「𣎟」旁無關。而下方「羊」形部件則是「亍」形的訛變。（李家浩 1999：344～346）「遊」字所從當是「止」形非「𣎟」形，趙平安亦持相同意見，然下半部訛變的部分，趙平安則認爲是由「𡴎」字形變而來，楚文字中的「遊」字，即是由甲骨文「𡴎」字演變而來，「𡴎」本義爲逃逸之義，從辵作「達」，爲「𡴎」字的累增，疑爲「逸」的本字，至戰國楚文字則簡化爲「迭」，楚簡中的「遊」字當隸定作「迭」爲是。而「逸」與「失」在典籍上便常相互通假，因此「逸」之本字的「𡴎」、「達」及「迭」均可讀爲「失」。（趙平安 2000：275～277）

　　就現有出土文獻資料中，確定爲「失」字字例，最早出現於睡虎地秦簡。〔註57〕反之將李家浩所列舉的五個字例一一驗證，則會發現其字例多爲爭議未決字，如：《甲骨文編》中「𡗜」字，列爲疑難字。〈石鼓文〉中「𡗜」偏旁與

〔註56〕李家浩參丁山的說法，發表于《商周史料考證》197 頁，中華書局，1988 年。

〔註57〕就《甲骨文編》、《金文編》、《楚系簡帛文字編》、《戰國古文字典》、《睡虎地秦簡文字編》、《馬王堆簡帛文字編》等書搜尋「失」字，「失」字僅出現於《睡虎地秦簡文字編》與《馬王堆簡帛文字編》。

〈詛楚文〉「𣍘」字，何琳儀隸定爲「市」（何琳儀 1998：50），可見李家浩所徵引之例證仍有所疑慮。再者，李家浩所列舉的字形所從之「ナ」與「𤰇」字所從之「羊」形，在形體相似度上仍有一段差距，訛變可能性不高，就整個字形解釋上而言，此說仍有未安之處。

然李家浩與趙平安所言「𤰇」字所從「𠬝（扒）」形當爲「止」形之訛，是有其道理，「𣥂（止）」、「𠬝（扒）」二部件，於楚文字中時有形近而訛的例證，趙平安所提出「𣎳」字即是很好的佐證，「𣎳」甲骨文作「𣎳」（《佚》698），從止從舟，至戰國楚文字卻多「止」形訛作「扒」形，作「𣎳」〔註58〕（《郭·老子甲》3），從「𣎳」之字亦是如此，如：「逾」作「𨙔」〔註59〕；同理楚簡中的「遊」字，是有其可能如「𣎳」字之形訛，從從「止」旁反轉化作從「扒」爲常見字。而下方所從「羊」旁，趙平安則認爲是「𢆶」字的訛變，引「虢（虡）」作「𢆶」（《包》2.81）及「罩」之演變，作爲「𢆶（𢆶、𢆶）」形變作「羊（羋）」的佐證。「𢆶」甲骨文作「𢆶」，象手桍之形，金文作「𢆶」，於楚簡中「𢆶」形偏旁多作「𢆶」或「𢆶」，形變作似「羋」之例證不多，然若單就楚簡「羊」、「羋」二偏旁，卻屢見其互用的例證，如：兩作「𩁼」（《包》2.145）、「𩁼」（《包》2.111）；南作「𦍒」（《包》2.38）、「𦍒」（《包》2.90），或可作爲此說法之旁證。

關於「遊」字，目前專家學者多由「遊」、「逸」、「失」三者關係，解釋爲何楚文字中的「失」字作「遊」形，目前說法中以趙平安的意見較爲穩當，以甲骨之「奉」字與楚文字中「逴（遊）」字聯繫起來，雖在字例佐證上尙嫌不足，但爲目前字形結構分析中較爲合理可信的。當然此字亦有可能如袁師國華所言，可能爲楚國地方方言所特有的文字，如：「𧤒」讀爲「一」這種情況，文字構形便無法與甲金文字、說文小篆有所承接，此說法當然也是一種可能。

最後，前文即有提到「遊」字與小篆中的「達」字，字形十分相近，二者關係爲何是十分值得深究的，推測可能許愼當時還有看到此字，而當時的人已對「遊」、「達」二字的字形有所混亂，才會導致二字字義使用上的混亂。最後，

〔註58〕 字形詳見李守奎、曲冰、孫偉龍合編《上海博物館藏楚竹書（一～五）文字編》（北京：作家出版社，2007 年），頁 68「𣎳」字條

〔註59〕 字形詳見滕壬生《楚系簡帛文字編（增訂本）》（湖北：湖北教育出版社，2008 年），頁 175「逾」字條

簡文意指：聖人不故意有所作爲，因此不會有失敗，無所執守，便無所喪失。

【22】訢

《郭店・老子甲》11：

> 臨事之紀，『訢（愼）』冬（終）女（如）忉（始），此亡敗事矣。

「![字形]」，對勘帛書《老子》甲、乙本與王弼本《老子》，相應異文均作「愼」。整理小組注曰：「簡文與金文『誓』字或作『![字形]』（〈散盤〉）、「![字形]」（〈鬲比盤〉）相近。誓借作愼。」而裘錫圭于按語中對「訢」字即「誓」字持保留態度。

根據整理小組所隸定的「誓」字及出現於《郭店》中的相關字形，可分成以下五類（引文盡量用寬式釋文，以免混淆字形焦點）：

A.訢

1.『![字形]（愼）』終如始（《郭店・老子甲》11）

2.不可不『![字形]（愼）』（《郭店・緇衣》15）

3.『![字形]（愼）』爾出言（《郭店・緇衣》30）

4.叔『![字形]（愼）』爾止（《郭店・緇衣》32）

5.則民『![字形]（愼）』於言（《郭店・緇衣》33）

6.不『![字形]（愼）』而戶之閉（《郭店・語叢四》4）

B.訢

7.和其光，迵（同）其![字形]（塵）（《郭店・老子甲》27）

8.![字形]（愼）終若始（《郭店・老子丙》12）

9.其反善復始也![字形]（《郭店・性自命出》26〜27）

10.![字形]（愼），仁之方也（《郭店・性自命出》49）

11.人不![字形]（愼），斯有過，信矣（《郭店・性自命出》49）

12.敬![字形]（愼）以肘（主）之（《郭店・成之聞之》3）

13.民必因此重也以逡（報）之，可不![字形]（愼）乎？（《郭店・成之聞之》19）

14.言![字形]（愼）求於己，而可以至川（順）天常矣。（《郭店・成之聞之》38）

15.是故君子䚽（慎）六位，以巳（祀）天常。（《郭店‧成之聞之》40）

C.憨

16.〔君子〕䚽（慎）其獨也。（《郭店‧五行》16）

D.誛

17.君子䚽（慎）其〔獨也〕（《郭店‧五行》17）

E.䚽

18.人不䚽（慎）（《上一‧性情論》39）

19.䚽（慎），慮之方也。（《上一‧性情論》39）

從上述五類字形對照簡文可歸結以下幾點意見：其一、最基本構成部件為「從言從斤」；其二、此五字為一字之異構〔註60〕，多假作「慎」，「憨」為最繁之結構，「䚽」為最簡之結構；三、聲音上必須同時可與「慎」及「塵」通假。

根據上述歸納三點原則，再回過頭來討論「斲」字是否適合隸定作「誓」？從字形上來說，除了 A 類字形與「誓」字相接近外，其他四類異構字形，均與「誓」字有一定的差距。從音韻條件來說，「誓（禪紐月部）」、「慎（禪紐眞部）」、「塵（定紐眞部）」三字韻部相隔甚遠，據此可知「斲」字隸定為「誓」字不甚恰當。然「斲」字及其相關字形，究竟是何字？前輩學者多與裘錫圭一致持保留態度，至 2000 年歲末至 2001 年陳偉武、徐在國、陳劍先後發表論文討論此系列之字，三人言論皆極為詳盡，極具參考價值，先簡單引述如下，再行討論。

陳偉武將「斲」字及其相近之字分成四類，得出《郭店‧老子甲》11 的「斲」與《郭店‧老子丙》13 的「斵」為異體字。將「斲」分析成「從言忻聲」，而「忻」字又見於楚貝幣面文，讀為「釿」；亦見於曾侯乙墓漆箱蓋上朱書文字「民祀惟『忻』」，讀如「慎」。因此，陳偉武推論「斲」應是「訢」字之異構。

〔註60〕相互對照《老子》甲 11 與《老子》丙 12 的簡文，其文例皆為「慎終如始」，「斲」與「斵」皆假作慎字，故「斲」與「斵」應是異體字。又《郭店‧五行》16、17 之文例「君子慎其獨」，「憨」與「誛」亦皆假作慎，故「憨」與「誛」亦為異體字關係。然「斲」與「憨」同可假作「慎」字使用，《郭店》中又常有贅加心旁的例子，故「斵」與「憨」也應是同字異構，再者，出現於《上一‧性情論》39 例證 18～19 之「䚽」字，與出於《郭店‧性之命出》49 之例證 10～11 文例完全相同，可證「䚽」為「斲」之省。如此推論下來，上舉五字為異體字關係。

《郭店‧老子甲》27「和其光，迥其斱」之「斱」字，亦爲「訢」之異構。帛書《老子》甲本作「坒」與乙本作「坒」，均爲「斱」（訢）之通假字〔註61〕，訓解作欣喜之義。（陳偉武 2000：251～256）

徐在國將「斱」字及其相關之字與傳抄古《老子》相比對，發現《古文四聲韻》中的「塵」字作「纛」，另外《訂正六書通》中的「塵」字作「纛」，與《郭店‧老子甲》27：「和其光，迥其斱『（塵）』」之「斱」字，其實有非常密切的關係。傳抄《古老子》的字「纛」可分析成從「鹿」省，從二「土」，從「ℓ」，從「ℓ」。「ℓ」部件應是「斤」，而「ℓ」部件應與「斱」所從的「ℓ」同。然「ℓ」部件應不是舊釋的「幺」，而是「申」，《郭店》中申字或從申得聲之字作「ℓ（郭店 8.16）」及「ℓ（郭店 3.19）」。是故「斱」疑隸定作「斱」非「斱」。「斱」字從「申」與「訢」雙聲符，釋作「塵」。「斱（斱）」的另一異體字-「斱」則應分析作從土訢聲，所從的「土」旁與「言」旁共用筆畫，隸作「斱」。簡言之，簡文中的「斱」、「斱」或作「斱」、「斱」，其實都是《古老子》中「纛（塵）」字的變化。（徐在國 2001：183～184）然將《上一‧性情論》與《郭店‧性之命出》之簡文互相校對，可得出《郭店‧性之命出》讀爲「慎」之「斱」字，於《上一‧性情論》更簡省作「吾」形，「吾」爲此系列讀爲「慎」的字形中最爲簡省之字形，僅保留「十」、「言」兩部件，此與徐在國所言此系列字當從「訢」聲，或疊加音符「申」之推論相違，徐在國之說就聲符而言有不妥之處。

陳劍以〈番生鼎〉中的「斱」字作爲楚簡中讀爲「慎」字系列（「斱」、「斱」、「斱」、「斱」）字形的突破點，反溯回金文、戰國璽印舊釋爲「恕」、「誓」、「贄」等字，認定此系列字形爲一脈相承之字，皆當讀爲「慎」。爲方便說明將其論點製成簡表，以茲徵引，如下：

恕（金文）	恕（戰國璽印）	慜（楚簡）	質
斱〈師望鼎〉	斱《彙編》4285	斱《郭‧老甲》11	斱〈詛楚文‧亞駝〉
斱〈克鼎〉	斱《彙編》4284	斱《郭‧老甲》27	斱睡虎地秦簡
斱〈汈其鐘〉	斱《彙編》4291	斱《郭‧五》16	斱馬王堆帛書

〔註61〕此說法爲廖名春于《楚簡〈老子〉校釋（二）》，《簡帛研究》第三輯，所提出的說法，他認爲斱爲本字而帛書甲乙本的坒字與坒字爲假借字，陳偉武此處引用並贊同廖名春的意見。

| 字〈番生簋〉 | 《彙編》2634 | 《郭‧五》17 | |
| 字〈叔家父匜〉 | | | |

將其上述金文字形與楚簡讀爲「慎」之系列字形，及詛楚文、睡虎地秦簡、馬王堆帛書中「質」字相比較，推演出舊釋作「愻」的這幾個金文字形，上方部件當與睡虎地秦簡等批材料中「質」字所從上方部件相同，即是後來寫作「所」字之初形。並進一步將「所」視爲聲符，透過「質（章母質部）」、「慎（禪母眞部）」陽入對轉的音韻關係，引論出戰國璽印舊釋爲「愻」與楚簡讀爲「慎」之系列字形的特殊形構分析。《璽彙》中大量的類似「字」字字形，舊釋爲「愻」，應改隸定作「愻」或「警」，依其字形相似度，與通讀結果，均與楚簡中的「字」字相雷同。陳劍以爲楚簡中讀爲「慎」之「斳」、「斲」、「愻」、「詑」等字，即是從戰國璽印、西周金文中的「愻」、「警」演變而來。「所」爲此系列字形的聲符，從心從言則表「謹慎義」之意符，此系列字極可能就是「慎」之古字。（陳劍2001：207～214）

陳劍將楚簡中「斳」、「斲」、「愻」、「詑」等字，與西周金文、戰國璽印中舊釋作「愻」、「誓」等字形作一脈絡性的係聯，輔以睡虎地秦簡、馬王堆帛書中「質」字所從「所」之特殊寫法，說明「質」與「慎」在上古聲韻上的密切關係，就目前所列舉的材料看法，陳劍之說甚爲適切，的確可從。楚簡中讀爲「慎」之「斳」、「斲」、「愻」、「詑」等字，當爲「慎」字特殊寫法。最後，簡文意指：遇事的準則是，對待事情結尾的階段工作，要像剛開始一樣謹慎小心，如此就不會有失敗的事發生。

【23】忄（怠）

《郭店‧老子甲》11：

臨事之紀，斲（慎）冬（終）女（如）『忄（怠，始）』，此亡敗事矣。

《郭店‧老子甲》17

萬勿（物）復（作）而弗『忄（怠，始）』也。

「字」，郭店楚簡共出現上引二例，整理小組隸定爲「忄」，皆讀爲「始」，並認爲「忄」之聲旁「司」亦可隸定作「㠯」。「字」字于包山楚簡亦有所見，作「字」（《包》2.107）、「字」（《包》2.180）、「字」（《包》2.141），《包山》整理

小組與何琳儀將其隸定為「⿰忄牙」，從心牙聲（或呀聲）。（何琳儀 1998：512）而滕壬生〔註62〕與白于藍則隸定為「⿱牙心」，以為從心從牙，「牙」孳乳分化出「与」，《玉篇》有云：「⿱与心」為「⿱牙心」字古文，故「[glyph]」當為「⿱牙心」字異構。（滕壬生 1995：797；白于藍 1999a：196）從上述隸定可發現之前學者多將此字分析為從心從牙，《郭店》整理小組經過各個版本的校勘結果，卻將此字分析成從「心」從「㇆」，非從牙。此爭議的偏旁，羅凡晸已透過形、音、義三部分進行一連串討論，證實《郭店》整理小組所釋無誤（羅凡晸 2000：262）。然「㇆」形為何作似牙形，又為何讀為「始」，羅文卻未深入討論，故拙文欲由從「㇆」得聲及從「台」得聲之字的通假情形切入討論，藉由從此二偏旁的字交叉比對，為此相關字形作出合理解釋。

首先，先就古文字中有從「㇆」得聲之字討論其用例，進而深究楚簡從「㇆」得聲之字與從「台」得聲之字的關係，說明如下：

一、⿰厶㇆（⿰台㇆）

「⿰台㇆」，金文作「[glyph]（〈伯康簋〉《集成》4160）」，從台從㇆，或作「[glyph]（〈趞鼎〉《集成》10321）」，台省口作「厶」，容庚與黃錫全均將之歸入「似」字條下（容庚 1996：565～567；黃錫全 1993：296），而何琳儀則將之歸入「⿰台㇆」字條下，分析作從台、司省聲，為「嗣」之異文。（何琳儀 1998：112～113）觀其字形，偏旁作「[glyph]」形與「人」旁-「[glyph]」「[glyph]」「[glyph]」有所不同，反之與司字所從「㇆」相近。金文中讀為「姒」之字，有作「[glyph]〈衛始簋蓋〉《集成》3836」、「[glyph]〈鬲甗鼎〉《集成》2193」二形，與「⿰台㇆」旁相近，恰可作為此字字形分析的旁證。金文中讀作「姒」者，有如下幾款字形：

1、始

a. 衛『[glyph]（姒）』作（〈衛始豆〉《集成》4667）

b. 季良父作□『[glyph]（姒）』寶盉（〈季良父盉〉《集成》9443）

c. 仲師父作妏『[glyph]（姒）』寶尊鼎（〈仲師父鼎〉《集成》2743）

2、姛

〔註62〕滕壬生《楚系簡帛文字編（增訂本）》（湖北：湖北教育出版社，2008 年）後改隸定作「⿰台㇆」，頁 928。

a. 衛『⿰女台（姒）』作鬲（〈衛姒鬲〉《集成》594）

b. 弗（費）奴父作孟『⿰女台（姒）』符賸貞（鼎）（〈弗奴父鼎〉《集成》2589）

c. 叔向父作婷『⿰女台（姒）』尊簋（〈叔向父簋〉《集成》3849）

3、姰

a. 龏『⿰女司（姒）』賞賜貝于司（〈龏姞鼎〉《集成》2434）

b. 者『⿰女司（姒）』以大子尊彝（〈者姰罍〉《集成》9818）

c. 寧⿱壴皿作甲『⿰女司（姒）』尊段（〈寧⿱壴皿簋〉《集成》3632）

4、⿰女⿱台司（⿰女⿱刂台，⿰女⿱台司）

a. 衛『⿰女⿱台司（姒）』作寶尊簋（〈衛始簋蓋〉《集成》3836）

b. 驫『⿰女⿱台司（姒）』作寶尊彝（〈驫姒簋〉《集成》2193）

c. 叔⿰舟乇賜貝于王『⿰女⿱台司（姒）』（〈叔⿰舟乇方彝〉《集成》9888）

d. 王□貝『⿰女⿱台司（姒）』□巾（〈乙未鼎〉《集成》3836）

第 1 組字形即今之「始」字，從女台聲；又「台」從「㠯」得聲，口為分化部件，因此第 2 組之「姒」與第 1 組之「始」，則均從「㠯」得聲，「始」則增加口形部件。由 1a 與 2a「衛姒」之「姒」作「⿰女台」又作「⿰女台」，及金文中「始」字用法多讀為「姒」，用作初始義之義項用法較少，可知「始」一開始應與「姒（姒）」用法無別，其後才慢慢分化出來。

第 3 組「姰」從女司聲，「司」之口形位置並不固定，或隸定作「⿰女司」。而由 1、2、3 組字形具讀為「姒」可知，從女㠯聲之「始」與「姒」，及從女司聲的「姰」或「⿰女司」，聲音必定是相近的，據此可推論從「㠯」得聲之字（包含「台」聲）與從「司」得聲之字，音近有互用的情況。

最後，第 4 組「⿰女⿱台司（⿰女⿱刂台，⿰女⿱台司）」所從之聲符，既從「㠯（或台）」聲，又從「司（或⿱刂，司省形）」聲的兩聲字，其形體並不固定，為「司」旁或省形之「⿱刂」，與「㠯」或分化之「台」，兩相變化出不同排列組合，大致可隸定出「⿰女⿱台司」、「⿰女⿱刂台」、「⿰女⿱台司」三種不同字形。從 1a、2a 與 4a 具讀為「衛姒」之詞例，據此可知從「⿱刂（司，⿱刂）」得聲之字既與從「㠯」得聲之字（包含「台」聲），又與從「司」得聲之字，音近可互用。

　　簡論之，四組不同讀爲「姒」之字形，具有「㠯（台）」、「司」、「訇（訇，
匂）」三種聲符，「台」爲定母之部字，「司」爲心母之部字，韻部相同，聲母發
音部位相近，常有互借之例，如：《詩經‧鄭風‧子衿》：「子寧不嗣音」，《釋文》
「嗣」《韓詩》作「詒」。可知「訇」聲當是同時兼具「台」聲與「司」聲的雙
聲符字。〔註63〕從字形上容庚、黃錫全隸定作「似」尚有可議之處，而從聲音
上何琳儀所謂從台、司省聲，亦有商榷空間。

　　「訇（訇，匂）」爲從「㠯（或台）」聲，又從「司（或刁，司省形）」聲的
兩聲字證據，又可見〈伯康簋〉「用夙夜無『訇』」，〈哀成叔鼎〉「勿能『訇』」，
二器之「訇」字讀爲從「台」旁得聲之「怠」，訓解爲怠惰之義。而〈四升訇客
方壺〉「訇客」，相同詞例見於〈陳喜壺〉作「訇客」，〈卅二年坪安君鼎〉作「鉰
客」，何琳儀取其從「司」得聲，讀爲「司客」，相當於《周禮》的「掌客」。（何
琳儀 1998：113）金文中「訇（訇，匂）」字並無固定用法，除上舉例證可通假
作「怠」及「詞」外，又可通假作「嗣」與「似」，如：〈郜弔簋〉（《集成》4197）
「用訇（嗣）乃祖考事」；〈考似鼎〉（《集成》02024）「考刁（似）作旅鼎」，推
測「訇（訇，匂）」僅是一個代表兩個聲符的表音字，可任意通假作任何從「㠯（或
台）」聲或從「司（或刁，司省形）」得聲之字，並非具備固定形音義之用字。

　　二、怠

　　〈邾王義楚耑〉（《集成》6513）作「永保怠（怠）身」，就現有古文字資料
中僅此一例，從「台（㠯）」得聲，讀爲「㠯」，作爲第一人稱代詞，其詞例用法
類似「訇心」（〈王孫遺者鐘〉《集成》261）、「辝子孫」（〈鮢鎛〉《集成》271）。

　　另見《古文四聲韻》中引王存義《切韻》中「怡」字作「」與「（怠）」
相近，左上角「爪」形部件應是「厶」形部件之訛變。據此，金文之「怠」與
《古文四聲韻》之「（怡）」均從台（㠯）」得聲。

　　三、嗣（辭，訇）

　　「嗣」，金文作「（〈嗣料盆〉《集成》10326）」，從嗣司聲；《說文》：「辭，
頌也。從嗣辛，嗣辛猶理辜也。嗣，籀文辭從司。」「司（心母之韻）」、「辛（心

〔註63〕此處「雙聲符字」，採用陳偉武〈雙聲符字綜論〉之說法。所謂雙聲符字爲具有雙
　　　重標音功能，其組成部件只有兩個，而此二部件皆具表音之環境與條件，且不兼
　　　義，排除其組成部件具有形符之可能性，如：黿字「員」、「云」皆其聲即是其例。

母眞韻）」音近互借，故「嗣」或作「辭」，實爲一字。又《說文》：「辤，不受也，從受辛，受辛宜辤之也。辤，籀文辝」。何琳儀認爲許愼說法有誤，「辤」與上述之「辭」爲同一字，「受」爲「𤔲」之訛變。（何琳儀1998：59）「受-𤔲（《三體石經》）」「𤔲-𤔲（《說文》古文）」，二字上部皆從爪形，下部則皆從手形部件，訛混可能性是存在的，因此何琳儀之說可從。而「辤」之籀文作「辝」，乃「辛」聲外疊加「台」聲聲符，而「辭」之籀文作「嗣」，從司得聲，如此亦可證明「司」與「台」二聲音近。

《古文四聲韻》所收《道德經》之「嗣」作「𧨾」，分析其字形，左上半部明顯從「厶（㠯）」，左下半部則爲「言」旁，而右半部據《古文四聲韻》與《汗簡》所收之字例觀察應爲「司」之省寫「𠂔」。若對此字加以隸定則爲「訂」，從言𠂔聲。《汗簡》所收之「嗣」作「𧨾」與《汗簡》所收作「乳」之「辭」形近，應屬於同一字形。《古文四聲韻》之「𧨾（嗣）」字與《汗簡》所收「𧨾（嗣）」、「乳（嗣）」二字形相比較，《古文四聲韻》之「嗣」字多一「厶（㠯）」形部件，其聲符便是前二組字形討論的兩聲字-「𠂔」聲。據此可知「𠂔」可組合作一表音的聲符，但也有省略「厶（㠯）」旁單作「𠂔」聲的情況。

從一～三組字形說明可知，同時具有「㠯（台）」、「司」雙聲符的「𠂔」字，從金文至《古文四聲韻》、《汗簡》收錄古文字中一直有被當作聲符使用的痕跡，既可與從「㠯」得聲之字通假，亦可與從「司」得聲之字通假。此結果在在證實「𠂔」字具備雙聲符特質外，亦代表古人的文字使用習慣，此種使用狀態並非一種特例，而是一種歷時的常態。因此進而必須思考楚簡文字中是否有相同的情形。

就目前出現的楚簡文字中，並未看見形似金文中「𠂔（𠂔）」聲的字形，但楚簡文字中從「司（或𠂔）」得聲，與「從㠯（或台）」得聲之字，卻出現另一種前人所不解的文字變化，即是學者所謂似牙形「牙」，如：讀爲「始」、「怡」字形作「牙」；讀爲「司」字形作「牙」；讀爲「詞」字形作「牙」；讀爲「治」字形作「牙」等。此種似牙形部件往往與從「司（或𠂔）」或從「從㠯（或台）」得聲之字通假，其文字使用況態與金文「𠂔（𠂔）」聲雷同，因此針對楚簡文字中所出現的這種特殊變化，結合《古文四聲韻》、《汗簡》等相關字形進行比對，尋找出似牙形部件-「牙」與「𠂔」之確切關係，並推斷出楚簡文字作如是形的

可能情形。

一、隸定作「司」字

　　根據滕壬生《楚系簡帛文字編（增訂本）》與《郭店楚簡研究第一卷文字編》的收集，楚簡文字中讀爲「司」之字，構形可分爲二種，一作「司（《包山》2.62）」，另一作「㠯（郭店 11.27）」、「㠯（郭店 16.1）」。〔註64〕前一類收錄近 100 例〔註65〕，皆用作職官名或有主掌之義，如：

　　1. 郚（期）思少司馬（《郭店‧窮達以時》8）

　　2. 司敗（《包山》2.56）

　　3. 司豐之客須□箸言胃（《包山》2.145 反）

　　4. 秉司春（《帛書》丙 3.1）

後一類共出現 7 例，無固定義項，多作假借用法，讀爲「詞」及「始」，如：

　　1.【君】子之爲善也，有與㠯（始）。（《郭店‧五行》18）

　　2. 道不說（悅）之㠯（詞）也。（《郭店‧成之聞之》29）

　　3. 道㠯（始）於情，情生於性。（《郭店‧性之命出》3）

　　4. 詩、書、禮、樂，其㠯（始）皆出於人。（《郭店‧性之命出》15）

　　5. 㠯（始）其德也。（《郭店‧性之命出》27）〔註66〕

　　6. 是故先王之教民也，㠯（始）於孝悌。（《郭店‧六德》39～40）

　　7. 言以㠯（詞），情以舊。（《郭店‧語叢四》1）

據此可知，楚簡文字中「司」字作「司」或「㠯」、「㠯」用法是有明顯的區別，

〔註64〕「㠯」、「㠯」的差別僅於一贅筆的有無，因此此處將之歸爲同一類。

〔註65〕參滕壬生《楚系簡帛文字編（增訂本）》頁 805～807，具 90 餘例；又加上張光裕、袁師國華合編《郭店楚簡研究第一卷文字編》頁 110，收 1 例。

〔註66〕此段文字中的「司」字，整理小組與張光裕所編《郭店楚簡研究第一卷文字編》皆將之視爲「司」字，不作通假。然觀其前後文，「其反善復訂（始）也慎，其出入也順，司其德也，鄭衛之樂，則非其聽而從之」，將此「司」字與「始」字通假，訓解爲開始、開端，似乎亦無不可。開啓其德性，於是乎人有了判別的能力，不會隨意聽從外界的靡靡之音。而若將此「司」字訓解爲主掌之義，與後文的銜接並非如此通順。故此處傾向將此「司」字讀爲「始」。

作「𠂤」、「𠂤」形的「司」字，多與從「台」得聲或從「司」得聲之字通假，與金文「𤔲（𤔲，𠂤）」情況相同，於是乎懷疑楚簡文字中「司」僅有「𤔲」這樣的寫法，「𠂤」、「𠂤」應即是金文「𤔲」字形體變化而來，爲一同時具備兩個聲符的純表音字。

二、隸定作訂（詞）

就《古文四聲韻》所收《道德經》與斐光遠《集綴》之「詞」作「𧩙」，與前文所討論的《古文四聲韻》所收《道德經》之「嗣（𧩙）」兩相比對，可發現二者實爲一字，因此表示《古文四聲韻》中「詞」字亦從言從「𠂤」。另外，《汗簡》亦收斐光遠《集綴》之「詞」字作「𧥾」，《汗簡》與《古文四聲韻》之「詞」字同出斐光遠《集綴》，應爲同一字例。然仔細比對不難發現《汗簡》的「𧥾（詞）」字字形，與楚簡文字讀爲「詞」之「𧥾」形尤爲形近，因此推測楚簡中似牙形之「𠂤（或作𠂤、𠂤）」偏旁應不僅僅是「司」字的省形變化，而是「𠂤」字的一種形變，「厶」與「𦣞」形體太過接近而類化成似牙形，加上戰國文字又有增添贅筆的習慣，故演變成今所見之「𠂤」、「𠂤」「𠂤」三種形式。

戰國所見「司」、「詞」二字從「𠂤」得聲，亦可在《古文四聲韻》、《汗簡》所收字例得到證實，司作「𨙫（《汗簡》）」，詞作「𧥾」（石經出《古文四聲韻》）「𧥾（石經出《古文四聲韻》）」、「𧥾（石經出《汗簡》）」，「司」字字形，黃錫全以《三體石經》〈多士〉「詞」作「𨙫」，認爲「𨙫」即是此字左上部所從之「𠂤」訛寫。（黃錫全 1990：327）上述所見「詞」之三種古文字寫法，左上角皆有一明顯的似厶形，而從口相當於言旁，右半部則爲「𦣞」形，因此可推斷楚簡文字隸定作「司」、「𢆶」、「訂」字所從似牙形應就是「𠂤」聲之形變，此字嚴式隸定應作「𧥾」。

三、隸定作「幻」與「絅」

此二組字在《郭店楚簡》中除偏旁組合左右上下不同外，其組成部件從糸從幺、從𦣞從司〔註67〕，與文字使用上的訓讀並無太大不同，故放置於同一組字一併討論。

「幻」，《郭店楚簡》作此三種字形「𢆶（《郭店・唐虞之道》23）」、「𢆶（《郭店・唐虞之道》28））」、「𢆶（《郭店・唐虞之道》26）」，「𠂤」偏旁部件有贅筆

〔註67〕 楚簡中糸與幺時常互借替用，如：孫作「𢑥（《包山》2.45））」「𢑥（《曾》156）」，基本上從糸或從幺並不會影響文字的考訂的不同，同理從𦣞與從司情形亦相同。

筆畫有無之差別，但在文字隸定上並無不同，郭店楚簡中共出現 8 例，除《郭店・唐虞之道》23「知其能『![字]』天下之長也」之「![字]（幻）」假作「嗣」外，其餘 7 例皆讀爲「治」。《汗簡》所收「治」字作「![字]」，與此組討論楚簡文字「幻」、「絧」字形體相類，《汗簡》所收之「![字]（治）」字上方部件明顯爲「囧」旁，類似字形又見於《古文四聲韻》所收古《孝經》之「治」字，作「![字]」、「![字]」，《古文四聲韻》所收之「治」字左上半部爲爪形，應爲「厶」形部件的形變，類似形變情形亦見《古文四聲韻》「怡」作「![字]」。據《汗簡》、《古文四聲韻》之字例可知，戰國文字中「囧」旁具有多種不同型態的形變，因此也可合理懷疑簡文「幻」字所從這種似牙形的偏旁「![字]」，即是「囧」旁形變的一種。

「絧」，《郭店楚簡》作三種字形「![字]（《郭店・老子甲》26）」、「![字]（《郭店・老子乙》1）」、「![字]（《郭店・六德》31）」〔註68〕，《郭店楚簡》共出現 7 例，除《郭店・語叢一》49「有終有『![字]』」讀爲「始」外，其餘 6 例皆與「治」字通假。此字形亦見於《古文四聲韻》收〈義雲章〉之「治」字，作「![字]」、「![字]」，「![字]」、「![字]」與「![字]（幻）」「![字]（絧）」相類，同理可反推《郭店楚簡》「幻」、「絧」二字實爲一字，僅是書寫時筆畫多寡的差異。從《古文四聲韻》所收「![字]（治）」字觀察，亦可證明「絧（或幻）」字所從聲符應亦是「囧」，此二字嚴式隸定應作「絧」，非從「司（刁）」旁。

四、隸定作「戠」

「戠」，甲、金文字均未見，《說文》亦未載。《郭店楚簡》共出現六次，作「![字]（《郭店・語叢一》52）」、「![字]（《郭店・語叢一》52）」二形，二形最大不同之處，在於右半部所從偏旁爲「殳」旁或「攴」旁。古文字中「殳」、「攴」二偏旁因形體相近，又在偏旁使用上皆具「動詞」意義存在，因此兩形時有混用的情形，如：「敓」字楚簡中便作「![字]」、「![字]」二形。

「戠」字僅出現於《郭店・語叢一》簡 50～52，其文例如下：

容蹙（色），目![字]（司）也。聖（聲），耳![字]（司）也。臭（嗅），鼻![字]（司）也。未（味），口![字]也。歇（氣），容![字]（司）也。志＝（志，心）![字]（司）。

〔註68〕其他批楚簡文字「絧」字字形參見滕壬生《楚系簡帛文字編（增訂本）》，頁 1106。

裘錫圭于《郭店楚墓竹簡》案語中云：「殳，亦可隸定爲『攺』或『攺』，當讀爲『治』或『司』。」（裘錫圭 1998：200）在文意上，「治」與「司」皆有治理、掌管之義，又「殳」與「攴」當作偏旁使用時亦具有動詞形態，因此裘錫圭之說應可從。而裘錫圭所認爲「殳」字可能也可隸定作「攺」，表示裘錫圭同樣懷疑楚簡中似牙形的偏旁「**🔣**（或作**🔣**、**🔣**」，有可能就是「𠙹」的形變。

五、伺

　　于《汗簡》〈天台碑〉「同」字下有一字作「**🔣**」，黃錫全於《汗簡註釋》中云：「夏韻志韻釋爲『伺』是，此寫誤。」類似字形亦見於《古文四聲韻》收〈天台經幢〉之「伺」字「**🔣**」，可見黃錫全之說無誤。其左半部部件亦見於《汗簡》「司」字條下作「**🔣**」，上述已討論過「**🔣**」字即是「𠙹」形變，由此可知「伺」字亦有作從「𠙹」得聲之形。

六、戋與銅

　　「戋」、「銅」甲、金文字均未見，《說文》亦未載。《郭店楚簡》中二字各出現三次，作「**🔣**（《郭店・語叢三》26）」、「**🔣**《郭店・語叢三》31」，同時出現於郭店楚簡〈語叢三〉簡 26～33，釋文如下：[註69]

　　　　🔣（治）者卯，……32

　　　　兼（廉）行則**🔣**（治）者中。33

　　　　悳（德）至區者，**🔣**（治）者至亡 26 閒（間）27。

　　　　至亡閒（間），則成名。29

　　　　未又（有）其至，則慐（仁）**🔣**者莫旻（得）膳（善）兀（其）所。47。

　　　　智**🔣**（治）者霓（寡）悐（謀）。31

　　　　悹（愛）　**🔣**（治）者罦（親）。30

裘錫圭案：「『戋』與見於此後有些簡的『銅』字當是一字異體，疑當讀爲『治』。」「戋」、「銅」二字，其基本部件大致相同，由「戈」與從「厶」得聲或從「𠙹」

〔註69〕引文釋文順序參照劉釗：《郭店楚簡校釋》（福建：福建人民出版社，2005 年），頁209。

得聲所組成,「奇」旁前文即有論證應是同時具有「呂（厶）」與「司（司）」的雙聲符,有時亦會有省略成「厶」聲的情形,如:「怠」於楚簡中作「🦅（《郭店‧語叢一》67）」,於汗簡所收「怠」字條下即作「🦅」,左上半部爪形為厶形之訛寫,應隸定為「𢝊」。此例證恰可作為「戔」、「銅」二字為一字之異體的佐證,亦說明《郭店楚簡》中的確存在著「奇（司）」聲符,且仍在使用。

綜合上述三組金文字例及六組楚簡文字字例的討論,我們可以得到以下結論:

（1）將楚簡文字與《古文四聲韻》、《汗簡》的字形相比較,可發現楚簡中所出現隸定為從司（或言司）得聲的字,在《古文四聲韻》、《汗簡》中均有其從「司（奇）」偏旁的形體出現。

（2）種種跡象顯示,楚簡中的似牙形「🦷（或作🦷、🦷）」偏旁,應即是金文中曾出現「司」旁,「司」旁同時具有從厶得聲與從司得聲二聲符,取其不同聲符即有不同訓讀,「厶」、「司」二者音近,歷來典籍便常有相互通借使用的情形,加上這二個聲符的書寫位置又相當接近,因此推測戰國簡牘應是在書寫過程中產生了位置上的形變,導致如今楚簡所見之似牙形「🦷（或作🦷、🦷）」偏旁。

（3）楚簡文字中從「🦷（或作🦷、🦷）」偏旁之字甚多,多讀為從「台」得聲或從「司」得聲之字,且有以從「🦷（或作🦷、🦷）」偏旁得聲之字替代使用從「司」從「台」二聲旁之字的趨向。

最後,簡文「忕」字當改隸定作「恖」,從心從「司」得聲,二則文例均讀為始。簡文1「臨事之紀,斬（慎）冬（終）女（如）『恖（始）』,此亡敗事矣。」意指:遇事的準則是,對待事情結尾的階段工作,要像剛開始一樣謹慎小心,如此就不會有失敗的事發生。簡文2「萬勿（物）復（作）而弗『恖（始）』也。」意指萬物生長運作而不替它啟始。

【24】徣

《郭店‧老子甲》12:

聖人谷（欲）不谷（欲）,不貴難寻（得）之貨;孝（教）不孝（教）,

復眾之所=徣（過）。

「徣」,帛書《老子》甲、乙本及歷來各個版本《老子》均作「過」。學者多就版本對勘結果將「徣」讀為「過」,如:丁原植、魏啟鵬等。另外,趙建偉

則持此字當讀爲「化」的說法。（趙建偉 1999：295）楚簡亦見類似「㕚」字形作「㣦」、「㣦」、「坐」，其辭例分別爲「『迡』如盍相保如芥」（《信》1.04），「『迡』期不賽金」（《包》2.105）、「夜『迡』分」（《天》3402）、「弗遇㕚之」《上三‧周易》56，何琳儀分別將《信陽》簡之辭例讀爲「化」；《包山》簡與《天星觀》簡辭例讀爲「過」，「過期」即逾期之義，「夜過分」則與「夜中」相對而言，指子夜之後。（何琳儀 1998：835）而《上三‧周易》56：「弗遇㕚之」，「㕚」今本作「過」，以上均可作爲簡文「㕚」讀爲「過」之佐證。另外，依聲音而言，「咼」見母歌部字，而「化」爲曉母歌部字，韻部與發音位置均相同，理應可通假。如：帛書《老子》甲本《道經》「難得之『賹』使人行妨」；帛書《老子》乙本及通行本則作「難得之『貨』令人行妨」「賹」即是「貨」。另外，《上五‧競建內之》8「此能從善而去『祸』者」，「祸」亦讀爲「禍」。上述例證均可證明從「咼」得聲之字與從「化」得聲之字可互用，同時亦可知簡文「㕚」可讀爲「化」，亦可讀爲「過」。

然此處需討論的是「㕚」字當訓讀爲「過」或讀爲「化」，丁原植將「㕚」解釋爲「離逸的失誤」。而魏啓鵬引《韓非子‧喻老》：「復歸眾人之所過」，解釋爲返回被眾人過越而遠離的本始。趙建偉則將「復」解釋爲順從，而「㕚」讀爲「化」，訓解爲轉化。從「所㕚」這一詞組來說，可分析成「所十△」，如：所見、所聞、所感等⋯⋯，皆爲一名詞詞組，若依趙建偉所言「所化」即是轉化，則變成一動詞詞組，與歷來修辭用法則有所不符，是故此說較爲不妥。簡文作「聖人欲不欲，不貴難得之貨，教不教，復眾人之所㕚」，「不貴難得之貨」與「復眾人之所㕚」是相互對稱的，難得之貨代表人對聲色貨利的過度慾望，聖人提倡原始本然的心性，故云沒有欲望，付諸於行爲就是行不言之教。「復眾人之所㕚」應緊接「不貴難得之貨」而來，聖人想要還原的是前文所提到過度的慾望，並非眾人的失誤。「過」可解釋爲超過、逾越，「所過」即是被眾人所過度超越的心性，因此拙文較傾向魏啓鵬的說法，然丁原植之說亦非全然不可信，唯離逸、失誤作解過於寬泛，二種解釋連貫在一起說解又顯得不協調，此說仍有未安之處。簡文意指：聖人以無欲爲欲求，不看重稀有的財物；聖人的教誨就是沒有教誨，歸復眾人所過渡超越的心性回到原始。

七、【13～18簡《郭店・老子甲》釋文】

衍（道）互（恆）亡（無）爲也，厌（侯）王能守之，而萬勿（物）
牆（將）自僞（化）。僞（化）而雄（欲）复（作），牆（將）貞㉕之
以亡名之斷（樸）。夫 13 亦牆（將）智（知）足，智（知）足以朿
（靜），萬勿（物）牆（將）自定。爲亡（無）爲，事亡（無）事，
未（味）亡（無）未（味）。大少（小）之多，惕（易）必多鞤（難）。
是以聖人 14 猷（猶）鞤（難）之，古（故）終亡（無）鞤（難）。
天下皆智（知）姚（美）之爲姚（美）巳（已），亞（惡）巳（已）；
皆智（知）善，此丌（其）不善巳（已）。又（有）亡（無）之相生
也，15 難（難） 惕（易）之相成也，長耑（短）之相型（形）也，
高下之相涅（盈）也，音聖（聲）之相和也，先逡（後）之相墮（隨）
也。是 16 以聖人居亡（無）爲之事，行不言之孝（教）。萬勿（物）
复（作）而弗忉（始）也，爲而弗志（恃）也，成而弗居。天〈夫〉
隹（唯）17 弗居也，是以弗去也。

【河上公本《老子》】三十七章＋六十三章＋二章

道常無爲而無不爲，侯王若能守之，萬物將自化。化而欲作，吾將
鎮之以無名之樸。鎮之以無名之樸，夫將不欲。不欲以靜，天下將
自定。（三十七章）

爲無爲，事無事，味無味。大小多少，〔報怨以德，圖難於其易，爲
大於其細。天下難事，必作於易；天下大事，必作於細。是以聖人
終不爲大，故能成其大。夫輕諾必寡信〕，多易必多難。是以聖人猶
難之，故終無難。（六十三章，〔〕內文字表簡文無相對異文）

天下皆知美之爲美，斯惡巳；皆知善之爲善，斯不善巳。故有無相
生，難易相成，長短相形，高下相盈，音聲相和，前後相隨。是以
聖人處無爲之事，行不言之教。萬物作焉不辭，〔生而不有〕，爲而
不恃，功成而弗居。夫唯弗居，是以不去。（二章，〔〕內文字表簡
文無相對異文）

【簡文語譯】

道恆久地自然而無爲，侯王如果能持守這個原則，萬物將自然生長變化。萬物演化到要有所作爲，將以無名之眞樸來使之復歸原始之境。如此便會知道滿足，知道滿足就會歸於平靜，天下也將自然安定。

以無爲的態度去作爲，以不滋事的原則去辦事，以恬淡無味的感覺去品味。大小事情繁多，如看輕事情必定困難重重，所以聖人遇事依然看得很困難，所以終於沒有困難。

天下人都知道美之所以爲美，這同時也就懂得醜了；天下人都知道善之所以爲善，這同時便懂得惡了。有和無相對立而互相演化，難和易既對立又互相成就，長和短既對立又互相呈現；高和下相對立而又互相包含，音和聲既對立又相互和諧，前和後既對立又相互跟隨。所以聖人以無爲的態度處事，實行不言的教化，讓萬物生長運作而不替它啓始，推動萬物運作卻不自恃己勞，大功告成而不自居有功。正因爲他的不居功，所以功績也不會失去。

【25】貞

《郭店·老子甲》13

愄（化）而雒（欲）复（作），牆（將）『貞』之以亡名之欮（樸）。

「貞」，帛書《老子》乙作「闐」，王弼本作、傅奕本、河上公本、想爾本均作「鎭」。如是「貞」與歷來《老子》版本所見之字通假情形如下：

1.「貞」（端母耕韻）與「闐」（定母眞韻）

聲母不同韻部亦不相同，但「耕」、「眞」二韻主要元音相同。

2.「貞」（端母耕韻）與「鎭」（端母眞韻）

聲母相同韻部不同，但「耕」、「眞」二韻主要元音相同。

整理小組、丁原植、魏啓鵬與彭浩均將「貞」與「鎭」通假，（丁原植 1998：80；魏啓鵬 1999：148；彭浩 1999：30）然丁原植認爲「鎭」字之義，應趨近「闐」、「貞」之意涵，訓解爲安較爲恰當。

3.「鎭」（端母眞韻）、「闐」（定母眞韻）

韻部相同，皆從眞得聲。《韓詩外傳》一：「精氣闐溢。」《說苑·辯物》：「闐」作「塡」。而《淮南子·天文》：「鎭星以甲寅元始建斗。」《開元占經》三八引

許注「鎮」作「填」。《段注》亦云：「引申爲眞誠，凡積、鎮、瞋、謓、填、窴、闐、嗔、滇、鬒、瑱、愼字皆以眞爲聲，多取充實之意。其顚槙字以頂爲義者，亦充實上升之意也。」於聲於義「鎮」與「闐」二字應可通假。

綜上所述可知，從聲音來說「貞」、「鎮」二字若透過聲音的通轉，仍是可以通假，但卻無法用通假關係將郭店楚簡中的「貞」與帛書本中的「闐」加以銜接。因此，學者便認爲簡文「貞」字實爲一假借字，本字當爲「鎮」字，如此便能將銜接起「貞」與「闐」二字。然問題是「鎮」字之含意具有「壓制、鎮壓」之義，與老子的無爲思想將有所不同。陳錫勇據此提出另一種看法，《國語・晉語七》：「柔惠小物，而鎮定大事。」韋注：「鎮，安也。」鎮亦可訓解爲鎮撫、安撫之義。（陳錫勇 1999：272）如是「將貞（鎮）之以亡名之樸」則可解釋爲以隱蔽無名的質樸，安撫萬物欲作之心。陳錫勇之說可備一說。

然拙文此處尚有其他看法，今本《老子》與郭店《老子》對勘的結果發現，于郭店《老子》中的「貞」字：甲簡 13「牂（將）『貞』之以亡名之歜（樸）」，乙簡 11「□『貞』女（如）愉」，乙簡 16「其悳（德）乃『貞』」。今本《老子》作「眞」或從「眞」得聲的「鎮」字。從聲音上來說，傳世文獻中「眞」、「貞」通假極爲少見。從字形上來說，金文、楚簡中亦未見「眞」與「貞」訛混的例證。郭店《老子》中的「貞」字如何過渡到今本《老子》的「眞」字，著實令人難以理解。于此提出另一種解釋，郭店楚簡中的「貞」代表了郭店《老子》這個版本所要傳達的特殊意義，劉信芳便認爲簡文逕解釋作「貞」已文通字順，不需另外通假。（劉信芳 1999：16）《廣雅・釋詁》：「貞，正也」；《郭店・緇衣》3「好氏（是）貞植（直）」，「貞」即讀爲「正」，「正」之義又可引申返、回復之義，「貞之以亡名之樸」即表示返回無名之樸的原始境地，與老子反璞歸眞的思想恰可呼應。簡文意指：萬物演化到要有所作爲，將以無名之眞樸來使之復歸原始之境。

八、【18～20 簡《郭店・老子甲》釋文】

道亙（恆）亡名，僕（樸）唯（雖）<u>妻（稚）</u>㉖，天陛（地）弗敢臣。戾（侯）王女（如）能 18 獸（守）之，萬勿（物）牠（將）自貨（賓）。天陛（地）<u>相會（合）㉗</u>也，以<u>逾㉘</u>甘雾（露）。民莫之命（令）天〈而〉自均安（焉）。訂（始）折（制）又（有）名。名 19 亦既又（有），夫亦牠（將）智（知）坒（止）。智（知）坒（止）所以不訂（殆），卑（譬）道之才（在）天下也。猷（猶）少（小）浴（谷）之異（與）江海。20

【河上公本《老子》】三十二章

道常，無名樸。雖小，天下不敢臣。侯王若能守之，萬物將自賓。天地相合，以降甘露。民莫之令而自均。始制有名。名亦既有，夫亦將知止。知止可以不殆。譬道之在天下，猶川谷之與江海。

【簡文語譯】

道永遠是無名的，樸雖然小，天地間沒有什麼力量能使之臣服。侯王若能保有它，萬物將會自然地賓服。天地陰陽之氣相合，便會降下甘露。民眾沒有命令它卻能自動平均潤澤萬物，開始制作便有名稱，名稱已有，就要知道適度而止，知道適度而止，就可以避免危險。譬如「道」之存在天下，猶如川流溪谷匯集於江海關係一樣。

【26】妻

《郭店・老子甲》18：

道亙（恆）亡名，僕（樸）唯（雖）『妻（稚）』，天陛（地）弗敢臣。

「<img>」字，帛書《老子》與王弼本《老子》、傅奕本《老子》均作「小」，整理小組直接與「微」字通假，但未做說明。李零則認為「妻」與「細」讀音更為接近，比讀作「微」恰當。（李零 1999：469）丁原植、季旭昇則「微」、「細」二說並存。（丁原植 1998：118；季旭昇 1999：171）陳偉將此字隸定為從女、占聲字，也就是「占」字。《說文》：「占，小弱也。」文意恰能與傳世本的「小」字相對應。（陳偉 1998：67）趙建偉、魏啟鵬二人則提出「妻」當讀為「稊」，《方言》卷二：「稊，小也」。（趙建偉 1999：277；魏啟鵬 1999：18）

首先，陳偉將「𡜅」字隸定爲從女「占」聲，然楚簡「妻」字多作此形，並非孤例，如：「爲𡜅（妻）亦然」（《郭‧六》28）；「秒（利）以取（娶）𡜅（妻）」（《九‧五六》17下），陳偉所推測從女占聲恐非事實。而李零以「妻」（清母脂部）、「細」（心母脂部）同韻通假，的確優於讀爲「微」（明母微部），卻無其他書證可證明。魏啓鵬、趙建偉二人將「妻」讀「稺」，並引《漢書‧揚雄傳》：「靈屖稺兮。」《文選‧甘泉賦》作「靈棲遲兮」，以此作爲「妻」與「稺」通假的佐證。從聲音上來說，「稺」（定母脂部）與「妻」（清母脂部）韻部相同，應可通假；從文意上來說，「稺」字亦作「稚」與「稚」，三字均有幼小之義。如：《方言》卷二：「稺年，小也」，《淮南子‧脩務》「衛之稚質」注云：「亦少女也」。《列子‧天瑞》「純雄其名稺蜂」注云：「小也。」可見此說不論聲音或文意均可說通，更有「妻」與「稺」相通假的書證以資證明，故認爲當以魏啓鵬、趙建偉二人之說爲是。簡文意指：道永遠是無名的，樸雖然小，天地間沒有什麼力量能使之臣服。

【27】合

《郭店‧老子甲》19：

天陛（地）相『𪊽（合）』也，以逾甘零（露）。

整理小組認爲楚簡文字中「合」字多作「𪊽」或「𢎥」形，因此「𪊽」字應爲「合」字。但裘錫圭按語云：「簡文此字上部，與楚文字一般『合』字有別，頗疑是會字而中部省去豎畫。」李零則將此字隸定作「會」，並認爲此字實爲問答之「答」，引《汗簡》、《古文四聲韻》和《集韻》所收『答』字的古文與此略同爲佐證，並云問答的答有時也作合。

裘錫圭之按語是有其道理，根據滕壬生《楚系簡帛文字編（增訂本）》、《上海博物館藏楚竹書一～五文字編》、《清華簡（壹）》，可知出現於楚簡中的「合」字有「𪊽」（《包》2.83）、「𢎥」（《包》2.166）、「𢎥」（《包》2.265）三形，而「會」字作「𪊽」（《包》2.182）、「𪊽」（《長》5.406.8）二形〔註70〕，綜上述字形可發現「合」字未有像簡文「𪊽」，上方類「亯（𠅃）」形下從「曰」的寫法，但裘

〔註70〕字形詳見滕壬生《楚系簡帛文字編（增訂版）》（湖北：湖北教育出版社，2008年），頁509「合」字條，頁511「會」字條；李守奎等合編《上海博物館藏楚竹書（一～五）文字編》，頁276「合」字條，頁278「會」字條。

錫圭所懷疑此字是「會」字中間省去豎畫，仍待驗證，綜觀目前「會」字或從「會」得聲之字，中間部件亦均從田形，有一豎畫，未有簡省之例。

　　李零所根據的《汗簡》、《古文四聲韻》等書，不難發現此類書籍有時亦將通假字收入，所以《汗簡》、《古文四聲韻》和《集韻》所收的「答」字古文與「合」字略同，有可能是二者有過相互通假的例證被收錄下來，並不等於「合」字即是「答」字。若照李零這種推論方式，「合」與「會」相互通假的例證更是不勝枚舉，為何不將「合」字讀作「會」，而讀為「答」？可見此種推論方式並不十分正確。簡文「🐚」與所引「合」第一種字形-「🐚」（《包》2.83）仍有相類之處，僅差異在於橫筆為兩撇筆。且對勘「🐚」字與帛書《老子》甲本相對應異文作「谷」，就字形相似性而言「谷」字與「合」字相訛混的可能性也較大，因此此字隸定作「合」仍比隸定作「會」或「答」來得適當。另外一種推測，疑簡文「🐚」為上訛作「亯」形之「合」字，《上六·孔》8「合」字便誤寫作「🐚（亯）」形，推測此字為類似情況的訛誤，上作訛「🐚（亯）」下方則是一般「合」字書寫，仍釋作「合」，訓解為會合之意。

　　簡文意指：天地陰陽之氣相合，便會降下甘露。

【28】逾

《郭店·老子甲》19：

　　天陞（地）相合也，以『逾』甘零（露）。

　　「🐚」字，帛書《老子》甲乙本均作「俞」，王弼本《老子》作「降」。帛書整理小組認為：俞，疑讀揄或輸。魏啓鵬據此將竹簡本「逾」亦借為「輸」。趙建偉則將「逾」讀為「濡」；劉信芳則讀如「賈」，丁原植從之；陳偉則提出「逾」字本身即有「順流而下」的用法，恰可與傳世本的「降」字相對應，李若暉從之。（劉信芳1999：20；丁原植1998：119；趙建偉1999：277；魏啓鵬1999：18～19）

　　高明於討論帛書《老子》時，提出帛書甲乙本的「俞」字當借為「雨」字，（高明1996：399）其說似乎可通，然可議之處在於「雨」字乃常見用字，為何在竹簡本《老子》與帛書《老子》甲乙本這些較古的本子中皆從「俞」得聲，而不作「雨」字，按從「俞」得聲之字于此必定有其特殊意義，與「雨」字音義相通應是偶然。

　　趙建偉將之與「濡」字通假，認爲《文子‧精誠》：「雨露以濡之」與此處「以逾甘露」文意相同，然「逾」字訓解作滋潤，在文意上並不通暢；魏啓鵬之說的問題亦是如此，將「逾」字借爲「輸」，訓解爲傾瀉，甘露以傾瀉形容並不恰當。

　　劉信芳認爲「逾」讀爲「霣」，《楚帛書》的「霣霜」即《春秋‧僖公十三年》：「霣霜不殺草」之「霣霜」，臾、逾古音同在侯部、喻母，故「逾」與「霣」通假，此說丁原植從之，並引《說文》：「霣，雨也」爲證。然丁原植所摘錄的《說文》並非全文，據段《注》本《說文‧雨部》：「齊人謂靁爲霣，從雨員聲，一曰雲轉起也。」段《注》認爲齊人之上「雨也」二字並非霣之本義，應刪除。《公羊傳》亦有「星霣如雨」一句，故霣字當不作雨解。若照《說文》將「霣」字訓解爲雷電，于簡文更是語意不順難以通讀，因而其說不可遽信。

　　陳偉在考釋〈鄂君啓節‧舟節〉中，即提出「逾」表示與前文「上」相反的航行過程，大概是下的意思，並將之作爲此簡文「逾」字訓作下的佐證，李若暉更全面考證從俞得聲之字，結果證實從俞得聲多有「下」之義。（陳偉 1998：67；李若暉 1999：200）「逾」字直接訓解作降下，字義可通又有其佐證，且可與傳世本《老子》「降」字相對應，陳偉、李若暉二人之說可從。簡文意指：天地陰陽之氣相合，便會降下甘露。

九、【21～23 簡《郭店‧老子甲》釋文】

又（有）牆（狀）㉙蟲（融）㉚成，先天墜（地）生。敓繆（穆）㉛，蜀（獨）立不亥（改）㉜，可以爲下母。未智（知）其名，爭（字）之曰道，唐（吾）21勥（強）爲之名曰大。大曰澫㉝，澫㉝曰連〈遠〉㉞，連〈遠〉㉞曰反。天大、地大、道大，王亦大。國中又（有）四大安（焉），王尻（處）一安（焉）。人22灋墜（地），墜（地）灋天，天灋道，道灋自肰（然）。

【河上公本《老子》】二十五章

有物混成，先天地生。寂兮寥兮，獨立不改，〔周行〕而不殆，可以爲下母。吾不知其名，強字之曰道，強爲之名曰大。大曰逝，逝曰遠，遠曰反。故道大、天大、地大、人亦大。域中有四大，而人居其一焉。人法地，地法天，天法道，道法自然。

【簡文語譯】

有一種混沌的狀態，先天地而存在。愉悅而和樂，獨立存在而永不改變，它可以做爲天下萬物的本源。我不知道它的名字，只好勉強把命「字」叫「道」，再勉強給它取個名叫「大」。「大」就是無邊無際地向外延伸，無限延伸就是運行不息，運行不息就是返回根本。天是大的，地是大的，道是大的，王也是大的。國中有四個大，王居其中之一。人取法地，地取法天，天去法道，道純任自然。

【29】𥄂

《郭店・老子甲》21：

又（有）『𥄂（狀）』蟲（融）成，先天堅（地）生。敚繆（穆），蜀（獨）立不亥（改），可以爲下母。未智（知）其名，爭（字）之曰道，𠯑（吾）勞（強）爲之名曰大。

各個《老子》版本此句均作「有物混成」（帛書本混作昆，二字可通假），而竹簡本《老子》作「有𥄂蟲（融）成」。整理小組云：「𥄂，從『丩』『百』聲，疑讀作『道』。……『蚰』，即昆蟲之『昆』的本字，可讀爲『混』。」此段註解裘錫圭率先提出質疑，認爲此章下文有「未知其名，爭（字）之曰道」之語，首句若作「有『道』混成」，前後文則顯不通。另外「𥄂」字又見于《郭店・五行》36「遠而𧈢之」，對勘帛書《五行》篇，相應異文作「裝」，整理小組訓解爲「莊」。裘錫圭依《郭店・五行》「𥄂」字字例訓讀爲「莊」，將「𥄂」分析爲從百「丩」聲，並將簡文訓讀爲「狀」。有狀混成，意同於今本《老子》十四章所形容的「無狀之狀，無物之象，是謂慌惚。」（裘錫圭1998：45～46）

趙建偉同樣對整理小組意見持反對看法，所持理由大致與裘錫圭相同，其一認爲「𥄂」字應從丩聲，非從首（百）聲，從「丩」得聲之字，不可能與「道」字通假；其二後文既云「不知其名」，不可能一開頭又直乎爲「道」；其三「有道混成」與後文「字之曰道」不和諧地重複使用。所不同在於趙建偉將「𥄂」字當作「狀」的古本字，讀爲「象」。從丩得聲與從象得聲的字古音皆屬陽韻，古有通假之例，引《廣雅・釋言》：「裝，襐也。」且「物」與「象」常有互作之例，如：今本《老子》十四章：「後復歸於無『物』」，蘇轍本則作「復歸於無『象』」。是故趙建偉推測竹簡本可能基於相同理由，作「有象混成」，而帛書本、

今本《老子》則作「有物混成」。（趙建偉 1999：271～272）

　　另外，劉信芳與崔仁義將簡文「🦋」字釋作「將」。劉信芳加以訓解爲連接詞「以」，並認爲後文的「蟲」字應非錯字，應讀如「同」，合會之義。（崔仁義 1998：56；劉信芳 1999：24～25）

　　劉信芳與崔仁義將「🦋」字釋作「將」，然楚文字「將」均作「🦋」（《包》2.253），從酉爿聲，並無特例，是故二人之說恐非正確。「🦋」字，當如裘錫圭所言，從「爿」得聲，除《郭店·五行》讀爲「莊」外，其餘楚簡字例多讀爲「狀」，如：《上二·容》17「如是『牀』（狀）」；《上五·鬼》5「『牀』（狀）若生」。此簡「🦋」應亦讀爲「狀」，「有牀（狀）蟲（融）成」意指一種先天地存在的混沌狀態。趙建偉爲將竹簡本「狀」字與其他版本《老子》相對應之異文「物」字連接起來，故將「牀（狀）」又讀爲「象」，然「狀」與「象」本是極爲相近的字詞，是否需要將「牀（狀）」特意讀爲「象」是有討論的空間。趙建偉所引《廣雅》一書用以證明從「爿」得聲與從「象」得聲有通借的證據，殊不知《廣雅》所謂「裝，褗也」是用義訓方式訓解並非聲訓［註71］，是故「狀」字與「象」字通借是沒有直接證據可資證明的，因此此字之隸定與訓讀仍以裘錫圭說法較爲穩妥。簡文意指：有一種混沌的狀態，先天地而存在。愉悅而和樂，獨立存在而永不改變，它可以做爲天下萬物的本源。我不知道它的名字，只好勉強把命「字」叫「道」，再勉強給它取個名叫「大」。

【30】蟲

《郭店·老子甲》21：

　　又（有）牀（狀）『蟲（融）』成，先天墬（地）生，敓繆（穆），蜀（獨）立不亥（改）。

　　簡文「又（有）牀（狀）蟲〈蚰〉成」，相應帛書《老子》甲、乙本作「有物昆成」，王弼本《老子》作「有物混成」。整理小組將「🦋」視爲「蚰」字之訛，「蚰」乃昆蟲之「昆」的本字，可讀爲「混」。然劉信芳、王輝、楊澤生等

［註71］《説文》：「褗，飾也，從衣象聲」；《急救篇》：「褗飾刻畫無等雙」，顏師古注：「盛服飾」；《漢書·外戚傳》：「令孫建世子褗飾，將謾往問疾」注：「盛飾也，一曰首飾」；《玉篇》：「褗，首飾也」。而《廣雅》：「妝，飾也。」「妝」「莊」「裝」三字又常通借，故《廣雅》將「裝」釋作「褗」應是義訓非聲訓。

多位學者對此字的訓讀，卻有著不同的看法。歸納諸說意見可分爲以下四說：一、「蟲」爲「蚰」之誤寫；二、「蟲」讀如「同」；三、「蟲」、「蚰」混用；四、「蟲」讀作「融」。

　　整理小組認爲「蟲」是「蚰」的錯字，而王輝認爲「蟲」、「蚰」二字古文字多混用。（王輝 2001：169～171）從字意意涵來解讀，《說文》：「蚰，蟲之總名也」，「蟲」「蚰」二字理應相通，但就目前所見古文字材料，卻未有「蚰」、「蟲」相通的例證。王輝所徵引《郭店・老子甲》33「蟲它」之例，相應帛書《老子》乙本作「蟲癘『虫』蛇」，王弼本作「蜂蠆『虺』蛇」。「」表「蟲」字下方又多一重文符號，可能代表下半部「蚰」之重文，亦可能表示是「虫」字之重文，就版本對照看來，以作「虫」字較爲恰當。是故在目前尚無確切證據可資證明「蚰」、「蟲」二字會混用的前題下，整理小組與王輝之說尚待商榷。

　　劉信芳認爲此句「又（有）牁（狀）蟲〈蚰〉成」之「有」，爲此句的名詞主語，「有」生於無，「有」既已生，則作爲一種狀態而存在；相對應「有」而來，「蟲」則讀如「同」。《詩經・大雅・云漢》：「蘊隆蟲蟲」，《釋文》引《韓詩》「蟲」作「烔」，「蟲」訓解合會之義。簡文意指「有」以合會而成。（劉信芳 1999：24）此說王輝便以語法不合宜，駁斥其非，認爲「有」在簡本應作虛詞，非名詞。（王輝 2001：169～171）且在老子思想中「有」「無」是相對而來，如：「天下萬物生於有，有生於無」，又就宇宙產生的先後順序而言，天地先有「無」這個混沌未分的階段，才又產生萬物出現「有」這個階段。簡文此處稱之「先天墬（地）生，敓縵（穆）」，可見此境界應爲「無」的階段非「有」，如此劉信芳所言以「有」作爲主語，便與老子思想相互抵觸。再者，劉信芳所引之例證，僅能說明上古音韻「蟲」與「同」可相通，「蟲」並無「同」之義，「蟲蟲」，《爾雅・釋訓》：「爞爞，熏也」意指熱氣熏蒸之狀。劉信芳將「蟲」作合會訓解，過於迂曲。

　　楊澤生將「蟲」讀作「融」，簡文「蟲成」應訓解爲「融成」。（楊澤生 2001：163～170）「融」，籒文作「」，從鬲蟲聲，因此「蟲」與「融」相通假必定沒有問題。張舜徽於《說文解字約注》中對「融」與「蟲」二字的討論，亦可作爲「融」、「蟲」二字之通假很好的補證，如下：

　　　　「融之本義爲炊氣上出，經傳中多假蟲爲之。《詩・大雅・云漢》：『蘊
　　　　隆蟲蟲』。毛傳云：『蟲蟲而熱』。正義云：『是熱氣蒸人之貌』。熱氣

蒸人，有無甚於炊氣上出者，《詩》曰『蟲蟲』，猶云『融融』也。」

「蟲成」即「融成」，意指一種融合、混合的狀態，與歷來版本所見之「混成」意義亦相仿。因此簡文「蟲」字宜直接通假作「融」，而不視作「蚰」字之訛誤。簡文意指：有一種混沌的狀態，先天地而存在。愉悅而和樂，獨立存在而永不改變。

【31】敓／繆

《郭店‧老子甲》21：

> 又（有）眓（狀）蟲（融）成，先天墬（地）生。『敓』『繆（穆）』，蜀（獨）立不亥（改），可以爲下母。

《郭店楚簡》中「敓」字共出現 10 例，從其訓讀來區分可分爲四類，

一、讀爲「奪」：

1. 生不可敓（奪）志，死不可敓（奪）名。（《郭店‧緇衣》38）

二、讀爲「悅」：

2. 古（故）倀（長）民者，章志以（昭）百姓，則民至（致）行貟（己）以敓（悅）上。（《郭‧緇》11）

3. 公不敓（悅）。（《郭‧魯》2）

4. 不敓（悅），可去也。（《郭‧語三》4）

5. 凡敓（悅），乍（作）於懇者也。〔註72〕（《郭‧語二》42）

6. 敓（悅）生於化，奵（好）生於敓（悅）〔註73〕。（《郭‧語二》21）

三、讀爲「說」：

7. 凡敓（說）之道，級（急）者爲首。（《郭‧語四》5）

四、訓讀尚未明朗：

8. 敓繆（穆），蜀（獨）立而不亥（改）。（《郭‧老甲》21）

《說文》：「敓，彊取也，從攴兌聲」；《廣韻》：「敓，強取也，古『奪』字」。

〔註72〕 本訓讀參劉釗《郭店楚簡校釋》，頁 206。簡文意指「凡是喜悅，都興起於稱讚」。

〔註73〕 本訓讀參劉釗《郭店楚簡校釋》，頁 202。簡文意指「喜悅生成於隨順，喜好生成於喜悅」。

從聲音上來說，「敚」（定母沒韻）、「奪」（定母沒韻）、「兌」（定母月韻）上古音韻非常接近，通假使用情形頻繁，「敚」字除與「奪」、「兌」通假外，與從兌得聲之字亦有通假情形，如上述所引「悅」、「說」等字。

「𥠎」，整理小組隸定作「繆」，從糸從穆，與各批楚簡所見之「𥠎（穆）」字略有不同，然上右半部所從之「禾」旁相當明顯，且各個版本《老子》相應位置均作從「翏」得聲之字，如：帛書甲本作「繆」、乙本作「漻」，王弼本作「寥」，「繆」與「穆」典籍文獻中多相互通假，《禮記・大傳》：「序以昭『穆』，別以禮義」，鄭玄注：「繆讀爲穆」。整理小組之隸定當是可從。彭浩又云：「繆，從穆聲，通作繆」（彭浩 2000：43），此說亦是可參。

「敚繆」，帛書《老子》甲本作「繡呵繆呵」，帛書《老子》乙本「蕭呵漻呵」，王弼本《老子》作「寂兮寥兮」，傅奕本《老子》作「寂兮寂兮」。因此，學者多將「敚繆」一詞往「寂寥」方向說解，如：崔仁義將之通假成「寞寥」（崔仁義 1998：56）；李零讀作「寂寥」，並認爲「敚」字應是「祝」字之誤，「祝」章母覺部字與「寂」從母覺部字，古音相近故通假。（李零 1999：465～466）然此說法最先受到挑戰的即是通借問題，如李零所顧慮的「敚」（定母沒韻）字與其他版本中的「寂」（從母覺部）或「蕭」（心母幽部）或「繡」（心母幽部）字，聲音上都有很大的差異。

於是乎另一派學者提出不必通假成「寂寥」之義，而從「敚繆」一詞的本意去作解釋。如：趙建偉將「敚」字讀爲「悅」或「娧」，訓解爲美好而莊嚴。（趙建偉 1999：272）魏啓鵬則將「敚」讀爲「悅」，訓解爲敬；「穆」則具有和美之義，重言穆穆亦可以莊敬作解，如《爾雅・釋詁》：「穆穆，敬也。」因此魏啓鵬將「敚穆」一詞訓解爲莊敬肅穆。並舉《文子・精誠》「夫道者，藏精于內，棲神于心，靜寞恬淡，『悅穆』胸中，廓然無形，寂然無聲」一段話爲證。（魏啓鵬 1999：20）此說得到白于藍的支持，並引《淮南子・泰族訓》與《管子・君臣》等佐證證明「敚繆」當讀爲「悅穆」，訓解爲和悅之義。（白于藍 2001：56）

魏啓鵬所徵引《文子》「夫道者，藏精于內，棲神于心，靜寞恬淡，『悅穆』胸中，廓然無形，寂然無聲」這段話，可謂對簡文「敚繆，蜀（獨）立而不亥（改）」起關鍵性意義，二段文字均是對「道」的禮讚，結合來看，不難發現二者文字頗有關聯。《文子》「悅穆」一詞，再加上上述例證又可證明楚簡中「敚」

字與「悅」字時有通假，因此應可將「敓繆」讀爲「悅穆」當是可行。《廣雅‧釋詁一》：「悅，喜也。」魏啓鵬亦有提及「穆穆」有和美、肅穆、敬、靜等含意，而此處的「悅穆」一詞應是對「道」的一種形容或讚美，所要表達的意義應不是相當具體或特定的，而是一種較籠統而寬泛的形容，「悅穆」一詞可能包含了上述學者所提出的任何一項特質，或和美，或肅穆，或莊敬，或美好，或沈靜，或幽微等義，其玄妙處在於不同的人對道會有不同的詮釋與理解，道也因而衍生出不同含義。簡文意指：有一種混沌的狀態，先天地而存在。愉悅、和樂且莊重，獨立存在而永不改變，它可以做爲天下萬物的本源。

【32】亥

《郭店‧老子甲》21：

> 又（有）眊（狀）蟲（融）成，先天陛（地）生。敓繆（穆），蜀（獨）
>
> 立不『亥（改）』，可以爲下母。

「亥」，帛書《老子》乙本作「侅」，王弼本《老子》與傅奕本《老子》均作「改」，學者多從整理小組意見將「亥」假作「改」。對此，丁原植與劉信芳相繼提出不同看法，丁原植認爲竹簡本的「亥」字與帛書本的「侅」字，均似假作垓。（丁原植1998：131）劉信芳則認爲不亥應讀作不該。（劉信芳1999：25）

丁原植將亥字假作垓，引《淮南子‧俶眞訓》：「設於無垓坫之宇。」高誘注：「垓坫，垠堮也。」將之訓解爲界限、界域或邊際之義，不亥即不受界限。簡本與帛書本分別作「蜀立而不亥」、「獨立而不侅」，今本卻作「獨立而不改，周行而不殆」，對文成偶。高明曾就此對文成偶的情形提出說明，高明認爲今本的「周行而不殆」句並非古本老子所原有，應是六朝駢體偶文盛行，後人因應文風而增入的。（高明1996：348）類似情形另見帛書本《老子》「炊（企）者不立，自視（是）不章（彰）」一句，王弼本《老子》則作「企者不立，跨者不行」，王弼本所增「跨者不行」一句，與前句「企者不立」意涵接近，只是運用了相近卻不同文字的鋪敘手法。如此，返回來思考「獨立而不改，周行而不殆」一句，所謂「周行而不殆」指的是一種時間運行的不止、無礙[註74]，相對地

〔註74〕據戴維《帛書老子校釋》頁135註3所引，羅運賢曰：案殆、佁同聲通用，《司馬相如傳》：佁儗，張揖訓爲不前，不前，凝止之意也。故不殆猶不止，與周行義相成。《管子‧法法》篇：旁行而不疑，俞樾讀疑爲礙，正與此文同趣。

前一句「蜀（獨）立而不亥」指涉的應是空間存在的無垓、不被界限，如此便可相生相對，亦可對文成偶。另外，此處對勘帛書《老子》乙本作「玹」字亦從「亥」得聲，在現有較早《老子》版本均從亥得聲而不假作「改」的情況下，丁原植所云假為垓，訓解為界限之義，亦可備一說。但對照王弼本「獨立而不改」將「亥」假作「改」，其指涉的意涵更擴展出空間與時間上的永恆不變，而在聲音上，亥（匣母之部）與改（見母之部）韻同發聲部位亦相同，因此，整理小組意見也不能完全否定。

關於劉信芳所提出不亥應作不該，為道之唯一不二之義，按其訓解不該應有唯一或不二之義，然其說並無其他根據，故此處排除其說，以丁原植和整理小組所言為是。簡文意指：有一種混沌的狀態，先天地而存在。愉悅而和樂，獨立存在而永不改變，它可以做為天下萬物的本源；或云有一種混沌的狀態，先天地而存在。愉悅而和樂，獨立存在而沒有界限，可以作為天下萬物的本源。

【33】濬

《郭店‧老子甲》22：

> 虐（吾）勥（強）為之名曰大。大曰『濬』，『濬』曰連〈遠〉，連〈遠〉曰反。

「濬」，帛書本作「筮」，王弼本作「逝」。就版本對勘而言，學者多無法將「濬」與其他版本的「筮」、「逝」作出合理的解釋，不外乎從字音的連接說成通假字或從字義的聯繫說成義借。「筮」、「逝」二字均為透母月部字，因此帛書本《老子》與王弼本《老子》在版本的銜接上是沒有問題的，然郭店《老子》中的「濬」字，其義為何？與「筮」、「逝」二字是否為不同版本的異文對應則仍多疑惑。

「濬」字構形相當複雜，最早見於曾侯乙墓編鐘銘文中，對此類字形裘錫圭、李家浩將之隸定作「潧（潧）」、「歆（歆）」「嚳（嚳）」，讀為與「遣」聲音近的「衍」。（裘錫圭、李家浩 1989：553～554）饒宗頤則將之隸作「嚳」與「瀆」，分別讀為「陷」與「庶」，詞義趨向為五音之低音的形容字。（饒宗頤 1993：22）何琳儀將此類字形隸定為「韜」聲系的字。（何琳儀 1998：1454）

何琳儀所提出將左半部隸作「章」這項說法，所持的釋形依據應是將「章」

旁中間所從似田形（或日形）視作筆畫分割，然「章」字於金文作「𩇕」（〈㒼簋〉）、「𩇕」（〈師遽方彝〉）；戰國文字則繁化為「𩇕」（《包》2.77）、「𩇕」（《信》1.08）、「𩇕」（《天》策）等形，觀其中間似田形部件，筆畫中並沒有分割異化作「𩇕」、「𩇕」、「𩇕」等情形；又觀何琳儀所言楚簡中從「𩇕」聲系的字，「歆」、「籖」、「贛」等字，各作「𩇕（《曾》128）」「𩇕（《包》2.255）」「𩇕（《包》2.175）」形〔註75〕，各個字例所從「章」形部件中間多作似「田」形或「𠃊」形，與「𩇕」、「𩇕」、「𩇕」等形有著很大的區別。因此，何琳儀的隸定顯不妥。

饒宗頤之說法雖晚出，但其立論根據與裘錫圭、李家浩並無不同，由於此類字形裘錫圭、李家浩有極精闢的分析，後學界亦多接受此項說法，此僅節引部分以資方便說明：「𩇕，這個字所代表的詞，在鐘磬銘文裡有三種寫法：（1）『𩇕』（下一‧1 等）（2）『𩇕』（中一‧11 等）（3）『𩇕』（磬下 7 等）」甲骨文和西周金文的「書」字都作「𩇕」，上引（2）與（3）的左旁應是「書」的異體。（?）「亠」即《說文》「讀若愆」的「辛」字省體。「愆」「遣」讀音極近，所以「書」字加注「辛」聲。古文字裡常見由同音或音近的兩個字合成的字，如：「𩇕」「𩇕」等，『𩇕』也屬於這一類。（1）的左旁與此顯然是同一個字，它省去了「書」所從的「臼」旁而加注「辛」聲。（1）應該是一個從「水」「書」聲字。（3）的上部的右旁是「𩇕」。「𩇕」應是「𠂤」的變體。《說文‧臼部》：「𠂤，小阱。從人在臼上」。「𠂤」、「欠」古音極近（「𩇕」、「坎」為一字）磬銘將「𠂤」所從的「人」旁寫作「欠」，是有亦使其聲符化。戰國古印有「𩇕」字（《古璽文編》112 頁），當釋作「𩇕」，即「𩇕」「𩇕」的異體，可以與此互證。「欠」與「書」古音尾聲不同，但聲母與主要元音相同。金文有「𩇕」字，郭沫若以為是「遣」字繁文。很可能「𩇕」字的「欠」旁與上舉（3）「𩇕」字的「𠂤」，也都是加注的音符（古代有些方言裏「欠」「遣」字二字的收聲也許是相同的）。（2）的右旁是「卩」。古文字「欠」、「卩」二字形近，疑（2）的「卩」旁即「欠」之訛。也可能本從「卩」從「書」聲。總之，（1）（2）（3）諸字的讀音應該與「遣」字相近。它們所代表的詞經常出現在音階名之前，地位與「變商」、「變徵」的「變」字相同。這個詞很可能就是與「遣」音近的「衍」。「衍」字古訓「溢」，訓「廣」，

〔註75〕字形詳參滕壬生《楚系簡帛文字編（增訂本）》，頁 797「歆」字條；頁 601～602「贛」字條；及何琳儀《戰國古文字典》，頁 1454。

訓「大」（參看《經籍纂詁》），有「延伸」、「擴大」、「超過」一類意思。」

「辛」旁於甲骨文作「㚒」（《合》20245），戰國文字則作「开」（《陶徵》177），大抵承襲早期文字形構的發展特徵，其上形部件與鐘磬銘「🎵」（〈曾侯乙〉下一‧1 等）、「🎵」（〈曾侯乙〉中一‧11 等）、「🎵」（〈曾侯乙〉磬下 7 等）左上方所從「🎵」等形相類；至於左下方所從「🎵」、「🎵」，則釋作「聿」字之省，「聿」字金文作「🎵」（小臣謎簋），與「🎵」所從「🎵」部件形相類，而從「聿」、「臽」雙聲之字形，最早出現於春秋早期〈邿造遣鼎〉（《集成》02422）作「🎵」，疑從「遣」加注聲符「臽」聲，然「臽」聲之人旁已寫作「欠」旁；相關「邿遣」器又見〈邿譴簋〉（《集成》04040），「遣」又作「🎵」，從「足」，「聿」、「欠」雙聲。足見裘錫圭、李家浩之推測「臽」聲聲符與「欠」聲之關係變化所言極是。

同時「遣」後亦見於《包山》、《郭店》、《上博》等批楚簡中，先將此系列相關字形按出處羅列於下，

(1)「🎵」（曾侯乙編鐘下一‧1 等）

(2)「🎵」（曾侯乙編鐘中一‧11 等）

(3)「🎵」（曾侯乙編鐘磬下 7 等）〔註76〕

(4)「🎵」反人軏臣訟「🎵」反之南易里人隉緩、李壐。（《包》2.96）

(5)「🎵」公朔，宵吳。（《包》2.98）

(6) 視日命一執事人致命以行故，「🎵」上恆，僕猗以致命。（《包》2.137 反）

(7) 命「🎵」上之戠獄爲陰人舒垾（《包》2.139 反）

(8) 左馭番戍猷田於邧或「🎵」邑（《包》2.151）

(9) 若齒之事胄，而終弗「🎵」（《郭‧語四》19）

(10) 大曰「🎵」，「🎵」曰連（《郭‧老甲》22）

〔註76〕許文獻於《戰國楚系多聲符研究》中，依其編鐘銘文文例相對參照：下一 1〔1〕：姑洗之𣸪宮。下二 10〔1〕、中一 11〔1〕、中二 12〔1〕：姑洗之𣸪商。下一 1〔3〕：濁坪皇之𣸪商。下一 1〔4〕：濁文王之𣸪宮。下二 9〔4〕：文王之𣸪鐸。下二 9〔3〕：新鐘之𣸪商。下一 1〔4〕：新鐘之𣸪羽。下一 1〔3〕：獸鐘之𣸪徵。下二 10〔4〕：鄏音之𣸪羽。下一 1〔1〕：穆鐘之𣸪商。編磬下七：姑洗𣸪宮、穆鐘之𣸪商。得知編鐘銘文中此類形構之字當爲一字之異體。而此處所引用的三個字形爲裘錫圭、李家浩歸納編鐘銘文而來的字形。

（11）凡憂患之事欲任，樂事欲後，身欲靜而毋「」，慮欲困（淵）而毋

憍（僞）。（《郭・性》62）

（12）六五：悔亡，噬宗（噬）肤（膚），往何。（《上三・周》33）

（13）若四時一「」一來。（《郭・語四》21）

（14）凡身欲靜而毋「」，用心欲直而毋怳（尤），憻（慮）欲困（淵）

而毋暴。〔註77〕（《上一・性》27）

從這14組字形可作以下歸納，

（一）、從第（4）組地名詞例，「『』反」與「『』反」，可知此字「臼」旁是可以被省略的。最繁字體作「瀟」，第（4）（10）組字例屬之；常省略「水」旁作「瀿」，第（3）（8）（9）（12）組字例屬之；或省「臼」旁作「」，（4）（5）（6）（7）組字例屬之。

（二）、從第（1）（2）（3）組曾侯乙編鐘之相同字例，可知第（3）組「瀿」又可省作「歆」，第（1）（2）（11）組字例屬之，然第（11）組字例左半部又形訛類「言」形，作「訹」。

（三）第（13）（14）組字為類似字形，存留聲符「音」加「辵」、「止」旁。

簡言之，這14組字為一字之異體，但就所從聲符不同，又可將之簡分成三類：

（一）最繁字體作「」（《郭・老子甲》22），若照裘錫圭、李家浩的分析，依形可隸定作「瀟（瀿、瀟)」，從水並從晝、臽雙聲〔註78〕；或省略水旁，作「」（《包》2.151），依形隸定作「瀿（齤)」，從晝、臽雙聲。

（二）或從「晝」加注聲符「欠」聲，作「」（《包》2.137反），依形隸定作「」；或省「水」旁，作「」（曾侯乙編鐘中一・11等）隸定作「歆（歆)」，從「晝」、「欠」雙聲，然所從「晝」聲至戰國時期變化更為劇烈，訛作「言」旁，作「」（《郭・性》62），依形隸定作「訹」。

（三）存「音」聲符，作「」（《郭・語四》21）或「」（《上一・性》

〔註77〕此句季師旭昇認為乃合《性自命出》「慮欲淵而無僞」、「怒欲盈而毋」為一句。「」，從周鳳五〈無暴〉釋作「暴」，此暫且從之。

〔註78〕劉釗認為此字為三聲字，從「音」（遭的初文）、從次、從臼（陷字初文，或坎字初文，戰國文字坎與陷的初文又相混），詳見參劉釗：《郭店楚簡校釋》（福州：福建人民出版社，2005年），頁18。

27），依形隸定作「遆」或「𡍩」。

上述討論乃就「潚」字相關字形進行構形分析，下文便從詞例的釋讀，進一步討論「潚」字在郭店《老子》所蘊含可能的意義。

「潚」字之訓讀於此段簡文大致可歸納為二說，一、讀為「筮」或「逝」，崔仁義、李零對勘今本《老子》後主其說。（崔仁義 1998：56；李零 1999：466）二、讀為「衍」，持此說者為劉信芳、周鳳五。（劉信芳 1999：25；周鳳五 1999：3～7）從簡文「大曰『潚』，『潚』曰連，連曰反」，可知老子予此運用了特殊的語法形式，「潚」必須同時具有「大」、「連」雙重涵意，同樣地「連」字必須具有「潚」、「反」雙重涵意。若「潚」讀為「逝」，「逝」具有「往」、「遠」、「行」等意涵，可與後文「連」字相銜接，然無法與前文的「大」字相對應。反之，若「潚」讀「衍」，「衍」一般的訓解多為延伸、擴大一類之義。如：《廣雅・釋詁》：「衍，大也」；《莊子・天運》：「篋以盛『衍』」，《釋文》引司馬注：「衍，行也」，足見「衍」亦具有「運行」之義。如是「衍」與前文的「大」及後文「連（轉）」即可無隔閡地前後呼應。故就字義來說，讀為「衍」會比「逝」來得恰當。

另外，檢視簡文「大曰『潚』，『潚』曰連，連曰反」協韻韻腳：「潚」、「連」、「反」三字，「連」、「反」二字皆為「元部」字，而「逝」為「月部」字，「衍」亦為「元部」字，就協韻來說，讀為「衍」也比讀為「逝」來得好。

然于《郭店・語叢四》19「若齒之事胄（舌），而終弗『齧』」之「齧」字，與簡文字形僅差於水旁的有無。整理小組對「齧」字列為待考字，讀為「憒」，訓解為亂之義。裘錫圭于案語則云：「此字見於曾侯乙墓鐘磬銘文，可能有『臼』和『臽』兩種讀音，……在此似當讀為『臽（陷）』或『衍（訓過錯）』」。李零則認為「齧」應讀為「噬」，訓解為咬之義。（李零 1999：481）依其文義，李零之說遠較裘錫圭釋讀為「亂」來得恰當。後《上三・周》33「六五：悔亡，噬宗齧肤（膚），往何。」對照今本《周易》「齧」對應之字為「噬」，二則釋文足見「齧」與從「筮」得聲之字的關係密切，徐在國便認為「齧（溪紐元部）」與「噬（禪紐月部）」屬聲母近韻母元月對轉的音韻關係〔註79〕。這二條釋文似乎又可作為今本《老子》對應之字作「逝」之佐證，此也代表了此系列字形在釋

〔註79〕徐在國：〈上博竹書（三）《周易》釋文補正〉，簡帛研究網：http://www.jianbo.org/ADMIN3/HTML/xuzaiguo04.htm，2004 年 4 月 26 日。

讀爲「衍」或從「筮」得聲之字上有著相當特殊的糾葛，單就目前文字材料仍無法給予非常確切的解答，故此處僅就簡文暫說明之，將簡文的「瀁」讀爲「衍」，訓解爲延伸、擴大之義。簡文意指：若要勉強爲它起名，只好稱其爲「大」。「大」就是無邊無際地向外延伸，無限延伸就是運行不息，運行不息就是返回根本。

【34】連

《郭店・老子甲》22：

　虐（吾）勥（強）爲之名曰大。大曰瀁（逝），瀁（逝）曰連〈遠〉，連〈遠〉曰反（返）。

「𧾫」，整理小組隸定作「連」，視爲「遠」之訛誤字。此字亦作繁體「遳」，於現有楚系古文字材料中「連」、「遳」出現約若 10 餘次，多讀與「專」、「傳」、「轉」一類或與之音近的字，如：

　（1）王命＝遳（專，傳）貸。（集成 12097〈王命龍節〉）

　（2）俓（播）而不𧾫（傳）（《郭店・唐虞之道》13）

　（3）惪（德）之流，速啇（乎）檔（置）蚤（郵）而𧾫（傳）命。（《郭店・尊德義》28～29）

　（4）若兩輪之相𧾫（轉），而終不相敗。（《郭店・語叢四》20）

何琳儀即云所從之「重」，象紡塼之形，紡縋呈圓轉之狀，故從「重」得聲之字多有圓轉、專壹、轉運流布之意。（何琳儀 1998：1024）就字形而言，「𧾫」字隸作「連」是完全沒有問題的，但整理小組所言爲「遠」字之誤寫多數學者是持反對意見。就現有古文字材料，「遠」字作「遠（《郭・老甲》10）」、「遽（《郭・緇43》）」、「遽（《郭・五》36）」、「遽（《郭・六》48）」、「傻（《璽彙》3640）」、「擅（《璽彙》5481）」等形，「遠」字中間「○」聲符或演變作「⊕」形，而戰國文字「⊕」形又常與「㕣」形互用，如「連」之繁體「遳」，作「𧾫（《郭・語四》20）」、「𧾫（《曾》22）」二形，中間聲符便從「㕣」亦從「⊕」。再者，「遠」字所從「衣」形便有省形作「匕」的例證，如：「遽（《清・保》5）」，與「𧾫（連）」字形相差僅是中間聲符「○」及「㕣」的不同，因此整理小組所言「連」爲「遠」字之誤寫是有其可能性。

但我們也不能斷然推除多數學者反對此字爲錯字，逕隸定作「連」，並通假

訓讀的說法。劉信芳認爲此字爲「傳」字之異構，《說文》：「袁，長衣貌。從衣，『重』省聲。」故讀爲「遠」，訓解爲「還」。（劉信芳 1999：26）彭浩亦認爲從「重」得聲，讀爲「遠」，但未訓解。（彭浩 2000：44）魏啓鵬則將「連」字讀爲「遭」，訓解爲「運轉」。（魏啓鵬 1999：21）

　　就上述三說，從音義的角度探析，以魏啓鵬的說法最爲完整，魏啓鵬引《楚辭》：「遭吾道夫崑崙兮。」王逸注：「遭，轉也，楚人曰轉爲遭。」「遭」與「轉」古音相同。簡文「連（遭）曰反」，正反映天道周還之旨。然魏啓鵬拘泥於楚語將「連」字與「遭」字通假，殊不知此爲傳抄的典籍文獻，其用語與地方方言關係並非如此密切。拙文認爲不如將「連」字與「轉」字直接通假，不僅音韻相近，更有《郭店·語叢四》20「兩輪之相溷（轉）」可資參證。《說文》：「轉，運也」，鍇本作「還也」。「轉」同時可訓解爲運轉與返還之義。而劉信芳、彭浩之說，單就聲音關係來說是有可能，但就現有的古文字材料尚未有平行例證，從「重」得聲之字多假作「傳」、「轉」、「專」，未見與「遠」字通假之例證。

　　最後，從前後文文義來討論，簡文「虐（吾）勞（強）爲之名曰大，大曰瀂（逝），瀂（逝）曰連，連曰反」，暫不討論「瀂」讀作「逝」或「衍」何者適合〔註80〕，其二字字義皆有「延伸」、「運行」之義〔註81〕。若從整理小組意見「連」爲「遠」字之誤，簡文便與傳世版《老子》相同，意指「若要勉強爲它起名，只好稱其爲「大」，大便是無邊無際地向外延伸，無限延伸便是愈來愈遙遠，遠至極致就是返回根本。」若從學者意見將「連」讀爲「轉」，其全段簡文解讀可暫從周鳳五之說法：「大曰衍，衍曰轉，轉曰反」，意旨道廣大無邊而無限延伸，無限延伸而運行不息，運行不息又返回本原〔註82〕。

〔註80〕「瀂」對勘傳世文獻作「逝」，而多位學者從聲音的關係去探討認爲此字應讀爲「衍」，詳細討論可參見拙文【33】「瀂」字條下相關討論。

〔註81〕《莊子·齊物論》：「和之以天倪，因之以曼衍。」《說文》：「逝，往也。」《楚辭·九歌》：「將騰騰兮皆逝。」

〔註82〕徵引周鳳五〈楚簡文字瑣記（三則）〉所釋。

十、【23～24 簡《郭店‧老子甲》釋文】

天陞（地）之勥（間），丌（其）猷（猶）囡（橐）籊（籥）與？虛
而不屈，連（動）而愈出。23 至虛，互也；獸（守）中，篤（篤）㉟
也。萬勿（物）方㊱复（作），居以須㊲遑（復）也。天道員員㊳，
各遑（復）丌（其）菫（根）。24

【河上公本《老子》】五章中段＋十六章上段

天地之間，其猶橐籥與？虛而不屈，動而愈出。（五章）

至虛極，守靜篤也。萬勿（物）並作，吾以觀其復也。夫物芸芸，
各復歸其根。（十六章上段）

【簡文語譯】

天地之間不就像風箱一樣嗎？雖然中虛卻不窮屈，越排風量越多。
極度的虛靜就可以達到永恆；守持中虛就可以到達淳厚。萬物一起
生成活動，靜待返復。天道循環不息，萬物各復其根本。

【35】中／篤

《郭店‧老子甲》23～24：

天陞（地）之勥（間），丌（其）猷（猶）囡（橐）籊（籥）與？虛
而不屈，連（動）而愈出。至虛，互也；獸（守）『中』，『篤（篤）』
也。萬勿（物）方复（作），居以須遑（復）也。天道員員，各遑（復）
丌（其）菫（根）。

首先將相對應簡文的各個版本《老子》異文羅列如下，以資說明比較：

帛書甲　　　　　至虛，極也；守情（靜），表（篤）也。

帛書乙　　　　　至虛，極也；守靜，督（篤）也。

王弼本　　　　　致虛極，守靜篤。

傅奕本　　　　　致虛極，守靖篤。

《文子‧道原》　　致虛極也，守靜篤也。

《淮南子‧道應訓》致虛極，守靜篤。

對勘結果發現，郭店《老子》「獸（守）中，篤（篤）也」與歷來版本略有不同，

其一、「箮」，帛書甲本「表」，帛書乙本作「督」，其他版本作「篤」。按，《段注》：「箮、篤亦古今字，箮與二部竺音義皆同，今字篤行而箮、竺廢矣。」可見「箮」即是「篤」字。又「篤」「督」二字音近通假，如：《尚書・微子之命》：「曰『篤』不忘」；《左傳・僖公十二年》：「王命管仲曰：『謂『督』不忘』」，而帛書《老子》甲本所作的「表」字，帛書整理小組提出應是「表」為「裻」之誤，但「表」、「裻」二字形音具異，形誤或音借的可能性均不大，其說待考。

其二、郭店《老子》作「獸（守）『中』」，其他版本均作「守『靜』」，一般學者多認為應是不同傳本的緣故。然「守中」一詞該作如何詮釋，學者們則各有意見，丁原植以為「中」與前文的「虛」字相對稱，因此「中」不當再作「沖」或「盅」，訓解為器虛之義，其義當如今本第五章「不如守中」之「中」，意指位置或處所，引伸為本質的所在。（丁原植 1998：152）彭浩引《說文》：「中，和也」與今本四十二章「中氣以為和」，認為「中」即是「和」，也就是所謂的陰陽調和之氣。（彭浩 1999：49）魏啟鵬認為「守中」應作「守沖」解，持守虛靜之義。（魏啟鵬 1999：223）此三說各有所引，皆為《老子》一書所言之「中」，卻各有所指，莫衷一是。《老子》中有關「中」這主題，相關資料如下：

1.「道沖，而用之或不盈。淵兮似萬物之宗。」（今本第四章）

2.「天地不仁，以萬物為芻狗；聖人不仁，以百姓為芻狗。天地之間，其猶橐籥乎。虛而不屈，動而愈出。多言數窮，不如守中。」（今本第五章）

3.「致虛極，守靜篤。萬物並作，吾以觀復。夫物芸芸，各復歸其根。」（今本十六章）

4.「道生一，一生二，二生三，三生萬物。萬物負陰而抱陽，沖氣以為和。」（今本四十二章）

今本第四章的「道沖」，是指道體顯現於外的虛空狀態，雖虛而不滿，卻取之不盡，用之不竭，深不可測，為萬物之依歸。今本第五章所言，亦是在形容天地間這樣一個虛空的狀態，以橐籥為喻，其狀中空，不動則虛靜無為，動之則汩汩生風，源源不絕。天地道體即是秉持相同原理生化萬物，滋生繁衍。「守中」乃針對上句「多言」而出，意即保持住天地間原始的虛靜狀態，任其萬物無為而無所不為地發展，不以人為的有為強制其發展。今本十六章則在闡述如

何體道，道本身即具備「虛」與「靜」兩大特質，而人唯有謹守致虛守靜之理，方能體現道之眞理。

今本四十二章的「沖氣」，說法則較不一，有人解釋作「虛氣」，蔣錫昌認爲此「沖」與四章「道沖而用之不盈」之「沖」不同，此「沖」意指涌搖陰陽精氣以爲和，交沖、激盪之義。馮友蘭則認爲「沖氣」是指天地之始，陰陽二氣開始分化卻還沒有完全分化之時，混沌未分的氣。「沖氣」具有「道沖而用之或不盈」的性質，故稱之「沖」。〔註83〕竊以爲前句作「負陰而抱陽」，「沖氣」應是指陰陽二氣相互衝激之義。與前三章所形容道體之中虛有所不同。

由上可將《老子》所言的「中」劃分爲二，其一爲道的原始特質「虛靜」，其二則爲動詞「交沖、激盪」之義。然《郭店·老子甲》23 與今本第五章相類，獨缺「多言數窮，不如守中」一句，後卻銜接類似今本第十六章內容：「至虛，互也；獸（守）中，箸（篤）也」，二段落雖分屬今本《老子》不同章次，但所討論的思想議題卻是相同的，二者在文意的銜接上完全不顯隔閡，有可能今本《老子》第五章及第十六章的排序是經過後人更動。換言之，要瞭解簡文「守中」一詞，需要的是與前文「天地之間，其猶橐籥與，虛而不屈，動而愈出」一併思考，方知其眞正意涵。「守中」應是指守持如橐籥般中虛卻不窮屈的狀態，也就是說維持一種天地中虛的原始狀態，「天地原始狀態」包括了原始道體所擁有的一切特質，空、虛、靜、無爲、本質等皆是。換言之，諸家說法各有所長，亦有所短。然彭浩之說以今本四十二章陰陽交合之氣爲本，與此處所討論天地原始狀態較無關聯，故彭浩之說較爲不妥。簡文意指：天地之間不就像風箱一樣嗎？雖然中虛卻不窮屈，越排風量越多。極度的虛靜就可以達到永恆；守持中虛就可以到達淳厚。萬物一起生成活動，靜待返復。天道循環不息，萬物各復其根本。

【36】方

《郭店·老子甲》24

萬勿（物）『方』复（作），居以須遲（復）也。天道員員，各遲（復）
丌（其）堇（根）。

〔註83〕此說斟引自陳鼓應《老子註釋及評介》一書頁232～235 部分材料。

「方」，帛書《老子》甲、乙本作「旁」，王弼本、傅奕本作「並」。丁原植引《說文解字注箋・方部》：「方之引申爲凡相併之稱」；《儀禮・鄉射禮》：「方足履物，不方足」，鄭玄注：「方，併也」，並認爲「方作」意指萬物共同表現的情勢。（丁原植 1998：153）「方」與「旁」同屬陽韻又幫、滂旁轉，音近多有通假之例，魏啓鵬引《淮南子・本經訓》「旁薄眾宜」，高注：「旁」，「並」也。（魏啓鵬 1999：224）足見歷來《老子》版本雖用字有異但其義均不脫「並」義，李零亦以爲「方」、「旁」均爲「並」字之假。（李零 1999：406）

然劉信芳持其異說，引《廣雅・釋詁》：「方，始也」，將簡文的「方」解釋爲起始之義。（劉信芳 1999：29）「方」，的確有起始義，然起始義與歷來各個《老子》版本所作「旁」、「並」二字，並沒有傳承的相關性，依其版本傳抄的角度，仍以上述所說將「方」訓解爲併較爲恰當，「萬物方作」即萬物一起生成活動。簡文意指：萬物一起生成活動，靜待返復。天道循環不息，萬物各復其根本。

【37】須

《郭店・老子甲》24：

至虛，互（恆）也；歔（守）中，篤（篤）也。萬勿（物）方乍（作），

居以『須』復也。

簡文「居以須復」，與帛書《老子》甲、乙本及各個傳世本《老子》有所不同，將其羅列於下以供討論：

郭店・老子甲	居以須復
帛書甲	吾以觀其復也
帛書乙	吾以觀其復也
王弼本	吾以觀復
傅奕本	吾以觀其復
河上公本	吾以觀其復
《淮南子・道應訓》	吾以觀其復也
《文子・道原》	吾以觀其復

「須」，待也，學者多認爲簡文的「居以須復」，較其他傳本「吾以觀其復」更

切合文意，因此多以簡文直接詮釋老子思想。

然簡文「居以須復」至後來版本「吾以觀其復」之間的差異，李零猜測「吾」乃「居」之誤（李零 1999：2），而丁原植認爲這是一種《老子》思想推衍的痕跡。（丁原植 1998：155～157）就現有材料而言，「居以須復」與「吾以觀其復」二者，闡述了不同層次的思想。「居以須復」是以前文所言「萬物」爲主語，萬物齊發興起活動，並安然處之，坐待宇宙循環之往復；而「吾以觀其復」則添加「吾」這主語，變成由「吾（人）」去「觀」其萬物的循環往復。「居以須復」所說明的是一種自然萬物循環的定理，「吾以觀其復」則轉化爲人的層次對宇宙循環法則的領略。二者之差異，可以視爲文本的不同，亦可看作思想遞嬗。而李零所云老子諸本之「吾」字皆爲「居」字之誤，則有待商榷。楚簡中「吾」字作「吾」，與「居」—「居」字形相似度仍有所區隔，亦未見訛誤之例，因此李零所言仍需其他佐證才是。現階段的認知僅能是「居以須復」便可很清楚地將上下文意說明的很好，不一定要將「居以須復」完全過渡到「吾以觀其復」。

以下便針對其他二說詳加討論，劉信芳與顏世鉉皆將此簡「須」字與《郭店・老子甲》2 之「須」字相提並論。《郭店・老子甲》2 之「須（須）」字，整理小組認爲是「寡（寡）」字之誤，全句作「少厶（私）須〈寡〉欲」，然劉信芳與顏世鉉皆認爲此非訛誤字。《郭店・老子甲》2 之「須」字，劉信芳訓作「止」，「須欲」即是止欲。（劉信芳 1999：3～4）顏世鉉則《郭店・老子》二處的「須」字均當作「寡」之省寫。（顏世鉉 2000b：38）劉信芳之說有過度詮釋典籍之嫌，其誤謬已於本章【6】「須」字條專文討論，此處便不贅言。

此處僅對顏世鉉之論點進行討論，顏世鉉以「寡」省寫爲「須」，以貫通簡文「須」字與其他版本《老子》「觀」字之不同。然參酌其他批楚簡材料中的「須」字，「須」基本作「須（《包山》2.130）」、「須（《曾》10）」二形。觀其詞例有作人名用字，有作「等待義」，亦有與「鬚」字通假，在訓讀上少有歧異。由此可見「須」字作「須」形有其平行例證可稽參證，是絕對沒有疑問的。反觀顏世鉉所言《郭店・老子甲》2 與《郭店・老子甲》24 同時爲「寡」字之省寫，就字形變化而言可能性略低，亦缺乏具體證據。

進一步推敲顏世鉉的推論，其推論需經過三個轉折，其一、「寡」作「須」形，其二、「寡」又與「顧」音近通假，其三、如：《呂氏春秋》「顧」訓解爲「視」，

而《廣雅》「觀」也訓解爲「視」，義近而互通。最後產生簡文「居以『須』復」與傳世本「吾以『觀』其復」的差異。首先，「須」字過渡至「觀」字的過程，似乎太過轉折，必須在三個條件缺一不可的情況下，此說才有可能成立。並且我們不能忽視楚文字中是有「觀」字的存在，幾批楚簡材料中均有「觀」字出現，作「𪔭（《包》2.185）」、「𪔭（《望》1.174）」、「𪔭（《郭·緇》37）」、「𪔭（《上二·子》11）」，而《郭店竹簡》又多以「萑」字與「觀」字通假。最後，顏世鉉所採同訓故相通的訓詁之法，亦是可商。如：《說文》「轉，還也」；「償，還也」。「轉」、「償」均訓解爲「還」，但並不等於「轉」通「償」。是故無論在字形或訓詁上硬是要說通「須」即是「觀」，是很有問題的。

最後，拙文的觀點爲「居以須復」與「吾以觀其復」二者思想意涵相去不遠，視爲不同版本的嬗變更爲貼切。簡文「至虛，互（恆）也；獸（守）中，篤（篤）也。萬勿（物）方乍（作），居以須復也。」意指到達沖虛的最高境界，便是永恆，守持虛靜便能達淳厚，萬物齊發興起活動，安然處之坐待宇宙循環之往復。

【38】員

《郭店·老子甲》24

> 萬勿（物）方复（作），居以須還（復）也。天道『員＝』，各還（復）
> 丌（其）堇（根）。

「天道員員」，帛書《老子》甲本作「天物雲雲」，乙本作「天物祘祘」，王弼、河上公本作「夫物芸芸」，傅奕、范應元本作「凡物眃眃」，遂州碑本作「夫物云云」，《莊子·在宥》則引作「萬物云云」。此句「天道員員」共衍生二個問題，其一、實爲「天道」或「天」爲「夫」之誤。其二、「員員」之意涵爲何？目前對此句「天道員員」的解讀有二說，其一、丁原植認爲「天道」爲「夫物」之誤，「員」與「眃」通假，訓解爲物數紛亂。（丁原植 1998：154）其二、維持郭店《老子》原貌作「天道」，「員」與「運」或「圓」通假，員員即循環運轉之義。持此說者有魏啓鵬、劉信芳、趙建偉、彭浩、陳錫勇等。（魏啓鵬 1999：23；劉信芳 1999：30；趙建偉 1999：267；彭浩 2000：51；陳錫勇 1999：206～207）

今按，郭店《老子》未出土之前，高明便以帛書老子甲、乙本對勘其他《老子》版本，認爲帛書本的「天」乃是「夫」之筆誤。（高明 1996：298～300）

此說當時獲得多數認同，然此處郭店《老子》又巧合地作「『天』道」非「夫道」，足以見得現有較古《老子》版本此句「天道員員」之首字均作「天」非「夫」，且「道」與「物」誤寫的可能性亦低，故高明、丁原植之說，仍須再斟酌。

「員員」即循環運轉之義，學者們多表認同並無太大差異，所不同的是「員」與「運」或「圓」通假。丁原植除從高明之說外，另外一個看法便是「員」與「運」通假。《墨子‧非命中》：「若言而無義，譬猶立朝夕於員鈞之上也。」孫詒讓《墨子閒詁》：「員，上篇作『運』，聲義相近」，趙建偉、陳錫勇的說法大致與此相同。另外，彭浩認為傳抄時往往會出現多個同音字，但字義並不完全相同，因此「員員」有可能是「雲雲」、「芸芸」或「云云」等其中一個涵義，引《說文》：「員，物數也」，又《呂氏春秋‧圓道》：「雲氣西行，云云然」，注「云，運也」。員員或可解釋紛繁眾多，或可解釋運行轉動。

從文意來看，若「員員」形容物數紛亂，與前文「天道」的銜接則略顯隔閡，加上郭店《老子》此句「天道員員」與其他老子版本有所不同的情況下，拙文以為可能如彭浩所言，在傳抄的過程中出現多個多音字，因而衍生出後來的另一種思想詮釋，即是「員員」、「云云」、「雲雲」等同音詞的混用，進而影響前文「天道」二字的原創性。同時可能受到如「暴殄天物」這樣的詞例影響，因而將之改動為「天物」，後人為潤飾其思想文字又陸續改易成「夫物」、「凡物」。此為一種版本改易的推測，但也不能完全排除郭店《老子》可能一開始便與它本有所差異。而將「員」與「運」通假，「員員」即「運運」，在修辭上是否有二個動詞組成雙音詞的例證，仍有其討論的空間。

魏啟鵬認為「員」即古「圓」字，並引《淮南子‧天文訓》：「天道曰員，地道曰方」；《淮南子‧原道訓》：「員者常轉，……自然之勢也。」因此，員員有圓轉不已，周而復始之義，主此說者亦有劉信芳。《易‧繫辭》注有云：「圓者，運而不窮」，簡文「員」之重言展現了「圓」循環復始的特性，天道周轉不息的思想意涵又較今本「夫物芸芸」更為圓融。魏啟鵬、劉信芳之說甚為可信。最後，簡文意指：萬物一起生成活動，靜待返復。天道循環不息，萬物各復其根本。

十一、【25～27簡《郭店‧老子甲》釋文】

兀（其）安也，易枲（持）㉟也。兀（其）未菆也，易悔（謀）㊵也。兀（其）霻（脆）㊶也，易畔（判）也。兀（其）幾也，易後（散）也。爲之於兀（其）25亡又（有）也。絧（治）之於兀（其）未亂。含（合）〔抱之木生於毫〕末，九成之臺乍（作）〔於蔂土，千里之行刂（始）於〕26足下。

【河上公本《老子》】六十四章上半段

其安易持。其未菆易謀。其脆易破。其微易散也。爲之於未有，治之於未亂。合抱之木，生於毫末；九成之臺，起於蔂土，千里之行，始於足下。

【簡文語譯】

事物安穩時，容易持守；事物未顯示變化的跡象時，容易謀劃；事物剛發微脆弱狀態，才容易判斷；事物微小，就容易分散。做事要在事物沒有產生之前，治理要在事物沒有發生混亂之前。〔合抱的大樹，〕從毫末幼芽開始生長，九層的高臺，築起於〔筐筐泥土；千里遠行開始於〕 腳下。

【39】枲

《郭店‧老子甲》25：

兀（其）安也，易『枲（持）』也。

《郭店‧老子甲》37：

『枲』（持）而涅（盈）之，不不若已。湍而群之，不可長保也；金玉涅（盈）室，莫能獸（守）也。貴福（富）喬（驕），自遺咎也。攻（功）述（遂）身退，天之道也。

首先將郭店《老子》此二則釋文與相對應的各個《老子》版本的異文羅列於下以供討論：

《郭店‧老子甲》25　　　　兀（其）安也，易枲（持）也。

帛書甲　　　　　　　　　　其安也，易持也。

《韓非子・解老》	其安易持也。
河上公本	其安易持。
王弼本	其安易持。
傅奕本	其安易持。
《郭店・老子甲》37	枼而湿（盈）之。
帛書甲	揁而盈之。
帛書乙	揁而盈之。
河上公本	持而盈之。
王弼本	持而盈之。
傅奕本	持而盈之。
《文子・微名》	持而備之。
《淮南子・道應訓》	持而盈之。
《後漢書・申屠剛傳・註》	持而滿之。
陳景元曰：嚴君平作	殖而盈之。

「枼」，《郭店》共出上引二例，對勘各個版本《老子》「枼」字相應異文，《郭店・老子甲》25「枼」字，諸本均作「持」；而《郭店・老子甲》37「枼」字，僅帛書本《老子》作「揁」，嚴君平作「殖」，其餘亦皆作「持」。就版本校勘而言，「枼」讀爲「持」應是無誤的，然此字形在各批楚簡中前所未見，學界至今仍無法給予一個肯定的解釋，整理小組在前後文註解的訓讀上亦不一致。

其中劉信芳提出「枼」字與「困」字《說文》古文-「朱」形似，認爲此字非「持」字，應是「困」字。（劉信芳 1999：31,44）從字形上來說，「困」之古文「朱」，亦見於《古文四聲韻》「朱（《古尙書》）」，作從止從木。高亨解釋其造字本義：「朱當是捆之古文，從止在木上，捆人所履也。」（高亨 1997：120）由此可知「止、木」應是此字的組成部件。郭店楚簡「枼」字，作「從『之』從木」，「之」、「止」在楚文字中是有所區別的，分別作「之（《包》2.2）」、「止（《郭・六》48」。依聲音關係而言，「枼」從「之」得聲，與歷來版本所作「持」字通假無礙，然「朱（困）」爲溪母文部字，與「持（之部）」字在聲韻關係上

則有所隔閡。總括來說郭店楚簡「求」與《說文》古文「𣎵」應為形近關係，並非同一字，劉信芳之說不可從。

　　大致排除劉信芳之說後，再回來討論整理小組二處註解不同訓讀的問題，整理小組將此字形隸定為「𣎵」，分析作從「木」、「之」聲，《郭店・老子甲》25 之「求」字，整理小組和其他學者意見，與歷來版本一致，均讀為「持」，訓解為持守，並無歧異。而《郭店・老子甲》37「求」字則讀作「殖」。「殖」字之說，丁原植承其整理小組與張松如先生之意見，將帛書《老子》甲、乙本相對應之「摣」字，認定為「殖」字之異體，「殖」多引伸為積藏之義，對勘回《郭店》之「求」字，因此認為此字具有相同意涵。（丁原植 1998：223～224）從上述版本校勘結果顯示，「求」、「求」二字均以對應「持」字為多，僅帛書本、嚴君平言二處不作「持」。帛書本中的「摣」，《集韻》云：「摣，持也。」從「寺（之部定母）」得聲之字與從「直（之部定母）」得聲之字，亦有其音韻相同互置偏旁的書證，如：《周禮・春官・小胥》：「士特縣。」《釋文》：「特」本亦作「牧」，此正可作為「摣」、「持」相互通假的佐證。張松如所言「摣」字為「殖」之異體，卻無其他例證可直接證明二者關係，是否可信仍有討論空間。而嚴君平「殖而盈之」之言，朱謙之即有提出辯證，認為應是由下文「金玉盈室」之誤解而竄改。（朱謙之 1996：33），於理其推論不無可能。簡言之，帛書本、嚴君平言二處並無法當作此字讀為「殖」的鐵證。

　　「求」，從「之」得聲，與「持」與「殖」皆可通假。然從典籍文獻中可發現「持盈」一語彙出現甚早，《詩經・鳧鷖・序》：「守成也，大平之君子能『持盈』守成，神祇祖考安樂也」，而《後漢書》申屠剛《對策》：「持滿之戒，老氏所慎」與《史記・樂書》：「滿而不損則溢，盈而不持則傾。」均與「持而盈之」有所對應。因此若我們將首句與最末一句「攻（功）述（遂）身退，天之道也。」作一連接，我們便不難理解老子的思維，一般傳統如《詩經》所云，太平君子當能守成持盈，持守既有的功績榮祿並充盈之，然老子所謂「天之道」，則是認為人當適時地功成身退。末句之「攻（功）述（遂）身退」，指涉的應不止富貴財貨而言，功績榮譽應當亦是。因此，若此句作「殖而盈之」，「殖而盈之」與「湍而群之」均指聚集財貨而言，如是與末句的前後呼應則有隔閡。可見此句簡文仍作「『持』而盈之」，於義較優。二段簡文分別意指：「事物安穩時，容易

持守」；「持有得滿滿的，不如適可而止。度量財貨並使其會聚，不可能長久保持。金玉滿堂，難以守藏。富貴而驕，自取禍患。功成而身退，是天道的法則。」

【40】悔

《郭店・老子甲》25：

兀（其）安也，易枲（持）也。兀（其）未菲也，易『悔（謀）』也。兀（其）霝（脆）也，易畔（判）也。兀（其）幾也，易後（散）也。爲之於兀（其）亡又（有）也。絧（治）之於兀（其）未亂。

「悔」，整理小組隸定作「悔」，假作「謀」。丁原植、魏啓鵬等學者多從之。（丁原植 1998：163；魏啓鵬 1999：161）。然劉信芳另持新說，認爲前文「菲」字與龜兆相涉，因此簡文「其未菲也，易悔（謀）也」與占卜用語相關，根據《易・乾》：「亢龍有悔」，將「悔」讀爲「悔」。（劉信芳 1999：31～32）

〈中山王譽鼎〉「謀」作「悔」，與楚簡「悔」相類。《郭店》「悔」共 14 例，除《郭店・語二》38「凡悔，已葡（道）者也」及《郭店・六德》21「或從而爻（教）悔（誨）之，胃（謂）之聖」，其餘均讀爲「謀」。（參見《郭店楚簡研究》頁 191）《說文》：「謀，慮難曰謀，從言某聲。悔，古文謀，悔亦古文」，而《古文四聲韻》引古尙書「謀」作「悔」，由此可知「某」聲通「母」聲。就上述例證顯示依其楚文字字形與通假慣例而言，「悔」字讀爲「謀」是十分恰當的。

況且「悔」字相對勘各個版本《老子》相應位置均作「謀」，未見更易。而簡文「其未菲也，易悔也」之「菲」是一種引申用法，意指事物初始之徵兆，並非與占卜有關，劉信芳之說不可信，仍以整理小組意見爲是。簡文意指：事物安穩時，容易持守；事物未顯示變化的跡象時，容易謀劃；事物剛發微脆弱狀態，才容易判斷；事物微小，就容易分散。做事要在事物沒有產生之前，治理要在事物沒有發生混亂之前。

【41】霝

《郭店・老子甲》25：

兀（其）安也，易枲（持）也。兀（其）未菲也，易悔（謀）也。兀（其）『霝（脆）』也，易畔（判）也。兀（其）幾也，易後（散）也。

「霝（霝）」，與《包山》185「霝」、《上四・采風》3：「霝」、《清華・楚居》

6「□」相類，應是後者之省。「□」，從雨毳聲。「□」，董珊以爲「□（《包》185）」似從「彗」字上半，釋作「雪」；《清華簡》整理小組：「從雨，毳聲，毳、雪皆齒音月部字，當卽楚之『雪』字」。（董珊 2008：124；清華簡 2010：186）簡文「其□也易畔」，對勘王弼本作「其脆易泮」，《經典釋文》云：「其脆，河上公本作『膬』」。《老子》遂州本「柔脆」作「柔毳」。可見簡文「□」與「□」應從「毳」得聲，《說文》：「毳，獸細毛，從三毛，毳亦通脆。」《荀子·議兵》：「是事小敵毳，則偷可用也。」楊注：「毳，讀爲脆。」「膬」，《說文》：「奭易破也，從肉毳聲。」段《注》：「脆、膬蓋本一字之異體」，而從「毳」得聲之字，又多可與「脆」通假，是故此處簡文之「□」字亦當讀爲「脆」，而《包山》185「酓（熊）『□』」與《清華·楚居》6「酓（熊）『□』」相應《史記·楚世家》之姓氏書記，當爲熊嚴之子仲雪，即熊雪，二處簡文之「□」，當從董珊與《清華簡》整理小組之意見，讀爲「雪」。

關於「□」字的訓解，目前有二說，一、丁原植認爲應訓解爲柔細狀態（丁原植 1998：163）；二、魏啓鵬訓作脆弱、細脆。（魏啓鵬 1999：24）由於「□」指涉是一種相對的狀態，與後文「畔」字相應而生，因此應先釐清「畔」字之字義，才能對「□」有更清楚的了解。「畔」，嚴可均曰：「王弼作易泮」，羅振玉曰：「易泮，景龍、御注、景福、敦煌庚辛、王諸本均作『破』，范應元本作『判』，范曰：『判，分也，王弼、司馬公同古本。』」由此可見簡文「畔」字，在歷來老子諸本中又作「破」、「泮」、「判」。「畔」、「泮」、「破」、「判」四字古音皆在滂母，應是通假關係，《詩經·氓》：「隰則有泮」，箋注：「泮讀爲畔，畔，涯也」，傳曰：「泮，坡也，坡即陂」。〈侯馬盟書〉338「敢不『半』其腹心」，《史記·淮陰侯列傳》作「『披』腹心」亦可爲之佐證。簡文「其安也，易『某』也。其未菜也，易『怴』也。其□也，易『畔』也」，「某」、「怴」、「畔」均表前者狀態-「安」、「未菜」、「□」發微後的因應行爲，因此歷來老子諸本所見「畔」、「泮」、「破」、「判」四字，以讀作「判」最恰當，「判」具有分辨、判別之義。「□」應是形容事物肇始的細微、脆弱狀態，如此才容易分別判斷。因此，魏氏以脆弱、細脆訓解「□」字義更勝於柔細。簡文意指：事物安穩時，容易持守；事物未顯示變化的跡象時，容易謀劃；事物剛發微脆弱狀態，才容易判斷；事物微小，就容易分散。

十二、【27～32 簡《郭店‧老子甲》釋文】

智（知）之者弗言，言之者弗智（知）者。閈〈閉〉㊷其迄（兌），
賽（塞）其門，和其光，迥（同）其斳（塵）㉒。劀（劋，挫）㊸
其䪍㊹，解其紛 27，是胃（謂）玄同。古（故）不可寻（得）天〈而〉
斳（親），亦不可寻（得）而疋（疏）；不可寻（得）而利，亦不可寻
（得）而害 28；不可寻（得）而貴，亦{可}不可寻（得）而戔（賤）。
古（故）爲天下貴。以正之（治）邦，以戠（奇）甬（用）兵，
以亡（無）事 29 取天下。虗（吾）可（何）以智（知）丌（其）肰
（然）也？夫天〔下〕多期（忌）韋（諱），而民爾（彌）畔（叛）；
民多利器，而邦慈（滋）昏。人多 30 智天〈而〉戜（奇）勿（物）
慈（滋）记（起）；灋勿（物）慈（滋）章（彰），覝（盜）惻（賊）
多又（有）。是以聖人之言曰：我無事而民自褔（富）。31 我亡（無）
爲而民自蟲（化）。我好青（靜）而民自正。我谷（欲）不谷（欲）
而民自樸。32

【河上公本《老子》】五十六章＋五十七章

知者不言，言者不知。塞其兌，閉其門，挫其銳，解其紛，和其光，
同其塵，是謂玄同。故不可得而親，亦不可得而疏；不可得而利，亦
不可得而害；不可得而貴，亦不可得而賤。故爲天下貴。（五十六章）
以正治國，以奇用兵，以無事取天下。吾何以知其然哉？以此：天
下多忌諱，而民彌貧；民多利器，國家滋昏。人多伎巧，奇物滋起；
法物滋彰，盜賊多有。故聖人云：我無爲，而民自化；我好靜，而
民自正；我無事，而民自富。我無欲，而民自樸。（五十七章）

【簡文語譯】

有智慧的人不多説話，多説話的人沒有智慧。關閉其耳目鼻口等孔
竅，堵塞其身體之門。〔註84〕調和人們的光耀，混蒙於同一塵埃。
挫去人們的鋒芒，化解人們的糾紛，這就叫作「玄同」。所以（對於

〔註84〕採劉釗之説法，參劉釗：《郭店楚簡校釋》（福建：福建人民出版社，2005年），頁
21。

到達玄同境界的人）不可能親近，也不可能疏遠，不可能給予利益，也不可能使他得害，不可能使他尊貴，也不可能使他卑賤。因此，他爲天下人所尊重。

以正道治理國家，以奇術指揮軍隊，以不多事統治天下。我是怎樣知道這樣的呢？ 天下的禁令忌諱越多，人民就越叛離；民間的高效器具越多，國家越昏亂；人民的智巧越多，珍奇之物品也就越多；珍奇物品越多，盜賊也就越多。所以聖人說：我無事，人民自然富足；我無爲，人民自然化育；我好靜，人民自然端正；我無欲，人民自然淳樸。

【42】閔

《郭店‧老子甲》27：

智（知）之者弗言，言之者弗智（知）者。『閔〈閉〉』其逸（兌），賽（塞）其門，和其光，迵（同）其斳（塵）。

「𢦏」字，今所見《老子》諸版本相對應文字均作「閉」，整理小組依此認定爲「閉」字誤寫。

閉	明 豆閉簋	閈 子禾子釜	睡虎地 18.9.8	睡虎地 18.10.5	睡虎地 24.22.5
閔	𢦏 郭店老子甲27	𢦏 包山233			

列舉古文字中「閉」、「閔」二字字形製成對照表，就字表所示「閔」字所從之「戈」，與「閉」字所之「才」，差異甚大，其形近而訛的可能性略低。然簡文「閔」字，對勘歷來《老子》版本的相對應位置均作「閉」，又表示「閔」、「閉」二字關係必定密切。魏啓鵬便認爲「閔」爲「閉」之異體，並以「閔」字所從之「戈」等同於「閉」字所從之「才」。「才」象鍵閉之形，也就是今天的木鎖，「閔」即是以戈易木鎖閉門。（魏啓鵬1999：26）何琳儀解釋「閉」字造字解釋的非常妥貼，云《說文》：「闔門也。從門。『才』所以距門也。」將「閉」字視作會意字，從才從門，會以橫木關門之義。（何琳儀 1998：1105）可知所從之「才」即是「橫木」的意符，然「才」、「戈」二偏旁是否如魏啓鵬云可互換爲意符，則有待商榷。「戈」，《說文》：「平頭戟也」，爲一兵器名，而「才」

多假作「在」。就目前所見古文字材料，未見「戈」、「才」相通之例，魏啓鵬以戈閉門之說不甚恰當。

「」字，另見於包山簡 233「閔於大門一白犬」，何琳儀懷疑門、鬥二偏旁訛混，此字應爲「閔」，從戈得聲，讀若縣。（何琳儀 1998：845）劉信芳以「磔」、「矺」、「閔」爲一音之轉，而將簡文的「閔」讀如「磔」。並徵引《風俗通・祀典》所載殺白犬以血題門戶辟除不祥之風俗爲證，借以說明簡文所云「閔其逸，賽其門」。（劉信芳 1999：33）依音韻而言，「磔」爲端母月部字，「閔」所從「戈」聲爲見母歌部字，聲韻關係仍有所隔。再者從文意上來說，此段所論爲老子的理想人格境界，係經「閔兌」、「塞門」、「和光」、「同塵」、「解紛」等過程，始達玄同的境界，此文意與《風俗通・祀典》所載習俗大爲不同。結合上述分析，劉信芳說恐較難說服人。

簡文「閔〈閉〉其逸（兌），賽（塞）其門」，《郭店・老子乙》13 中亦有類似文句，作「閟其門，賽（塞）其逸（兌）」，李零便提出「閔」應是「閟」字之誤，非整理小組所認爲「閉」字之誤。（李零 1999：470）

依此觀念羅列楚簡「閔」、「閟」二字之字形於下，進一步探討「閔」、「閟」二字之關係。

閔	郭店老子甲 27：〈閉〉其逸（兌）	包山 233：於大門一白犬
閟	郭店老子乙 13：（閉）其門	郭店語叢四 4：口不靳（慎）而戻（戶）之（閉）

「閔」、「閟」二字最大的差別，在於中間所從「戈」與「必」之不同。「必」，金文作「」，從戈省八聲，柲之初文，《廣雅・釋器》：「柲，柄也。」（何琳儀 1998：1101）裘錫圭稍早也曾說過，若「（戈）」去掉戈頭那一橫，剩下戈柲的部分，即與「必」字中間所從部件同形（裘錫圭 1980：11）。由此可知，依造字意義來論，「必」與「戈」定有相當程度的聯繫。其次，楚簡「必」字作「」（包山 2.139）、「」（望山 1.05）二形，簡文「」字所從中間部件即與「」形相類，僅差八分筆畫的有無。另外，楚簡「瞀」字作「」（《包山》2.255）、「」（《包山》2.257）、「（《上博・孔子詩論》28）」〔註 85〕，此字應分析成

〔註 85〕此字何琳儀隸作「宓」，認爲下方「曰」旁爲飾筆，從宀從二必，于包山簡應讀作蜜。（何琳儀 1998：1102）金文中亦有相似之字作「」（曾鼎），裘錫圭認爲古文

從「宀」從「二必」從「曰（或甘）」。但第一個字例-「𧧼」，右半部所從的「必」旁卻寫作「戈」旁，可見「必」與「戈」確有訛混情形。加上《郭店‧老子甲》27「閟」字，與《郭店‧老子乙》13「閟」字，二處詞例亦有所承，因此李零所謂「閔」為「閟」字之誤，當是無誤。

《郭店》簡中「閟」共出現 2 次，均作「𨳝」形，從門從必，皆讀作「閉」，訓解為關閉之義。「閉」上述已說明為會橫木關門的會意字，而「閟」與「閉」之關係應為一字之異體，「閟」為從門必聲之形聲字。「閟」與「閉」二字雖同為「閉」字，但就字形上來說，簡文「閔」字當為「閟」之訛誤，非「閉」字之訛，整理小組意見略有不妥之處。

簡文意指：有智慧的人不多說話，多說話的人沒有智慧。關閉其耳目鼻口等孔竅，堵塞其身體之門。〔註86〕調和人們的光耀，混蒙於同一塵埃。

【43】劋（剒）

《郭店‧老子甲》27：

> 智（知）之者弗言，言之者弗智（知）者。閔〈閉〉其迄（兌），賽（塞）其門，和其光，迵（同）其斩（塵）。『劋』其𧮫，解其紛，是胃（謂）玄同。

「𫘪」，整理小組隸定作「劋」，謂簡文待考。簡文「劋其𧮫」，相應帛書《老子》甲本作「坐其閱」，帛書《老子》乙本作「銼其兌」，王弼本《老子》作「挫其銳」。學者對此句簡文與歷來老子版本不同多表不識，「畜」屬透紐覺部，「坐」屬清紐歌部，音韻相差甚遠，為求與歷來《老子》版本一致，及文理的通順，學者仍多以聲音通假說通「劋」與「挫」、「銼」、「坐」，如：黃錫全以《古文四聲韻》〈古老子〉、〈義雲章〉「轍」作「搯」，及《汗簡》「撤」亦作「搯」，證以「撤（透母月部）」「轍（定母月部）」、「搯（透母覺部）」音近通假，後以歌月對轉關係說通「撤（或轍）」與「坐（或挫、銼，從母歌部）」，然簡文「劋其𧮫」

字偏旁單復往往不別，故將此字隸定作「宓」。（裘錫圭 1980：11）上博簡整理小組則將之隸定作「䁔」，從甘從宓，即古「蜜」字，就字形、詞例等方面考量，此隸定作「䁔」。

〔註86〕採劉釗之說法，參劉釗：《郭店楚簡校釋》（福建：福建人民出版社，2005 年），頁 21。

當讀爲「蓄其銳」，「蓄（劀）」可能是《老子》文本的本字，「挫」爲借字，或者「劀」爲「挫」字異體。（黃錫全 2000：458）或將「劀」通假爲與「挫」義近的字，如：崔仁義認爲「劀」音通「留」、「劉」，讀爲「鎦」，訓解爲殺。（崔仁義 1998：60）

崔仁義以「留」可通假爲「鎦」又可訓解爲殺，因而認爲「劀」與「留」通假，其訓詁方法有其危險性，如：《說文》：「共，同也」，而「共」爲群母東部，「同」爲定母東部，聲音關係亦近。馬王堆帛書《六十四卦‧勒卦》：「『共』用黃牛之勒（革）」之「共」，爲「鞏」字之借。卻未見訓詁者以「共」、「鞏」通假作爲「同」、「鞏」可通假的佐證。崔仁義之說仍待商榷。

而黃錫全所提出《古文四聲韻》及《汗簡》之「撤」字字形，成爲後來專家學者考釋此系列字的重要依據關鍵，《上博一‧緇衣》20「苟有車，必見其『𰀀（轍）』」與《郭店‧緇衣》40「苟有車，必見其『𰀀（轍）』」對讀，專家學者便將從昌從凵從攴之「𰀀」系列字形，與讀從「散」得聲之字銜接起來，最爲大家所支持當以徐在國說法爲最，徐在國採黃錫全《汗簡》假「搯」爲「撤」之說，並認爲《古文四聲韻》引古《老子》、《義雲章》「撤」字字形「𰀀」、「𰀀」，實「𰀀」的訛變，具爲「散」字之異體，而「撤（透紐元部）」、「挫（精紐歌部）」古音相近可通假。〔註 87〕徐在國將「𰀀」考訂爲「散」字說，獲得季師旭昇、陳劍等多數學者支持。〔註 88〕

後林師清源多方面檢覈徐在國說法提出反駁，最後得出「𰀀」、「𰀀」、「𰀀」等字與從「曷」得聲之字關係密切，簡文「𰀀」當爲從「曷」之字的訛形，隸定作「劀」，疑「割」字異體，讀作「挫」。（林清源 2010：19）林師清源之說對此系列字形討論非常詳盡，其論斷亦至爲適切，本文僅摘錄重要成果以資參考。

（一）雙聲字符音韻特徵：雙聲符未必同時出現及兩聲符語音關係必相當

〔註 87〕詳見黃德寬、何琳儀、徐在國著：〈郭店楚簡文字考釋〉，《新出楚簡文字考》（安徽：安徽大學出版社，2007 年），頁 3；及黃德寬、何琳儀、徐在國著：〈釋楚簡「散」兼及相關字〉，《新出楚簡文字考》（安徽：安徽大學出版社，2007 年），頁 299～307。

〔註 88〕季旭昇主編：《上海博物館藏戰國楚竹書（一）讀本》（台北：萬卷樓出版社，2004 年），頁 138～140；蘇建洲：《《上博楚竹書》文字及相關問題研究》（台北：萬卷樓出版社，2008 年），頁 184 引陳劍說。

密切，韻母多數有疊韻關係。以此檢覈徐在國所提出「䚤」為從目、丙雙聲的說法，此乃徐在國將「䚤」釋讀為「散」的首要聲音依據，唯有「䚤」從目（來紐魚部）、丙（透紐侵部）雙聲，方可能與「散（透紐月部）」有一定程度的聯繫，然檢覈結果發現「䚤」當非雙聲符字，所從左半邊上下部件應實為一個共同組合的偏旁，不可拆分。

（二）殷商西周時期「散」多作「冊（《合集》8072）」、「冊（《集成》6014）」、「冊（《集成》101 75）」等形，象手持鬲形炊食具之形，藉以表陳列或收拾餐具之意，為「徹」或「撤」之初文，至戰國金文作「冊《集成》157」，秦漢時期作「散」所從「育」形部件當是「鬲」旁類化訛變而成，其演變過程均不脫所從鬲形三足中空形的特徵，秦漢時期方劇烈變化，下半部訛作肉形。而「䚤」無任何「鬲形」構形特徵，左下所從明顯從丙形非中空款足豎畫，且「丙」形訛成「肉」形缺乏平行例證。

（三）《古文四聲韻》引古《老子》「轍」作「䡤」，「徹」作「䟴」，後者明顯與《說文》古文「徹（徹）」字同形，而與「䡤」、「繪（《古文四聲韻》引《義雲章》「轍」字）」、「繪《汗簡》「撤」字」明顯分流，「䟴」為「散」字有出土古文字為證，而「䡤」、「繪」、「繪」應只是可以通讀為「散」聲的另一通假字。

（四）楚帛書「䚤」其構形與齊系「冊（歜）」接近，楚系的「曷」當作「曷」形，上從「曰」形與「幺」形及下從的「丙」與「田」形，具有形近互作的例證。因此推斷《古文四聲韻》、《汗簡》中的「䡤」、「繪」、「繪」及簡文「䚤」，當是「曷（曷）」字的訛形。

林師清源之說可從，「䚤」當隸定作「剔」，讀作「挫」，簡文意指：有智慧的人不多說話，多說話的人沒有智慧。關閉其耳目鼻口等孔竅，堵塞其身體之門。〔註89〕調和人們的光耀，混蒙於同一塵埃，挫去人們的鋒芒，化解人們的糾紛，這就叫作「玄同」。

【44】䚤

《郭店‧老子甲》27：

智（知）之者弗言，言之者弗智（知）者。閔〈閉〉其逆（兌），賽

〔註89〕採劉釗之說法，參劉釗：《郭店楚簡校釋》（福建：福建人民出版社，2005 年），頁21。

（塞）其門，和其光，迵（同）其新（塵）。劀（剴，挫）其『𪕋』，
解其紛，是胃（謂）玄同。

「劀（剴）其『𪕋』」，帛書《老子》甲本作「坐其『閲』」，帛書《老子》
乙本作「銼其『兊』」，王弼本作「挫其『銳』」，整理小組謂之「簡文待考」。黃
德寬、徐在國引《古文四聲韻・薛韻》引古《老子》「閲」作「𢜩」，從心㜴聲，
故疑「𪕋」從尔㜴（貝）聲，讀爲「銳」。（黃德寬、徐在國 1998：100）丁原植
則認爲「𪕋」字或許爲「搜」字的假借字，訓解爲人爲所造成的紛擾。（丁原植
1998：173）由於「㜴（影母耕部）」與「閲（喻母月部）」在聲音上仍有區隔，
因此黃德寬、徐在國認爲「𪕋」字當是從「貝（幫母月部）」得聲。黃錫全則認
爲「㜴」與「貝」聲音上仍有區別，「𪕋」字的聲符應非從「㜴」得聲，而是從
上方部件得聲，而「𪕋」字的上方部件-「𠈌」八形並未封口，與整理小組所釋
「尔」旁有所不同，疑從「关」省，從貝，即「臏」字。（黃錫全 2000：458）

簡文「𪕋」字於《郭店楚簡》發表期間，專家學者對於其字形結構一直處
於猜測未明的紛圍中，最爲困擾當是此字究竟是從「貝」得聲抑或從「㜴」得
聲，更或者從「尔」得聲，直至《清華・皇門》有類似字形「𢿤」字出現，才
讓此字釋讀較爲明朗。

首先劉洪濤與蘇建洲分別提出幾個有密切關係的字，陳劍將之整理並聯繫
成一系列字形〔註90〕，簡述於下：

例　號	（1）	（2）	（3）
出處	《郭店・老子甲》27	《清華・皇門》3	《清華・皇門》13
字形			
例號	（4）	（5）	
出處	〈四年皋奴戈〉（《集成》11341A）	《璽彙》5357、5358	
字形			

〔註90〕詳見陳劍：〈清華簡《皇門》「𤔲」補說〉，復旦網：http://www.gwz.fudan.edu.cn/
　　　SrcShow.asp?Src_ID=1397，2011 年 2 月 4 日。

例　號	（6）	（7）	（8）
出處	《上七・君人者何必安哉》甲9、乙9	《郭店・老子甲》30	《清華・金縢》2
字形	［字形］（繭）	［字形］	［字形］

　　由字例（6）－（8）可以看出楚文字「爾」與「向」有相混的問題；而字例（5）《璽彙》5357、5358「［字形］」、「［字形］」，爲銜接字例（1）「［字形］」與字例（2）（3）「［字形］」的中間字形，字例（5）僅能分析作「從賏省形從尔從又」，楚文字「爾」與「向」雖有相混，但就字例（5）之字形可確定此系列字形當從「尔（爾）」非從「向」。其文字演變序列應爲［字形］→［字形］→［字形］→［字形］，可見《郭店》整理小組字形隸定作「［字形］」是沒有問題的。

　　而「［字形］」所從聲符的部分，黃德寬、徐在國提出從「賏」得聲，但「賏（影母耕部）」與其他版本《老子》相應位置之「閱（喻母月部）」、「銳（以母月部）」古音相距甚遠，因此二人又轉而提出當從「貝（幫母月部）」得聲。此說法黃錫全已提出質疑，後陳劍引馮勝君對於古文字「嬰」字考辨，認爲古文字「嬰」字當從「叟（瘦）」得聲，所從貝形當是意符，數量多寡並不一定，〔註91〕進而說明《說文》「賏」字應是從已固定的「嬰」中割取出來的獨立成字，非古文字的「賏」即從「嬰」得聲，而戰國楚文字中的「賏」旁，可能有其他獨立來源，讀音可能與「貝」無關，亦與「賏」無關。對應郭店《老子》、清華《皇門》簡本與傳本的古今異文，「［字形］」對應「閱」及「銳」，「［字形］」對應「允」，陳劍認爲「［字形］」當是具備與從「兌」得聲及從「允」得聲之字聲音相近的聲符，並引趙彤說法疏通「尔」、「埶」、「銳」之間古音關係，「迩」甲骨文作「［字形］」，《郭店・緇衣》43「迩者不惑」，「迩」亦作「［字形］」，可見「尔」與從埶得聲之字關係密切，應古音屬月部，而「埶（疑母月部）」、「銳（以母月部）」、「劂（「銳」籀文，見

〔註91〕 馮勝君：〈試說東周文字中的部分「嬰」及從「嬰」之字的聲符〉——兼釋甲骨文中的「瘦」和「頸」，復旦網：http://www.gwz.fudan.edu.cn/srcshow.asp?src_id=860，2009年7月30日。又刊於復旦大學出土文獻與古文字研究中心編：《出土文獻與傳世典籍的詮釋——紀念譚樸森先生逝世兩周年國際學術研討會論文集》（上海：上海古籍出版社，2010年）

母月部）」的音韻關係更可說通「尔」與「銳」之音近通假。〔註92〕 但陳劍認為「尔」與「賏」乃雙聲符字關係，楚文字中「賏」旁與「嬰」字非同源關係，而是與「尔／爾」和「銳」近同的另一獨立聲符來源。〔註93〕

陳劍之說不僅在字形上站得住腳，在聲音上更是說通一直以來爭論不已的《郭店·老子甲》的「𩔖」字所對應的「銳」與「閱」，及《清華·皇門》的「𩔖」字所對應「允」〔註94〕，其說當是可從。除陳劍所言「𩔖」所從「賏」聲與「嬰」字源流之「賏」應屬不同系統外，丁原植將之通假為「攖」，亦與前後文語法不一致，簡文「閔〈閉〉其『迣（兌）』，賽（塞）其『門』，和其『光』，迥（同）其『斬（塵）』。劀（剴，挫）其『𩔖』，解其『紛』，」可知其句例均為「動詞」+其+「名詞或形容詞」，然「攖」字訓解為擾亂，當為動詞用字，置於此將與文例不符，因此就語法觀點來看，丁原植之說也是不恰當的。簡文「𩔖」字，當從陳劍之說，從「尔」、「賏」雙聲，讀為「銳」，整理小組隸定之「劀其𩔖」，當隸定作「剴其𩔖」，讀為「挫其銳」，與王弼本同，訓解為挫去鋒芒。最後，簡文意指：有智慧的人不多說話，多說話的人沒有智慧。關閉其耳目鼻口等孔竅，堵塞其身體之門。〔註95〕調和人們的光耀，混蒙於同一塵埃。挫去人們的鋒芒，化解人們的糾紛，這就叫作「玄同」。

〔註92〕 趙彤：〈《釋「𩔖」》之說〉，簡帛網：http://www.jianbo.org/admin3/html/zhaotong01.htm，2004 年 2 月 6 日。

〔註93〕 陳劍：〈清華簡《皇門》「𩔖」補說〉，復旦網：http://www.gwz.fudan.edu.cn/SrcShow.asp?Src_ID=1397，2011 年 2 月 4 日。

〔註94〕 陳劍：〈清華簡《皇門》「𩔖」補說〉註 18 引劉洪濤所徵引例證，並補充王弼本《老子》第九章「揣而『銳』之」，馬王堆帛書《老子》乙作「𢲸而『允』之」，進而認為「允」、「兌」當是形音具近的關係，非單純形近而訛。

〔註95〕 採劉釗之說法，參劉釗：《郭店楚簡校釋》（福建：福建人民出版社，2005 年），頁 21。

十三、【33～35 簡《郭店・老子甲》釋文】

畬（含）㊺悳（德）之厚者，比之赤子，蟲㊻蠚＝它（蛇）弗螫，攫鳥獸（猛）㊼獸弗扣，骨溺（弱）菫（筋）禄（柔）而捉 33 固。未智（知）牝㊽戊（牡）之畬（合）芕（鷹，脧）㊾惹（怒），精之至也。終日唇（呼）而不憂（嚘），和之至也。和曰臬〈棠（常）〉㊿，智（知）和曰明。隘（益）生曰羕（祥），心叟（使）㈣烎（氣）曰弱（強）。勿（物）臧（壯）則老，是胃（謂）不道。

【河上公本《老子》】五十五章

含德之厚，比之赤子，毒蟲不螫，猛獸不據，攫鳥不搏。骨弱筋柔而握固。未知牝牡之合而朘作，精之至也。終日號而不啞，和之至也。和曰常，知常曰明。益生曰祥，心使氣曰強。物壯則老，不道早已。

【簡文語譯】

蘊含德性深厚的人，可與初生的嬰兒相比，毒蟲不螫他，猛禽猛獸不會攻擊他，筋骨柔弱但小拳頭卻握得牢固。嬰兒還不知道男女交合之事，但他的小生殖器卻常勃起，是精氣充沛的緣故；整天號哭卻不會喉嚨沙啞，這是和氣淳厚的緣故。沖和便是恆常，認識沖和便是明道。貪生享樂就叫災殃，心性支配血氣就叫逞強。事物過份強壯便會衰老，這叫不合乎「道」。

【45】畬

《郭店・老子甲》33：

『畬（含）』悳（德）之厚者，比之赤子，蟲蠚＝它（蛇）弗螫（螫），攫鳥獸（猛）獸弗扣，骨溺（弱）菫（筋）禄（柔）而捉固。

「畬」整理小組隸定作「畬」，對應帛書《老子》乙本與今本，皆作「含」，「含」與「畬」皆從今得聲，古韻部皆在侵部，應可通假，因此整理小組將之讀爲「含」，魏啓鵬、劉信芳、李零亦如此隸定。（魏啓鵬 1999：32；劉信芳 1999：40；李零 1999：463） 然丁原植認爲簡文「畬」字，亦讀爲「歙（飲）」，訓解爲隱含之義，並引《漢書・遊俠傳・朱家》：「然終不伐其能，歆其德。」顏師

古注：「飲，沒也，謂不稱顯。」

《說文》：「酓，酒味苦也。從酉今聲。」《金文編》謂之「酓孳乳爲飲」，何琳儀稱之「酓，歙之省文」（何琳儀 1998：1390）。金文「酓」字多有讀爲「飲」之例證，如：「伯致作『酓』（飲）壺」（〈伯致觶〉《集成》06454）；「王宴，咸『酓』（飲）」（〈鄂侯馭方鼎〉《集成》02810），據此可見，「酓」讀爲「飲」亦是常見用法，因此丁原植之說將簡文「酓」讀爲「飲」，訓解爲隱含義，亦無不可。「酓」讀爲「飲」，與「酓」通假作「含」二說均可引申作隱含義，且上古音韻又都從今得聲，故此處二說具從。

簡文意指：蘊含德性深厚的人，可與初生的嬰兒相比，毒蟲不螫他，猛禽猛獸不會攻擊他，筋骨柔弱但小拳頭卻握得牢固。

【46】蟲

《郭店‧老子甲》33：

酓（含）悳（德）之厚者，比之赤子，『蟲』蟲=它（蛇）弗董（螫），攫鳥猷（猛）獸弗扣，骨溺（弱）董（筋）秫（柔）而捉固。

此句簡文作「![字]它」，帛書《老子》甲本作「逢㦸蠆地」，帛書《老子》乙本作「蟲癘虫蛇」，王弼本作「蜂蠆虺蛇」，傅奕本作「蜂蠆」，河上公本作「毒蟲」。整理小組讀作「蜮蠆蟲蛇」，魏啓鵬從之，並將「蜮」訓解爲「虺」。（魏啓鵬 1999：32）裘錫圭于按語云：「疑……當釋作蝟蠆虫（虺）它（蛇）」，但未對所作釋文詳細說明。丁原植引裘錫圭之說將「蟲」假作「蝟」，「蝟」同「猬」，其毛如針。（丁原植 1998：194）。崔仁義隸定作「蟲」（崔仁義 1998：45），劉信芳則隸定作「蜮蠆蚰它」，讀爲「虺蠆蚰蛇」。（劉信芳 1999：41）另外，李零從「![部件]」形部件的音韻出發，認爲無論讀爲「蝟」或「蜮」，讀音皆與「虺」字相近，故將之讀爲「虺蠆蟲蛇」。（李零 1999：467）黃錫全與劉國勝均將「![字]」字假作「蜂」字，但對此字的隸定看法不同。黃錫全認爲「![字]」所從之「![由]」形，即多次出現於《包山楚簡》中的「![由]」形，與鬼頭之「![由]」不同，屬幫物部字。劉國勝則認爲「![字]」所從之「![由]」爲「囟」，「![字]」當隸定爲「蟲」。（黃錫全 2000：457～458；劉國勝 1999：42～44）

就字形上來看，「![字]」從「![部件]」從蚰，所從「![部件]」旁，整理小組隸定爲「鬼」，裘錫圭隸定爲「胃」。對此二種考釋，黃錫全提出反駁，認爲《郭店楚簡》中從

「鬼」之字多的「鬼」頭多作「⿱」，如：「禮」作「⿰（《郭・老子乙》5）」；「懷」作「⿰（《郭・老子丙》1）」，鬼頭下方多有兩筆或一筆。而胃字《郭店楚簡》多作「胃『⿰』（《郭・老子乙》5）」或作『⿰』（《郭・五》1）」，未見省略下方肉形部件之例，可見「⿰」字所從之「⿱」並非「鬼」也非「胃」。（黃錫全 2000：457～458）黃錫全的質疑是非常有道理，就目前所見從「鬼」得聲之字，與從「胃」旁之字〔註96〕，均不見省作「⿱」形。而崔仁義所言「⿱」形釋作「田」，同樣地在楚文字中找不到平行例證，楚文字中「⿰（田）」形具作平頭，如：番作「⿰（《包山》2.52）」，與簡文所從的「⿱」尖頭形有很大的區別，是故「⿰」從「⿱」形，通讀作從「鬼」、從「胃」、或隸定從「田」均顯不妥。另外，劉國勝所提出「⿱」偏旁為「囪」，並將此字隸定為「蟲」，「囪（清母東韻）」、「夆（并母東韻）」韻母相同，故「⿰」讀為「蜂」。（劉國勝 1999：42～44）然金文「悤」字作「⿱」（〈大克鼎〉《集成》2836）、「⿱」（〈毛公鼎〉《集成》2841）「⿱」（《睡虎地》66），從十從心會意，所從「十」形斷不可能與「⿱」形形近而訛。

上述諸說僅剩黃錫全說法，在字形上站得住腳，黃錫全所言於《包山》多次出現中的「⿱」形，當是「思（心母之部）」字所從的上方部件「囟」，《上博》亦有單獨出現的字形例證，作「⿱（《上四・昭》10）」、「⿱（《上四・曹》24）」，均讀為「使（初母之部）」，但黃錫全云屬幫母物部字，不知何據？存疑。且將此字分析作從囟得聲（心母真部），與各個版本《老子》相對應之「逢」、「蠭」、「蜂」（並母東部），在聲音上依然相距甚遠，因此在此字形的隸定上仍有疑義，僅能從整理小組的依形隸定作「蟲」。

由於字形的不確定，加上從「⿱」偏旁之字無法與《老子》諸本從「夆」得聲之字相對應，導致此字音義分析眾說紛紜，目前的訓讀可區分為三說，分別是讀為「蝟」、「魄（肥）」、「蜂」，拙文便依其字義通讀上下文，擷取四說之長短選擇出一個較恰當的說法。

一、讀為「蝟」

持此說者為裘錫圭、丁原植，丁原植訓解為「刺蝟」之義。除字形因素外，兩位先生會將「蟲」字讀為「蝟」而不讀作「魄」，推測其原因有二：其一、對

〔註96〕字形詳見滕壬生《楚系簡帛文字編（增訂本）》（湖北：湖北教育出版社，2008 年），頁 817「畏」字條；頁 936「懷」字條；頁 407～411「胃」字條。

勘其他版本《老子》相對應位置均作從「夆」得聲之字；其二、段《注》有云：「顏氏家訓曰莊子魆有二首，魆即古虺字。」可知「魆」與「虺」爲古今字關係，撇開與傳世本的對應問題，將「蟲」字釋作字形較爲相近的「魆」字，即會變成「『魆（虺）』蠆『虫（虺）』它（蛇）」，一、三字便會重複字義。《說文》：「蠆，飛蟲螫人者」，也就是指現在的蜜蜂，蜂蠆蛇均屬會螫傷人的蟲屬，因此將「蟲」釋作會刺傷人的「蝟」，恰能與「蜂」屬有意義上的吻合。

然《老子》此段簡文：「蟲蠆_它」均指蟲類之屬，下一句「攫鳥猛獸」方指凶猛動物之屬，是有一定的排列順序。「蝟」，《說文》：「似豪豬而小」，指的是一種比豪豬略小具攻擊性的動物，並非蟲類之屬。故拙文認爲此字釋作「蝟」的可能性不大。

二、讀爲「魆」

《說文》：「魆，蛹也。從虫鬼聲，讀若潰。」

《爾雅‧釋蟲》：「魆，蛹也」疏：「即蠶所變者」。

《顏氏家訓‧勉學篇》引《韓非子》：「蟲有魆者，一身兩口，爭食相齕，遂相殺也。」

《管子‧水地》：「涸澤之精者生於魆，魆者，一頭而兩身，其形若蛇，其長八尺，以其名呼之，可以取魚。」

從上述典籍文獻資料可知，「魆」字在傳統文獻中包含二種涵意，一爲蠶蛹；一爲具有攻擊性的蟲類之屬。根據簡文前後文意，以後者之義較爲恰當，然此說的問題在於段《注》將「魆」、「虺」二字解釋作古今字的關係。〔註97〕簡文第三字即「蠆」下方所從「虫」字重文，《山海經‧南山經》：「虫，多腹虫」注：「虫，古虺字。」若第一字釋作「魆」，與「虺」字是古今字關係，第三字「虫」亦是「虺」之古字，如此此句簡文便會成「魆（虺）蠆虫（虺）它（蛇）」，一、三字也是重複字義。再者，「虺蛇」一詞乃典籍常用詞例，如：《詩經‧小雅‧斯干》：「維蛇維虺」；《國語‧吳語》：「爲虺弗摧，爲蛇將若何」，因此首字釋作「魆」讀爲「虺」的可能性，遠低於將第三字「虫」讀爲「虺」。

〔註97〕「魆」、「虺」二字爲古今字之關係，不僅段玉裁如此認爲，《一切經音義》四六引《莊子》「魆二首」即作「虺二首」。

三、讀為蜂

黃錫全、劉國勝均企圖從聲音的通假將「蟲」字與「螽（蜂）」字連接起來，如此便能與其他《老子》版本相互對應。「」，黃錫全隸定爲「蟲」，認爲此字從「由」得聲之「由」乃楚簡常見之形，與鬼頭之「由」同形，讀音不同。「蟲（幫母物部）」與「螽（並母東部）」二字聲母同屬唇音，韻部爲一聲之轉，因此「蟲」應讀爲「螽」，或與「螽」、「蠭」爲異體字關係。（黃錫全2000：457～458）而劉國勝將之隸定爲「蟲」，從囪得聲，與「蜂」字同屬東韻字，因而通假。（劉國勝1999：42～44）從版本學角度看來，此字讀爲「蜂」實屬最爲恰當之說，簡文「蟲蠆=它」，帛書《老子》甲本作「逢㯱蝷地」，帛書《老子》乙本作「螽癘虫蛇」，王弼本作「蜂蠆虺蛇」，傅奕本作「蜂蠆」。帛書《老子》甲本之「㯱」字即是「蠆」，《廣雅・釋詁》：「蠆，蝎也」；而帛書《老子》乙本之「癘」亦爲蝎，《莊子・天運》：「其知憯于蠆蠆之尾」，王引之以爲「蠆蠆皆蝎之異名」，可見各個版本的《老子》簡文對應位置的異文均表「蜂蠆」之義，且「蜂蠆」于典籍文獻中亦常連用，如：《國語・晉語》：「螽蟻蜂蠆，皆能害人」；《大戴禮記》：「蜂蠆不螫嬰兒」；《商君書・弱民》：「利若蜂蠆」。然黃錫全將之讀爲從「由（實心母之部，非幫母物部）」得聲，或劉國勝讀從「囪（清母東韻）」得聲，在字音上與「蜂（並母東韻）」均有所隔，因此黃錫全與劉國勝之說仍有討論空間。

總括上述所言，「」字在字形上僅能先依形隸定作「蟲」，然作何訓解仍存疑。《古文四聲韻》引古《尚書》「蒙」字作「」，引古《老子》「蒙」作「」及《汗簡》引古《尚書》「蒙」作「」，恰與「」字字相似，進而推測「」與「蒙」聲聲音接近，「蒙（明母東韻）」、「蜂（並母東韻）」韻母相同，聲母相近，通假上便無問題，簡文「」隸定作「蟲」，讀爲「蜂」。歷來《老子》版本之「蜂蠆」、「虫蛇」皆指會螫傷人的毒蟲，但又略有不同，前者指昆蟲，後者指爬蟲類動物，排列有序，應不是隨意組合，因此簡文「蟲蠆=它」，讀爲「蜂蠆虺蛇」。

最後，簡文意指：蘊含德性深厚的人，可與初生的嬰兒相比，毒蟲不螫他，猛禽猛獸不會攻擊他，筋骨柔弱但小拳頭卻握得牢固。

【47】猛

《郭店‧老子甲》33：

畣（含）悳（德）之厚者，比之赤子，蟲蟲=它（蛇）弗蚤，攫鳥『猛
（猛）』獸弗扣，骨溺（弱）蓳（筋）秣（柔）而捉固。

「猛」，整理小組隸定爲「猛」，讀爲「猛」，並未多作說明。而張光裕主編
《郭店楚簡研究—文字編》隸作「猛」（張光裕1998：289）。據此可知《郭店》
整理小組與張光裕先生對此字左半部下方的認知是不同的，此部件究竟是從
「口」形或從「心」形，需要進一步討論。細看「猛」字，整個左下半部應是
「口」形部件上從「八」形撇，而「八」形撇應上屬左上半部的部件，非下屬
「口」形部件，成「心」形部件。八形撇與中間銜接的筆畫略微模糊，但參看
其他批楚簡「丙」字作「丙（《帛》丙1.3）」、「丙（《包山》2.31）」，兩相參照即
可發現「猛」字筆順的相同。因此，此字的隸定仍以整理小組隸作「猛」爲是。

「猛獸」，帛書《老子》乙本作「孟獸」，帛書《老子》甲本與王弼本、傅
奕本均作「猛獸」，「丙（幫母陽韻）」、「孟（明母陽韻）」、「猛（明母陽韻）」均
屬陽韻字，應爲「猛」字的音近通假。

最後，簡文意指：蘊含德性深厚的人，可與初生的嬰兒相比，毒蟲不螫他，
猛禽猛獸不會攻擊他，筋骨柔弱但小拳頭卻握得牢固。

【48】牝

《郭店‧老子甲》34：

未智（知）『牝』戊（牡）之畣（合）朘惹（怒），精之至也。終日曆（呼）
而不恵（嚘），和之至也。和曰臬〈棠（常）〉，智（知）和曰明。

「牝」，整理小組釋作「牝」，丁原植、魏啓鵬、劉信芳、趙建偉等學者多
從之（丁原植1998：193；魏啓鵬1999：32；劉信芳1999：40；趙建偉1999：
288）。李零提出另一意見，認爲應釋作「杜」，乃「必」之異體，「牝（並母脂
部）」、「必（幫母脂部）」韻同聲近，可借讀爲「牝」。〔註98〕（李零1999：467）

首先將此句簡文於《老子》各個版本的情形，羅列於下：

〔註98〕相同意見亦見於袁師國華〈郭店楚墓竹簡從「七」諸字以及與此相關的詞語考釋〉
一文，《歷史語言研究所集刊》74本第一分，2003年，頁17～33。

郭店老子	未智（知）牝戊（牡）之合𢩵蕊（怒）
帛書甲	未知牝牡〔之會〕而朘〔然〕
帛書乙	未知牝牡之會而朘然
王弼本	未知牝牡之合而全作

從歷來《老子》版本看來，雖各本用字略有出入，然互文參校，即可知「𢩵」與「牝」對應，而「𢩵」左半部實非「牛」旁，各批楚簡中有從牛偏旁之字，各作「𤞤（犧）」、「𤘈（牧）」或「𤙩（精）」等，得知楚文字的「牛」旁，與豎劃相交的橫筆僅有二筆，未作三筆之形。「𢩵」字左半部，反與楚文字中的「才」字某一類字形接近，如：「𢩵（《包》2.11）」、「𢩵《郭・窮》2」、「𢩵（郭店《郭・老甲》3）」。是故可知「𢩵」字的隸定當從「才」從匕，非從「牛」從匕，李零所言甚是。

《郭店》與其他批簡牘中「扗」字作「𢩵《郭・忠》2」、「𢩵《郭・唐》28」、「𢩵《郭・語二》47」、「𢩵《清華・楚居5》」形，其「才」旁卻皆未見三橫筆之形。楚文字中常有累加贅筆的情況，如：「不」作「𢩵」、「𢩵」、「𢩵」，在橫畫或豎筆上頭多加一贅筆，常有無交錯出現，並無定式。因此贅筆的添加往往造成某些相近文字的混亂，如圖表所示。〔註99〕

才	才	𢩵郭店1.1.3 𢩵郭店9.29 𢩵曾77 𢩵郭店12.24 𢩵郭店3.37
	扗	𢩵郭店7.28 𢩵郭店15.16
丰	邦	𢩵郭店1.1.29 𢩵郭店1.2.17 𢩵郭店1.3.3 𢩵包山2.234 𢩵包山2.228 𢩵郭店6.29
	作	𢩵包山2.5 𢩵包山2.67
屯	屯	𢩵信陽2.01 𢩵信陽2.026 𢩵曾16
	純	𢩵包山2.259 𢩵包山2.262 𢩵包山2.263
牛	牛	𢩵天卜 𢩵望二策
	犧	𢩵包山2.121

〔註99〕此圖表所示字形並非全取，僅取其所討論部件相似者。

就上述圖表所示，可知「才」、「屯」、「丰」、「牛」等部件形體相當接近，雖有些許的差異可供辨識，但仍不可否認彼此訛誤可能性會比一般文字高出許多。因此李零隸定作「朼」與「牝」通假之說固然有理，但爲書手誤寫的可能性亦不可斷然否決。

簡文意指嬰兒還不知道男女交合之事，但他的小生殖器卻常勃起，是精氣充沛的緣故；整天號哭卻不會喉嚨沙啞，這是和氣淳厚的緣故。沖和便是恆常，認識沖和便是明道。

【49】（鳶）

《郭店・老子甲》34：

> 未智（知）牝戊（牡）之會（合）『（鳶）』（怒），精之至也。終日（呼）而不（嗄），和之至也。和曰〈（常）〉，智（知）和曰明。

「」，從文字構形分析上便有所分歧，整理小組將之隸定作「然」，其字形裘錫圭于按語中便提出質疑，學者也多不認同此字即是「然」字這項說法，多依文義將此字往帛書《老子》乙本之「朘」字或「易」字之訛聯想。目前大致可分作八種釋讀，一、直接隸定作「然」；二、「易」字之異體；三、「㒸」字之訛，通假作「朘」；四、「会」字之訛；五、「從士勿聲」，「勿」、「朘」通假；六、「從士尋省聲」；七、「從士参聲」；八、「鳶」字之訛，通假作「朘」。分別徵引各家意見，逐一剔除謬誤，找出最合理的說法。說明如下：

一、隸定作「然」

整理小組引《古文四聲韻》古《老子》「然」字作「」「」，及「然」字《說文》古文「」，認爲簡文「」字即是「然」字省去月旁。張光裕、趙建偉、魏啓鵬、彭浩皆從之。（張光裕 1999：278；趙建偉 1999：288；魏啓鵬 1999：33；彭浩 1999：65）然裘錫圭于按語云：「此字之義與帛書等之朘字相當，似非然字。」

就《古文四聲韻》所引「然」字字形，類似整理小組所徵引的字形有以下幾種：（1）古《老子》「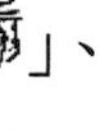」、「」（2）雲臺碑「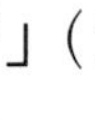」（3）王庶子碑「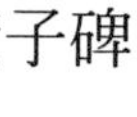」、「」（4）古《孝經》「」。整理小組認爲《古文四聲韻》引古《老子》「然」字中

的「⊥」部件，即是簡文「方」字的上方部件，但就《古文四聲韻》中多種「然」字的寫法，並無法確認何種字形才是「然」字的正確寫法，最算撇去「然」字未見省其肉形之例外，從其他三種寫法可發現「⊥」形多數作「土」且與中間的豎筆相銜接，與「方」形寫法仍有差距。同樣地，《郭店》簡所出現的「然」字，未見《古文四聲韻》引古《老子》之「然」字寫法，多作「犰」或「獡」，與「方」字也有明顯的不同。再者，從文義上理解「然怒」亦難作解，可見整理小組意見實難成立。「然」字之說既無法成立，魏啓鵬後借「然」、「勢」通轉之由，將之讀作「勢」，與趙建偉「然」、「脧」形近而訛二說，亦均不可從。

二、「易」字異體

劉信芳將之分析成「字從上一勿」，與《說文》「易」字「從一勿」相當，故應是「易」字之異構。（劉信芳 1999：41）廖名春說法與劉信芳類似，字形分析作「從⊥從易下部」，並認為此字是牡器的專字。（廖名春 2003：330）據此王輝提出辨正以說明劉信芳之說之謬，王輝認為《說文》分析「易」為「日一勿」乃是根據小篆而來，「易」字之甲骨文作「昘」、金文作「昜」，具不作「方」形，而所增「彡」旁或以為像初日之光線，並非「勿」字。（王輝 2001：168～169）王輝之說順當可從，劉信芳與廖名春之說不可遽信。

三、「豕」字之訛，通假作「脧」

李零認為「方」形近金文的「豕」字，而「豕」、「脧」音近通假。（李零 2002：7）然金文「豕」字作「豸（〈師袁鼎〉《集成》4313）」、「豕（〈毛公鼎〉《集成》2841）」、「豕（〈史牆盤〉《集成》10175）」（參《金文編》頁 49），而各批楚簡從「豕」之字作「翁（豕）」（《望》2.49），「隆（隆）」（《包》168），均與簡文「方」字差異甚大，實不知李零所言相近之處。而李若暉從李零之說，認為〈康鼎〉「豕」、〈伯家父鬲〉「豕」從「豕」偏旁與「方」下部所從相同，又以〈毛公鼎〉「豕（豕）」為例〔註100〕，以解釋「⊥」部件可能是豕頭所從曲筆拉平後的形變。（李若暉 1999：197～198）擷取金文中從「豕」、從「豕」、從「豕」之字，各作：

從豕	豸（〈函皇父簋〉《集成》4141），豕	徲（〈遂蘭祺鼎〉《集成》2375），逐	宭（〈康鼎〉《集成》2786），家	宮（〈小臣□方鼎〉《集成》2653），家

〔註100〕李若暉所引之字例乃為「家」字之「豕」旁，非「豕」字，〈毛公鼎〉「豕」字作「豕」，李若暉徵引字形略有差異。

從豕	（〈吳涿父簋〉），涿			
從豕	（〈毛公鼎〉《集成》2841），豕	（〈史牆盤〉《集成》10175），豕		

與簡文「亏」字字形殊同，李零、李若暉之說尚有討論空間。

四、「金」字之訛

「亏」，帛書乙本作「脧」，傅奕本、河上公本、范應元本等均作「峻」，王弼本則作「全」。《說文新附》：「脧，赤子陰也」，據此王輝將此字隸定作「金」，並認為王弼本之「全」字，乃「金」之訛，古文字中「陰」字春秋戰國作「阹（〈䣄羌鐘〉）」、「陸（〈上官鼎〉）」形、「阧《包》2.131」，「金」又作「令《包》2.180」，其中「金」字作「令」形，與「易」旁作「埒（〈柳鼎〉）」或「埒（〈永盂〉）」，下方部件極易相混。王輝對於王弼本作「全」，乃「陰」之異體「陰」之故，其說有據可從。然王輝之說，有其不盡完善之處，首先王輝對簡文「亏」字字形摹寫作「亏」，上方部件摹寫與實際字形有些微差距，而「亏」上方所從「丄」形與「金」所從「今」旁是否形近是一個問題，如何形近而訛又是一個問題。下方所從「勿」部件與各批簡牘的「金」或「陰」字下從「云」形，亦有極大的區別，是故此說較難成立。

五、從士勿聲，通假作「脧」

由於字形上均無法與其他《老子》版本相應之「脧」或「峻」作形體上的聯繫，黃德寬、徐在國則提出該藉由通假來釋讀此字，將「亏」字切分為上下兩部件，分析作「從士勿聲」，隸定作「劼」，古音「勿（明紐物部）」、「夋（精紐文部）」，物文對轉，二字音近。又疑為「脧」字或體。（黃德寬、徐在國2007：4）從文字構形來看，楚系文字「士」字作「土（《包》2.122）」、「丄（《包》2.115）」二形，第二類字形確實與「亏」字的上形部件極為相似，而「亏」字下方部件與「勿」字亦非常類似，其說隸定作「劼」的確較前說「然」或「陰」來得好，但問題在於「亏」字是否是一個上下二部件的字形，抑或是一個不可切分共同組合的字形，是需要考慮的。再者，歷來字形及字書均未見「劼」字，「勿（明紐物部）」、「夋（精紐文部）」韻部雖可對轉，但一為唇音一為齒音，聲母差距較遠。

六、從士尋省聲，通假作「朘」

范常喜從黃德寬、徐在國部分說法，將「方」上方隸定作「士」，並引羅振玉和王國維說法，「士」是甲骨文「牡」字所從的「丄」；郭沫若進一步指出「士」實爲牡器之象形〔註101〕，上部的「士」旁爲此字的意符；然范常喜同樣認爲黃德寬、徐在國之說「勿」與「朘」聲紐離得較遠，因此將下部改隸定作「尋」之省，楚文字從「尋」之字，作「尋（尋，《郭·性》65）」、「蘒（蘒，《包》120）」、「軸（軸，《上一·孔》12）」、「嫠（嫠，《上五·鬼》7）」，與「方」下方所從部件類似，「尋（邪紐侵部）」、「夋（精紐文部）」，聲韻皆近，故可通假〔註102〕。范常喜之說同黃德寬、徐在國之說問題相同，其一「方」是否是一個可上下切分的文字；其二、字書亦不見「尋」字。再者「尋」字未見作「勿」省形，雖聲韻上彌補了黃、徐之說不足，但字形上反不如黃、徐之說來得形近。

七、從士参聲，通假作「朘」

張崇禮從黃德寬、徐在國及范常喜之說，將「方」上方所從隸定作「士」，視爲此字的意符，爲牡器的象形，但反對二說從「勿」或從「尋」省形，認爲下方所從當作「参」，此字爲從士「参」聲。「参（泥紐眞部）」、「朘（清紐文部）」，讀音相近〔註103〕。此說字形建構方式不脫黃德寬、徐在國的方法，因此文字考釋便同范常喜同樣在「方」下方部件形似某字形，再通假作「朘」字上著墨。因此三說問題均類似，字書均無所隸定字形，聲音通假亦均有所隔。

八、「鹿」字之訛，通假作「朘」

郭永秉根據《上七·凡物流形》「鹿」字作「鹿」、「方」，進而推斷簡文「方」字爲「鹿」字變體，其差別僅在頭部與《凡物流形》「鹿」字差一筆，類似性的差異，參《凡物流形》甲14、乙9，如下：

《凡物流形》甲14	《凡物流形》乙9

〔註101〕見于省吾《甲骨文字詁林》（北京：中華書局，1999年），頁1518。

〔註102〕范常喜：〈《郭店楚墓竹簡》中兩個省聲字小考〉，簡帛網：http://www.jmlib.net/zj/ news.asp?id=427，2006年8月1日。

〔註103〕張崇禮：〈釋「参」及其一些相關字〉，復旦網：http://www.gwz.fudan.edu.cn/ SrcShow.asp?Src_ID=464，2008年6月28日。

「鷹（精母文部）」與「脧（精母文部）」音韻具同，定可通假，並引《上六‧天子建州》「大夫承鷹」之「鷹」讀爲「餕」﹝註104﹞，作爲簡文「鷹」、「脧」通假的佐證﹝註105﹞。劉永秉之說不僅在字形上有據可依，聲音上又與歷來版本之「脧」字古音相同，且有古文字「鷹」、「餕」通假的例證，其說甚爲適切，當可從。

簡文「亏」字，當是「鷹」字的變體，讀爲「脧」，訓解爲男性生殖器。簡文意指嬰兒還不知道男女交合之事，但他的小生殖器卻常勃起，是精氣充沛的緣故；整天號哭卻不會喉嚨沙啞，這是和氣淳厚的緣故。沖和便是恆常，認識沖和便是明道。

【50】景

《郭店‧老子甲》34：

未智（知）牝戊（牡）之會（合）亏（鷹，脧）惹（怒），精之至也。

終日唇（呼）而不惡（嚘），和之至也。和曰『景〈棠（常）〉』，智（知）和曰明。

「景」，整理小組隸定爲「景」，認爲「景」字爲「棠」字之誤，假作「常」，崔仁義、丁原植、顏世鉉從之，顏世鉉更提出楚文字「尙」、「同」混同的例證。（崔仁義 1998：66；丁原植 1998：197；顏世鉉 2000a：102）。然亦有學者認定此字並非錯字，應逕讀作「同」，意指另一層次的體道境界。如：魏啓鵬提出「『和曰同』，其義可通。《素問‧上古天眞論》：『和於陰陽。』王冰注：『和謂同和』此本《老子》『萬物負陰而抱陽，沖氣以爲和』之旨。」（魏啓鵬 1999：33）李若暉則認爲《老子》之和，乃指陰陽相交，對立面的統一，爲宇宙事物運動的規律。『和之至則爲同』，其「同」即是《禮記‧禮運》：「是故謀閉而不興，盜竊亂賊而不作，故外戶而不閉」之「大同」。鄭注：「同，猶和也。」（李若暉 2000：198）

首先，將郭店《老子》與帛書《老子》甲乙本及傳世本《老子》羅列如下，

郭店《老子》　　　　　和之至也。和曰「景」，智和曰明。

﹝註104﹞ 裘錫圭：〈《天子建州》甲本小札〉，《簡帛》第三輯（上海：上海古籍出版社，2008年），頁105。

﹝註105﹞ 郭永秉：〈由《凡物流形》「鷹」字寫法推測郭店《老子》甲組與「脧」相當之字應爲「鷹」字變體〉，復旦網：http://www.gwz.fudan.edu.cn/SrcShow.asp?Src_ID=583，2008年12月31日。

帛書甲	和之至也。和曰「常」，知和曰明。
帛書乙	和之至也。□□□「常」，知常曰明。
王弼本	和之至也。知和曰「常」，知常曰明。

對勘「象」字相應位置，諸本均作「常」。從文字構形來看，簡文「象」字與其他篇楚國簡牘所載「棠」字-「𥦗（《郭店‧成之聞之》32）、𥦗（《郭店‧成之聞之》38）」、「𥦗（《上博一‧緇衣》8）」相似，當書寫筆畫太過勿促，「冂」形筆畫簡化成一彎筆，如作第 1 例，確有訛誤的可能。另從協韻的韻腳形式來看，「常」為陽韻定母字，「明」為陽韻明母字，而「同」為東韻定母字，以韻協為由，以「常」、「明」二字同為陽韻字較為適當。

再者，從文意來說，李若暉將「象」釋作「同」，並引〈禮運〉中的大同思想為之訓解，然問題所在李若暉所徵引的鄭《注》並非全文，鄭《注》原作：「同，猶和也，平也。」〈禮運〉大同思想指涉的是一種人人齊頭平等的境界，其意涵偏向鄭《注》中的「平也」。大同世界所引領而生的祥和之境，也與老子所言天地間的沖和調和差距甚大。是故李若暉此例證之徵引並不恰當。

魏啓鵬亦釋作「同」，訓解為和同。「和」與「同」在典籍使用上原本即可相互為訓。然觀其前後文，老子此處是否有必要再放置一個相同字義的字來說明「和」，是需要討論的，蔣錫昌曾提出《老子》二十五章「強為之名曰大，大曰逝，逝曰遠，遠曰反」與十六章「歸根曰靜，靜曰復命，復命曰常，知常曰明」二者詞例一樣，《老子》「曰」字的使用往往涵蓋另一意義〔註106〕。因此「和，同也」、「同，和也」這樣的互訓解釋是否適合於解釋《老子》是有待討論的。《老子》一書所談到的「和」，共有三處：分別為「和其光」、「沖氣以為和」、「終日號而不嗄，和之至也」，均在說明沖和協調的宇宙最初狀態，並無混淆不清需要以另一同義詞說明的必要，如是思考此字作「同」的可能性愈發降低。綜上所述，簡文此字釋作「常」，仍比釋作「同」字來得恰當。

簡文意指嬰兒還不知道男女交合之事，但他的小生殖器卻常勃起，是精氣充沛的緣故；整天號哭卻不會喉嚨沙啞，這是和氣淳厚的緣故。沖和便是恆常，認識沖和便是明道。

〔註106〕參陳鼓應《老子註譯及評介》第十六章註6，頁 125。

十四、【35～39 簡《郭店‧老子甲》釋文】

名與身篙（孰）斳（親）？身與貨 35 篙（孰）多？貴（得）與貢（亡）篙（孰）眆（病）？甚恚（愛）必大贇（費），厇（厚）臠（藏）必多貢（亡）。古（故）智（知）足不辱，智（知）岦（止）不怠（殆），可 36 以長舊（久）。返（反）也者，道〔之〕僮（動）也。溺（弱）也者，道之甬（用）也。天下勿（物）生於又（有），又（有）生於亡（無）。枈（持）㊴而淫（盈）37 之，不｛不｝㊿若已。湍（揣）㊼而群之，不可長保也；金玉淫（盈）室，莫能獸（守）也。貴福（富）喬（驕），自遺咎 38 也。攻（功）述（遂）身退，天之道也。

【河上公本《老子》】四十四章＋四十章＋九章

名與身孰親？身與貨孰多？得與亡孰病？甚愛必大費，厚藏必多亡。故知足不辱，知止不殆，可以長久。（四十四章）

反者道之動。弱者道之用。天下萬物生於有，有生於無。（四十章）

持而盈之，不如其已。揣而銳之，不可長保；金玉滿堂，莫之能守。富貴而驕，自遺其咎。功成名遂身退，天之道。（九章）

【簡文語譯】

名望與生命相比，那一樣更親近？生命與財富相比，那一樣更貴重？獲得和喪失，那一樣更有害？過份的貪求必定造成更大的耗費，過多的累積財富必定招致重大的損失。所以知道滿足才不會受到屈辱。知道適可而止才不會遇到危險，這樣才能長久。

向相反的方向變化，是道的運動；保持柔弱的狀態，是道的應用。天下萬物產生於有形之質，有形之質產生於無形之質。

持有得滿滿的，不如適可而止。度量財貨並使其會聚，不可能長久保持。金玉滿堂，難以守藏。富貴而驕，自取禍患。功成而身退，是天道的法則。

【51】不

《郭店・老子甲》37

  枳而涅（盈）之，『不｛不｝』若已。湍而群之，不可長保也

  整理小組認爲此「不不」爲簡文之衍誤，多一「不」字，而「若」字下又脫「其」字。丁原植、魏啓鵬從之。（丁原植1998：224；魏啓鵬1999：37）然另有二說，李零于簡文釋文中逕作「不若已」。（李零 1999：463）李零於後文並未說解，就其釋文看來李零應也認爲簡文衍一「不」字，卻不認爲脫一「其」字。「不若其已」與「不若已」在文義上並無差異，「其」爲語助詞作用，可有可無，因此李零之說不可斷然排除。但歷來《老子》版本中「若」下均有「其」字，是故整理小組意見亦是可從。

  另外，劉信芳另持一說，認爲「不不」不是衍文，而是「丕丕」之假借，此句作「丕丕若已」，即是壯大則止，眾盛則止之義。（劉信芳1999：45）劉信芳之說承上句「枳而涅之」訓解爲「『困』而盈之」而來，講述物極必反的循環規律，然「枳」字拙文即有另立字條加以討論，參見本章【39】「枳」字討論，知「枳」當非「困」字之古文，劉信芳之立論依據便不可信，後文所承之說亦不可從。

【52】湍

《郭店・老子甲》37：

  枳（持）而涅（盈）之，不｛不｝若已。『湍』而群之，不可長保也；

  金玉涅（盈）室，莫能獸（守）也。貴福（富）喬（驕），自遺咎也。

  攻（功）述（遂）身退，天之道也。

  「湍」，帛書《老子》乙本作「掘」，傅奕本作「攲」，王弼本、河上公本、想爾本均作「揣」。帛書《老子》乙本的「掘」字，從手短聲，「短」爲端母元韻字，「揣」，從手耑聲，「耑」亦爲端母元韻字，「掘」、「揣」二字通假。而傅奕本的「攲」字，《方言》十二：「揣，試也，亦作『攲』」，《古文四聲韻》卷三「揣」字，引古老子亦作「攲」，可見「攲」爲「揣」之異體。從上述版本所見，在聲音上均可與「揣」通假，而字形上則有意從「手」或從「攴」旁，竊以爲簡文「湍」字假作「揣」較爲恰當。

  「湍」，在文字釋讀並無太大歧異，引發討論的當是如何訓解，簡文「湍而

『群』之」，今本作「揣而『銳』之」，其中第三字「銳」字，相應其他《老子》版本亦多作從「兌」得聲之字。「揣」與「銳」前後呼應，因此後人的訓解多以第三字「銳」字作爲關鍵，以訓「揣」字字義。在郭店《老子》未出土前，「揣」字的訓解，大致可分爲「捶擊」、「扰動」、「量」三說。

《說文》：「揣，量也，一曰捶之」，「揣而銳之」王弼《注》：「既揣末令尖，銳之令利」，孫詒讓認爲「揣」字當聲轉爲「捶」，《淮南子‧道應訓》：「大馬之捶鉤者」高誘《注》：「捶，鍛擊也。」此訓解最爲人所贊同，如今人陳鼓應、許抗生均採用之。（陳鼓應 1990：93；許抗生 1982：75）朱謙之訓解爲「冶擊」，文義亦接近。（朱謙之 1996：34）

王輝于《古文字通假釋例》徵引影本注中一說：《廣雅‧釋詁》：「揣，扰，動也」《釋訓》：「揣扰，搖捎也。」王樹柟以釋此句爲凡物長動搖之，則不可長保也。（王輝 1993：656）此說乃因帛書《老子》乙此句作「掘而『允』之」，而〈釋訓〉中又有「揣扰」一詞，因此引發此等推測。然觀其帛書《老子》甲、乙本的情形，帛書甲雖殘，但第三字仍殘存一半的字跡作「𠬝」，非常明顯地口形部件上方有一撇。馬王堆帛書中「𠂒（允）」與「𠂒（兌）」的寫法非常接近，聲音關係亦十分密切，段《注》：「公與允古同字同音，兌爲公聲者古合音也」，再加上歷來版本此句第三字均從「兌」得聲，因此帛書《老子》乙本之「允」字可能是個誤寫。如是以「揣扰」釋之便顯得不適當，況乎文義與後文的「金玉涅（盈）室」亦不協調。

傅奕本此句下有音義云：「𣃂音揣，量也。」前人多以認同第一項「捶擊」之說，並認爲傅說其義不明。然郭店《老子》的出土，使得此三說又重新得到檢驗，此句郭店《老子》作「湍而『群』之」，「群」爲積聚眾多之義，「湍」乃相應「群」而起的動作，如此以「捶擊」、「搖捎」訓解「湍」便不適用。「揣」，《說文》：「量也。度高曰揣」《廣雅‧釋詁》：「揣，度也。」可訓解爲估量、度量之義，簡文此句意指爲度量財貨而群聚之。

由上述可知，「群（群母文韻）」與「銳（匣母文韻）」乃訓解「揣」字之關鍵，雖二字聲音關係密切，上古韻部相同發音部位亦同，但在現有文獻典籍中並無這樣通假的例證，因此是否有二種版本上不同是可以再討論的，此處就郭店《老子》之簡文作如此訓解。

　　簡文意指：持有得滿滿的，不如適可而止。度量財貨並使其會聚，不可能長久保持。金玉滿堂，難以守藏。富貴而驕，自取禍患。功成而身退，是天道的法則。

第二章　《郭店‧老子乙》譯釋

一、【1～4 簡《郭店‧老子甲》釋文】

給（治）人事天，莫若嗇。夫唯嗇，是以暴（早）{是以暴（早）}
備③，是胃（謂）〔重積德。重積德則亡（無）₌〕1 不₌克₌（無不克，
無不克）則莫₌智（知）　其王〈互，亟（極）〉㊺（莫知其極，莫知
其極），可以又（有）郙（國）。又（有）郙（國）之母，可以長〔久，
是胃（謂）深根固柢之法〕2，長生舊（久）視之道也。〔為〕學者
日嗌（益），為道者日員（損）。員（損）之或員（損），以至亡（無）
為3也，亡（無）為而亡（無）不為。

【河上公本《老子》】五十九章＋四十八章上段

治人事天莫若嗇。夫唯嗇，是以早服，早服謂之重積德，重積德則
無不克，無不克則莫知極，莫知其極可以有國。有國之母，可以長
久。是謂深根固蒂，長生久視之道。（五十九章）

為學日益，為道日損。損之或損，以至無為，無為而無不為。（四十
八章上段）

【簡文語譯】

治理人民侍奉上天，沒有比愛惜更好的辦法了。只有愛惜，才能早作準備。早作準備是說：要不斷地累積德，不斷累積德就能無往不勝，無往不勝就是不知其終極，不知其終極就可以統治國家。有了治國的根本大道，就可以長治久安。這就是根深蒂固，長生久視的道理。

從事於學習的人，一天一天增加知識；從事於體道的人，一天比一天減少造作的爲。減之又減，以致達到無爲。無造作的爲則無所不能爲。

【53】枲／備

《郭店・老子乙》1：

　　紿（治）人事天，莫若嗇。夫唯嗇，是以『枲（早）』〈備〉，是以『枲（早）』『備』是胃（謂）……。

　　整理小組根據帛書《老子》乙本與王弼本對勘的結果，以及同簡後文「枲備」一詞，推斷前一個「枲」字下脫一「備」字，「備」讀作「服」。「枲」爲「棗」之異體，從棗得聲，故得以同音通假爲「早」。「棗」于〈中山王𦙶鼎〉作「棗」，從早，棗爲疊加音符，二者又共用中間豎筆，故斷定「棗」爲「早」字之繁文。（何琳儀 1998：227）另外，春秋〈韓鐘劍〉有一「棗」字，所從棗旁則爲早字的另一種繁文，而簡文的「枲」字則是棗字之省。此種省略同形的簡化方式，戰國文字多有平行例證，如：曹字作「𤲬」（〈曹公子沱戈〉《集成》1120）又可省作「𦘔」（〈中山王𦙶方壺〉《集成》9735）。

　　「𣎴」，整理小組讀作「服」，未釋其義。「𣎴」字乃是「簰」字初文的訛變，因此古文字中從𣎴得聲之字往往與從服得聲之字得以相通借，如馬王堆帛書《經法・君正》：「貴賤有別，賢不宵（肖）衰（差）也。衣備不相綸（逾），貴賤皆也。」，「衣備」即衣服。簡文「枲（早）備」一詞，帛書本與王弼本均作「早服」。關於「早服」的訓解，歷來眾說紛紜，莫衷一是，大致可歸納成以下三說：其一、服字訓解爲服從，《韓非子・解老》曰：「眾人離於患，陷於禍，猶未知退，而不服從道理。聖人雖未見禍患之形，虛無服從於道理，以稱蚤服」；其二、「服」另本作「復」，王弼注：「早服，常也。」亦當爲「復」；其三、「服」作

「事」，訓解作從事、準備，河上公注：「『早』，先也；『服』，得也。」姚鼐說：「『服』者，事也。嗇則時暇而力有餘，故能於事未至，而早從事以多積其德，逮事之至而無不克矣。」勞健云：「『早服』猶云早從事。」〔註1〕

　　高亨曾對第二說提出質疑，認爲「早服」下欠缺賓語，文意不完整，後人在訓解上多增添「天道」二字以釋之，因此認爲「服」下當缺「道」字。然郭店《老子》與歷來《老子》版本，「服」下均無「道」字，可見高亨所認爲「服」下缺「道」之說不能成立，但高亨在語法上的質疑是可以被接受的。「早服」一詞無論訓作第一種「服從」或第二種「復返」，均缺少賓語，非得增字爲訓，否則文意多不完整。第三種說法，訓解爲「準備」，丁原植從此章的思想結構進行探索，認爲首句「治天事人，莫若嗇」，即在說明面對治人事天時，所需的一種既珍惜又小心收藏「嗇」的態度，而「嗇」與「備」是有內在關連的，「嗇」這種態度並非一夕養成需預先準備，一種面對天下與天道之事時，預先積蓄的處置能力，早備也就是重積德，深厚不斷地積蓄著此項德行。（丁原植1998：237～238）「早備」一詞，確如丁原植所言可包含「早服」與「早復」二說的境界，服膺老子自然無爲、始終如一之常道，更是爲擁有處理天與人之事這種「嗇」的態度，唯有提早且完備的準備每一德行，經由不斷積蓄的德行，最後才能造就出最完備「嗇」的能力。因此，就文意完整性而言，此說最爲完備。

　　郭店《老子》「服」字作「備」，《玉篇》：「備，預也」，《字彙》：「備，預辦也」。此訓解恰與河上公本、姚鼐等人說法一致，但上文即已提到，「備」與「服」二字常有通借情形，後來版本均作「服」應是與「備」通借所產生的訛用，並非「服」字作從事訓解之故。

　　簡文意指：治理人民侍奉上天，沒有比愛惜更好的辦法了。只有愛惜，才能早作準備。早作準備是說，……。

【54】亟／亙

《郭店‧老子乙》1～2：

　　紿（治）人事天，莫若嗇。夫唯嗇，是以『曑（早）』〈備〉，是以『曑（早）』『備』是胃（謂）〔重積德。重積德則亡（無）＿〕不＿克＿（不

〔註1〕　其二、其三之論點參酌陳鼓應《老子註譯及評介》頁296註三。

克，不克）則莫_智（知）_其_『﹝互，亙（極）﹞』_（莫智（知）

其『﹝互，亙（極）﹞』，莫智（知）其『﹝互，亙（極）﹞』），可

以又（有）邦（國）。

「﹝」，與《說文》「恆」古文「亙」相合，楚簡「恆」字大多作如此形，或

加心旁作「﹝（《包》2.222）」、「﹝（《包》2.237反）」，裘錫圭云：「嚴格說，此

字實應釋作『亙』，讀爲『恆』。」（裘錫圭 2000：181）此段簡文帛書《老子》甲

乙篇均脫文缺泐，對照今本《老子》五十九章則作「無不克則莫知其『極』」，故

此《郭店》整理小組依章句韻腳協韻的角度（韻腳爲嗇、德、克、﹝、國），斷

定「﹝（亙）」應是「亟」之誤，通假作「極」，彭浩亦主其說。（彭浩 2000：77）

魏啓鵬認爲簡文「亙」應讀爲「栖」。《說文》：「栖，竟也。從木恆聲。亙，古文

栖」；徐鍇《繫傳》：「竟者，竟極之也」。據此將「亙」直接訓解爲終極之義。（魏

啓鵬 1999：42）劉信芳則認爲「亙」字在王弼本作「極」，是一種誤寫，引《詩

經·大雅·生民》：「恆之秬秠，是穫是畝。恆之穈芑，是任是負。」毛傳：「恆，

迣也」。「迣，謂遍布其竟。」莫知其亙即莫知其竟。（劉信芳 1999：47）

就此據劉信芳的理解，莫知其竟即邊境沒有限制，極其廣大。若如此訓解

與後文的「可以有國」是銜接得上，但若套用於前文「重積德則無不克，無不

克則莫知其亙」文意則有所隔閡。全章語句皆是有關連地承接衍生，形成環環

相扣的思想意涵，不可能前文談如何修身，後文突然接續一句「莫知其竟」這

樣的句子。由於劉信芳此說並未說明的十分清楚，抑或曲解其意，但此處「亙」

若作邊境、境地訓解是不合理的。

而隨著愈來愈多批楚簡的發現，學者逐漸發現楚文字中「亙」、「亟」有相

混的情況，陳偉便提出《郭店·魯穆公問子思》「﹝（亙）」及「﹝（恆）」，當

讀爲「亟」，先秦古書中即有「亟（極）稱、亟（極）言」這樣的用例，正可作

爲簡文「﹝再」、「﹝再」之佐證。〔註2〕（陳偉 1998：68）另外，《郭店·窮達

以時》及《包山》有其地名作「﹝思」、「﹝思」，陳偉認爲「﹝」、「﹝」二字，

〔註2〕 此發現 1999 年袁師國華於中研院史語所隨堂講演中亦曾提及，認爲《魯穆公問子
思》中的互字，亦有亟之義，訓解爲關鍵之時，與陳偉提出讀爲亟不謀而合，但
訓解上略微不同，陳偉認爲簡文「亟稱」可訓解爲屢次稱述或急切指出，而後者
語義較好。

亦應讀爲「亟」，通假作「期」，「亟（職部）」、「期（之部）」，讀音接近，「亟思」、「郵思」即楚地「期思」；裘錫圭引《戰國策·秦策三》：「應侯謂昭王曰：『亦聞恆思有神叢與？恆思有悍少年，請與叢博……』」之「恆思」，應即是楚地「期思」，以補充陳偉之說。（裘錫圭 2009：2）詳細「亙」或從「亙」之字，可讀作「亟」或及其讀音相關之字，如下：

1、子思曰：「**亙**（亟）爯（稱）其君之亞（惡）者，可胃（謂）忠臣矣。」（《郭店·魯穆公問子思》3～4）

2、**亙**（亟）爯（稱）其君之亞（惡）者，未之又（有）也。（《郭店·魯穆公問子思》4.5～6）

3、**亙**（亟）〔爯（稱）其君〕之亞（惡）〔者遠〕（《郭店·魯穆公問子思》4.6～7）

4、子思曰：「**亙**（亟）爯（稱）其君之亞（惡）者，可胃（謂）忠臣矣。」（《郭店·魯穆公問子思》1～2）

5、孫畕（叔）三躲（射，謝）**亟**（期）思少司馬。（《郭店·窮達以時》8）

6、**亟**（期）思公之周里公虐。（《包》163）

7、**亟**（期）思。（《包》129）

8、**亟**（期）思少司馬。（《包》130）

9、子曰：君子道人以言而**亙**（亟，極）〔註3〕以行（《郭店·緇衣》32）

10、士視，目**亙**（極）〔註4〕寡（顧）還面。（《上六·天子建州》甲

〔註3〕 陳偉認爲《郭店·緇衣》「亙」字所從也應視爲「亙」，讀爲「悈」，《說文》：「悈，急性也。從心、亟聲。一曰謹重貌」，字義與鄭玄注《禮記·緇衣》同句「禁人以行」之「禁，猶謹也」相當；陳劍讀爲「極」，引《禮記·表記》：「禮以節之，信以結之，容貌以文之，衣服以移之，朋友以極之，欲民之有壹也。」注：「極，致也。」疏：「朋友相勸勵，以極致於道。」二說轉引自裘錫圭：〈是「恆先」還是「極先」？〉，復旦網：http://www.gwz.fudan.edu.cn/SrcShow.asp?Src_ID=806，2009年6月2日，頁2～3。

〔註4〕 裘錫圭讀爲「極」，裘錫圭：〈是「恆先」還是「極先」？〉，復旦網：

7，乙 7 作「![字]」）

11、天下之作也，無迁![極]（極），無非其所；舉天下之作也，無不得其![極]（極）〔註5〕而果遂；庸或得之，庸或失之？（《上三・互先》12）

楚文字中雖有「亟（《郭店・唐虞之道》19）」字，但裘錫圭引馮勝君研究成果表示《唐虞之道》此篇文字風格深受齊系文字影響，因此僅出一例的「亟」字有可能便是承齊系文字而來，而楚系文字「互」、「亟」是混用的，在數量不能算少的戰國楚簡裡，基本上是借「互」為「亟」的。「亟」和「互」不但字形在楚文字中相似，而且上古音也相近，二者的聲母皆屬見系，韻部有職、蒸對轉的關係〔註6〕，所以楚人會以「互」為「亟」。（裘錫圭 2009：5）陳偉、裘錫圭所提出的楚文字借「互」為「亟」的例證，已逐漸被學界所接受，是故簡文「互」字是否為「亟」字誤寫，便有討論空間。

另外，從訓詁學角度發現，恆與從恆得聲之字除具有恆常之義外，另富有「竟」、「極」等意涵，如：《廣雅・釋詁》：「搄，竟也」；《方言》二：「恆概，言既廣又大」；《方言》六：「緪，竟也」，《莊子・齊物論》：「振於無『竟』」，〈釋文〉：「極也」。〈西都賦〉：「北彌明光而『互』長樂」注：「竟也。」均可在在顯示「互」或從「互」之字同時賦予終極之義。因此不論從訓詁、聲韻、字形關係任一角度來看「互」、「亟」關係，均不是如整理小組所認為誤寫關係這般簡單，簡文「![字]」字應同上述例證一樣，楚人以「互」為「亟」，讀為「極」，訓解為極致或終極之義。

簡文意指：治理人民侍奉上天，沒有比愛惜更好的辦法了。只有愛惜，才能早作準備。早作準備是說，要不斷地累積德，不斷累積德就能無往不勝，無往不勝就是不知其終極，不知其終極就可以統治國家。

---

http://www.gwz.fudan.edu.cn/SrcShow.asp?Src_ID=806，2009 年 6 月 2 日，頁 16。

〔註5〕 裘錫圭讀為「極」，裘錫圭：〈是「恆先」還是「極先」？〉，復旦網：http://www.gwz.fudan.edu.cn/SrcShow.asp?Src_ID=806，2009 年 6 月 2 日，頁 15～16，裘錫圭並且認為「恆先」之「恆」亦應讀為「極」。

〔註6〕 據陳新雄《古韻研究》歸納結果，可知職蒸二韻可對轉，如：《詩經・小雅・大田》二章以螣（蒸）賊（職）為韻；《尚書・堯典》：「女陟帝位。」〈五帝紀〉陟（職）作登（蒸）；《戰國策》：「伏軾撙銜。」《漢書・王吉傳》伏（職）作（馮）。

二、【4～8 簡《郭店・老子乙》釋文】

醤（絕）學亡（無）惥（憂），唯與可（呵），相去幾可（何）？岧（美）与（與）亞（惡），相去可（何）若？4 人之所視（畏），亦不可以不視（畏）。人態（寵）⑤辱若纓（驚）⑤，貴大患若身。可（何）胃（謂）態（寵）⑤辱？態（寵）⑤爲下也，导（得）之若纓（驚）⑤，遊（失）㉑之若纓（驚）⑤，是胃（謂）態（寵）⑤』辱纓（驚）⑤。〔可（何）胃（謂）貴大患〕6 若身？虗（吾）所以又（有）大患者，爲虗（吾）又（有）身。迡（及）虗（吾）亡（無）身，或（有）可（何）〔患安（焉）？古（故）貴以身〕7 爲天下，若可以厇（託）⑤天下矣。悉（愛）以身爲天下，若可以达（寄）⑤天下。

【河上公本《老子》】二十章上段＋十三章

絕學無，唯之與呵，相去幾何？美之與惡，相去何若？4 人之所畏，亦不可以不畏。（二十章）

寵辱若驚，貴大患若身。何謂寵辱若驚？寵爲上，辱爲下，得之若驚，失之若驚，是謂寵辱若驚。何謂貴大患若身？吾所以有大患者，爲吾有身，及吾無身，吾有何患？故貴以身爲天下，則可以寄天下。愛以身爲天下，乃可以託天下。（十三章）

【簡文語譯】

拋棄學問，才能免去憂愁。應諾與斥責，相差有多少？美好與醜惡，又差別多少？人們所畏懼的人，不會不畏懼眾人。人們得到榮寵受辱同樣驚恐不安，看重寵辱如同身體一樣重要。什麼叫做「得寵受辱同樣驚恐不安？」榮寵本來就是很卑下的，得到時驚恐，失去時也驚恐，這就叫得寵受辱同樣驚恐不安。什麼叫做把大患看的如同自身一般重要？我之所以會有大患，是因爲我太過於看重自身，如果我沒有自身的想法，我還會有什麼禍患？所以，爲天下珍視自身這個本體，可以將天下託付給他，爲天下愛自身這個本體，可以將天下寄託給他。

【55】懅

《郭店・老子乙》5：

人『懅（寵）』辱若纓（驚），貴大患若身。可（何）胃（謂）『懅（寵）』
辱？『懅（寵）』爲下也，旻（得）之若纓（驚），遊（失）之若纓（驚），
是胃（謂）『懅（寵）』辱_纓（驚）。

「𢜩」，帛書《老子》甲本作「龍」，乙作「弄」，王本作「寵」。𢜩，從心
龍聲，學者多假作「寵」字，訓解爲恩寵之義。劉信芳則提出另一新解，認爲
應讀如「降」，「人降辱」意旨他人被降受辱。（劉信芳 1998：52）

劉信芳引「降」，《說文》訓作「下也」，古音爲多部見母字，段《注》云：
「古多假降爲夅，夂部曰：夅服，今人讀下江切之正字（即是多部匣母字），可
見降字一字二音」。並引《尙書・大禹謨》所云「降水，洪水也」，以「降」聲
訓爲「洪」，並認爲這是「降」與「懅」通假的音韻佐證。首先，「降」與「洪」
是否即是聲訓關係？是需要討論的。若「降」與「洪」之間要有聲音上的關係，
便必須以「降」下江切之音作爲主要條件，但我們無法確定此處「降」的眞確
讀音。又段《注》于「洚」字條下即云：「洚、洪二字義實相因」，可見段玉裁
認爲以降釋洪，應是一種義訓非聲訓。再者，劉信芳以「降」與「洪」可通假
作爲「降」假作「懅」的佐證，其訓詁方法仍須再議。假設「降」與「洪」可
通假，最主要原因也是同爲匣韻而聲母旁轉，但「降（匣母多部）」與「懅（來
母東部）」一爲喉音、一爲舌尖音，通假可能性很低，故劉信芳的第一項立論是
否可成立有待商榷。

其次，劉信芳提出第二項立論證據，以楚簡「恭」字作「龏」來證明「降」
與「懅」音通，其理由是《說文》：「龏，從廾龍聲」，將「龏」當作來母東部字，
可與「恭」（見母東部）通假，於是「降」（見母多部）就可透過系聯與從龍得
聲的「懅」字通假。然段《注》有云：「龏，紀庸切。按似從廾得聲，未詳，與
恭音義同。」可見「龏」應是見母東部字，與「恭」音義相同所以通假，所以
說劉信芳提出第二項論點亦有問題。總括來說，就聲韻關係來說「降」「懅」不
能通假。

「懅」從龍得聲，「龍」與「寵」不乏通假例證，如：《詩經・蓼蕭》「爲龍
爲光」；《詩經・商頌・長發》「何天之龍」；《大戴禮・衛將軍文子》、《孔子家語・

弟子行》均引「龍」假作「寵」。又「懇」字從心旁，更代表了內心層面的恩寵與喜愛。簡言之，此處「懇」字仍從舊說假爲「寵」較爲恰當。

簡文意指：人們得到榮寵受辱同樣驚恐不安，看重寵辱如同身體一樣重要。什麼叫做「得寵受辱同樣驚恐不安？」榮寵本來就是很卑下的，得到時驚恐，失去時也驚恐，這就叫得寵受辱同樣驚恐不安。

【56】纓

《郭店・老子乙》5：

> 人懇（寵）辱若『纓（驚）』，貴大患若身。可（何）胃（謂）懇（寵）辱？懇（寵）爲下也，旱（得）之若『纓（驚）』，遊（失）之若『纓（驚）』，是胃（謂）懇（寵）辱_『纓（驚）』。

「纓」，整理小組分析成從「糸」從「賏」，古《老子》「嬰」字省作「賏」，因此「纓」字爲「纓」字之省，讀作「驚」。裘錫圭按語認爲此字似從「賏」從「縈」，但如「縈」的「糸」旁兼充全字形旁，此字仍可釋作「纓」。廖名春則隸定作「鶿」，爲「驚」字之異構。（廖名春 1999a：44）

被整理小組隸定作「纓」的字，在《郭店楚簡》中共出現四例：

例 號	（1）	（2）	（3）	（4）
字 形	纓	纓	纓	纓

其中間部件共出現四種不同寫法，「火」、「灬」、「火」「火」，其一可視作「火」基本形的繁化、或訛變，其二則視作上方「賏」形與「火」形有意的共筆。在此前提之下，需先討論的是，上半部究竟是「朋」或「賏」。從楚簡中檢選出從「目」之字與從「貝」之字，如下：

從目之字		從貝之字	
目	目 郭店 6.47、目 郭店 11.43、目 郭店 13.50	貝	貝 天策、貝 天策
睪	睪 郭店 15.38　睪 郭店 12.44	貣	貣 包山 2.53　貣 包山 2.103
瞿	瞿 郭店 14.32　瞿 包山 2.58　瞿 包山 2.169	賜	賜 包山 2.65　賜 包山 2.81

眾	郭店 9.25 郭店 10.35 郭店 1.1.12	賞	包山 2.152 包山 2.119
相	郭店 1.1.16 郭店 1.1.16 郭店 1.2.4	賈	包山 2.162 包山 2.190
見	郭店 6.10 郭店 6.14 郭店 1.1.12	籤	郭店 1.1.27

可發現「目」、「貝」二形雖相類，但其筆順卻截然不同。「貝」旁由左上角起筆往右，成「」書寫筆勢；而「目」旁則由左上角起筆往下，成「」書寫筆勢，因此可知此字所從應是「䀠」，非「賏」。如是第二項推測，「」為「賏」的借筆，則不能成立。「」的基本部件應是「䀠」、「」、「糸」。

上述廖名春所作字形分析略有不妥之處，首先最下方「糸」形部件與中間的「火」形部件均消失不見。再者，將上方「」分析成從「䀠」從「勹」，隸定作「」，並認為「」即是「眴」字之繁化。但文中又云：「『』疑『睪』，『夻』為『竹』之訛」。前後文反反覆覆、說法不一，不知何者才是真正論點。推測廖名春所做一連串推論，應是要將上方「」部件導向「敬」字，「敬」從「苟」得聲，從「句」之字可與從「䀠」之字通假，故硬將「」讀為「眴（䀠）」。然廖名春忽略「敬」雖從「苟」得聲，但戰國文字中從「苟」得聲之字與從「句」得聲之字有明顯的不同。「眴」，從目句聲，所從「句」形部件必作「ㄐ」形，不可能訛變作廖名春所云「象人側面俯伏之形」。若無法將「」字說解成「眴」，後續的種種推論也將不成立。另外，整理小組的隸定亦將中間「火」形部件忽略，亦是可商。裘錫圭所提出的「賏（嬰）」、「縈」雙聲共筆之說，上述圖表已清楚地顯示，「」上方部件應是「䀠」非「賏」，所謂共筆之說仍待商榷。

在前輩學者意見仍存在諸多疑問的情況下，許文獻以文字形近訛混為基點，為此字提出新釋，認為「」即是「衡」字的中間部件「臭」，因此此字當隸定作「」，讀為「衡」，與傳世本之「驚」音近通假。（許文獻 2001b：171～175）然就目前古文字資料中，未見「衡」字缺「行」旁省作「臭」，且文字訛變當屬於文字演變中的特例，非普遍的書寫形式，許文獻所徵引的「衡」字之字例，楚文字通常有「」、「」、「」三形，以文字中的非常態性的字形判斷文字形構，不可否認有其危險性。拙文認為簡文「」字當從䀠縈省聲，《信陽》1.66「縈」字作「」與「」所從下半部形近，故此字當隸定為「䍃」。

從「䀠」會懼怕之義，而讀如「縈」則與今本「驚」聲亦有所承接。簡文「䁝」假作「驚」，訓解爲驚懼之義。

簡文意指：人們得到榮寵受辱同樣驚恐不安，看重寵辱如同身體一樣重要。什麼叫做「得寵受辱同樣驚恐不安？」榮寵本來就是很卑下的，得到時驚恐，失去時也驚恐，這就叫得寵受辱同樣驚恐不安。

【57】㡯

《郭店・老子乙》7～8：

> 〔可（何）胃（謂）貴大患〕若身？虐（吾）所以又（有）大患者，爲虐（吾）又（有）身。汲（及）虐（吾）亡（無）身，或（有）可（何）〔患安（焉）？古（故）貴以身〕7 爲天下，若可以『㡯（託）』天下矣。悉（愛）以身爲天下，若可以迲（寄）天下。

整理小組隸定作「㡯」，假作託。趙建偉引《郭店・緇衣》簡 21「埶（褻）臣也」對勘今本《禮記・緇衣》相應位置爲「而邇臣比矣」，將「」字讀爲「比」，假作「庇」，同時認爲「」的上半部件是「庀」字之訛，簡文「」與「」的上半部件形類，故將「」亦假作「庇」，訓解爲庇寄之義。（趙建偉 1998：264）丁原植隸定作「厇」，認爲「厇」即是「宅」字，《說文》：「宅，所託也。……㡯亦古文宅。」（丁原植 1998：201）

趙建偉此引用《郭店・緇衣》之例，並非非常恰當，此段文字《郭店・緇衣》與今本《禮記・緇衣》在句序或文字上都大不相同，且今本的「比」字訓解爲結黨營私之義，並非庇護；再者「」又見於《郭店・太一生水》11 文例作「道從事者，必『』其名‥‥‥聖人之從事者，亦『』其名」，整理小組將三則「」字均隸定作「㤽」，借作「託」，訓解爲寄託之義，文句均從字順，並無不妥。而楚文字中從「（乇）」之字與從「（匕）」之字差異甚大，趙建偉從形訛角度論斷「」乃「庀」之訛，可能性不高，劉信芳便認爲「」所對應今本《禮記・緇衣》之「比」字，是後來「乇」、「匕」之形後字形訛誤的結果。（劉信芳 1999：10）姑且不論是《郭店・緇衣》的形誤或今本《禮記・緇衣》的訛誤，單就文意而言，將之假作「庇」亦不妥，前句言「邦家之不寍也，則大臣不治」，意指國家不安寧，大臣不能治理國家，「而埶（褻）臣㤽也」句就趙建偉解釋作近臣庇護於國君之下，不免望文生義，反觀劉信芳假作「託」，

訓解爲近臣寄託食祿於國〔註7〕，其文義則更爲適當。既無法將《郭店・緇衣》的「▨」說解成「厇」，將其《郭店・老子乙》「▨」字解釋成「厇」形誤的主要佐證便不存在，其說也就不妥當。

而丁原植之說似乎將「厇」與「乇」混淆，《說文》中所引「宅」字古文應作「乇」非「厇」。簡文「▨」隸定作「乇」，「乇」從「毛（端母鐸部）」得聲與對勘帛書《老子》甲、乙本相應位置之「迶」（透母鐸部）、「橐」（透母鐸部），及傅奕本之「託」（透母鐸部）在聲音上均可對應。而《望山》簡有人名「東『▨（邸）』公（《望》1.114）」亦作「東『石』公（《望》1.115）」，亦可作爲「乇」、「迶」音近通借的佐證。是故整理小組意見正確，應隸定作「乇」，假作「託」，訓解爲寄託、託付之義。

簡文意指：什麼叫做把大患看的如同自身一般重要？我之所以會有大患，是因爲我太過於看重自身，如果我沒有自身的想法，我還會有什麼禍患？所以，爲天下珍視自身這個本體，可以將天下託付給他，爲天下愛自身這個本體，可以將天下寄託給他。

【58】达

《郭店・老子乙》7～8：

古（故）貴以身〕7 爲天下，若可以『乇（託）』天下矣。惡（愛）
以身爲天下，若可以达（寄）天下。

魏啓鵬、趙建偉均將「达」假作「弅」，但在訓解上不盡相同。魏啓鵬引申爲主掌天下，趙建偉訓解爲隱藏。（魏啓鵬 1999：48；趙建偉 1999：264），「达」，帛書《老子》甲、乙本，傅奕本均作「寄」，而王弼本則前後句互換，作「故貴以身爲天下，若可『寄』天下，愛以身爲天下，若可『託』天下。」「寄」與「託」二字原本即是字義相近的對文，一般多以「寄託」互文，也因此王弼本以「寄」與「託」互置。由此可見，簡文的「乇」與「达」也應是一種類似互文的關係，「乇」字爲「託」字之假，「达」在字義上也應與寄託、寄寓相關。魏啓鵬與趙建偉所作的訓解，與前文「乇（託）」字的文義皆有一定的差距。

〔註7〕引《孟子・萬章下》：「士之不託諸侯，何也？」注：「託，寄也，謂若寄公食祿於所託之國。」

「法（溪母魚部）」，王輝認爲是「去」之異體，從辵有使之行（去）之義。（王輝 1993：85）將之與「寄（見母歌部）」字通假，聲爲同系，韻部主要元音相同，僅爲一音之轉，定可通假。《說文》：「寄，託也」引伸作寄寓、寄託之義。

簡文意指爲天下珍視自身這個本體，可以將天下託付給他，爲天下愛自身這個本體，可以將天下寄託給他。

三、【簡 9～12《郭店・老子甲》釋文】

上士昏（聞）道，董（勤）⑨能行於亓（其）中。中士昏（聞）道，若昏（聞）若亡。下士昏（聞）道，大芺（笑）⑩之。弗大 9 芺（笑）⑩，不足以爲道矣。是以建言又（有）之：明道女（如）孛⑪，遅（夷）⑫道〔女（如）纇（類），進〕10 道若退。上悳（德）女（如）浴（谷），大白女（如）辱⑬。坒（廣）悳（德）女（如）不足，建（健）悳（德）女（如）〔偷，質〕貞⑭女（如）愉（渝）⑭。11 大方亡（無）禺（隅）⑮，大器曼（慢）⑯成，大音祗⑰聖（聲），天⑱象亡（無）坓（形），道〔名始亡（無），善始善成〕。12

【河上公本《老子》】四十一章

上士聞道，勤能行於其中。中士聞道，若存若亡。下士聞道，大笑之。不笑不足以爲道。故《建言》有之：明道若昧，進道若退，夷道若纇。上德若谷，廣德若不足，建德若偷，質眞若渝，大白若辱，大方無隅，大器晚成，大音希聲，大象無形，道隱無名。夫唯道，善貸且成。

【簡文語譯】

上等之士聽聞「道」，只能在「道」中履行著。中等之士聽聞「道」，像聽到又像沒聽到。下等之士聽聞「道」，大笑著。好像不大笑就不足以回應「道」。古書《建言》說：明白的道好似闇暗，平坦的道好似崎嶇，前進的道好似後退。

高上的德好似山谷，最潔白的東西好似有污垢，廣博之德好似不足，
剛健之德好似怠惰，堅定之本質好似會改變。極大的方，沒有角隅；
極大的器物總是很慢做成；極大的聲音反而是最細微聲響；天的形
象總是沒有形狀。「道」開始沒有名，但能夠善始善終。

【59】董

《郭店・老子乙》9～10：

上士昏（聞）道，『董（勤）』能行於丌（其）中。中士昏（聞）道，
若昏（聞）若亡。下士昏（聞）道，大芺（笑）之。弗大芺（笑），
不足以爲道矣。

「董」可分爲三說，其一、整理小組從今本假作「勤」；其二、於《郭店・
老子乙》注釋 10 裴錫圭從劉殿爵〈馬王堆漢墓帛書《老子》初探〉的說法，將
「董」讀爲「僅」，此說魏啓鵬從之，丁原植則二說並存，認爲「董」字讀爲「僅」
或「勤」，此章的思想意涵將有不同指向。（丁原植 1998：277～278；魏啓鵬 1999：
49）其三、趙建偉、劉信芳均讀如「謹」。（趙建偉 1999：279；劉信芳 1999：
55）

首先，討論董字讀作「謹」是否恰當，趙建偉前後共提出三項論點，第一、
《管子・五行》注：「董，誠也」。「董行之」即《禮記》所謂「篤行之」；第二、
「能」讀爲「而」；第三、「董能行於其中」爲「董能行諸」抄寫之誤。而劉信芳
則引《說文》：「謹，愼也」。認爲郭店《老子》簡 9「竺能」之句，即是類似「謹
能」之例。趙建偉所提出的後二項論點，其實是爲彌補「謹能行於其中」的語法
問題，若如趙建偉、劉信芳所言，「董」作「謹」，此句作「謹能行於其中」意謂
上士聞道後，謹愼地實行道，「謹」是修飾後文「行於其中」之形容詞，一般漢
語多作「謹行於其中」或用連詞「而」銜接作「謹而行於其中」。因此，趙建偉
繼而提出簡文的「能」字假作「而」，有連詞作用。但通觀《郭店楚簡》「能」字
文例，如下：（爲讓問題焦點集中於「能」字形，下引簡文盡量用寬式釋文）

1	《郭店・老子甲》3	是以能爲百谷王。
2	《郭店・老子甲》5	天下莫能與之爭。
3	《郭店・老子甲》9	孰能濁以朿（靜）。
4	《郭店・老子甲》10	孰能匕（牝）以迬（動）。

5	《郭店‧老子甲》12	是故聖人能輔萬物之自然。
6	《郭店‧老子甲》13	而弗能爲。……侯王能守之，……。
7	《郭店‧老子甲》18	侯王如能守之。
8	《郭店‧老子甲》38	莫能守之。
9	《郭店‧老子乙》9	董能行於其中。
10	《郭店‧老子丙》13	是以能輔萬物。
11	《郭店‧太一》7～8	此天之所不能殺，地之所不能釐（埋），陰陽之所不能成。
12	《郭店‧緇衣》7	臣事君，言其所不能，不訂（辭）其所能。
13	《郭店‧緇衣》35	則民不能大其娩（美）而少其惡。
14	《郭店‧緇衣》42	唯君子能好其駜（匹），小人豈能好其駜（匹）。
15	《郭店‧五行》9	不仁，思不能清（精），不智，思不能倀（長）。
16	《郭店‧五行》10	不仁不智，憂心不能惙=，既見君子，心不能悅。
17	《郭店‧五行》11	〔不〕仁，思不能清（精）；不聖，思不能翌（輕）。
18	《郭店‧五行》12	不仁不聖，未見君子，憂心不能忡忡，既見君子，心不能降。
19	《郭店‧五行》16	能爲罷（一），然後能爲君子。
20	《郭店‧五行》17	能遁沱（池）其孚（羽），然後能至衰。
21	《郭店‧五行》20	然後能金聖（聲）而玉晨（振）之。
22	《郭店‧五行》42	君子集大成，能進之爲君子，弗能進也，各疌（止）於其里。
23	《郭店‧五行》43	大而晏（罕）者，能有取焉？小而軫者，能有取焉？
24	《郭店‧唐虞》19	有天下弗能益，亡天下弗能損。
25	《郭店‧唐虞》21	不㮟（禪）而能蠻（化）民者，自生民未之有也。
26	《郭店‧唐虞》22	……之正者，能以天下㮟（禪）歟（矣）
27	《郭店‧唐虞》22～23	古者堯之與舜也：聞舜孝，知其能羑（養）天下之老也；聞舜悌，知其能幻（事）天下之長也。
28	《郭店‧成之》2	民不從上之命，不信其言，而能含德者，未之有也。
29	《郭店‧成之》23	君子曰：疾之，行之不疾，未有能深之者也。
30	《郭店‧成之》30	君子曰：唯有其恆而可，能終止爲難。
31	《郭店‧尊德義》11	善取，人者能從之，上也。
32	《郭店‧性自命出》4	知情〔者能〕出之，知義者能入之。
33	《郭店‧性自命出》37	唯（雖）能其事，不能其心，不貴；求其心有僞也，弗得之矣。人之不能以僞也，可知也。
34	《郭店‧六德》3	非聖智者莫之能也。
35	《郭店‧六德》19	能（一）與之齊，終身弗改之矣。
36	《郭店‧六德》43	道不可遍也，能守弌（一）凵（曲）焉。
37	《郭店‧語叢一》53	義亡能爲（僞）也。

38	《郭店・語叢一》54	賢者能里（理）之。
39	《郭店・語叢一》83	人亡能爲（僞）也。
40	《郭店・語叢三》13	自示其所能。

共 40 例，除例 35「能」爲「罷（一）」之省外，其餘均當動詞可以、能夠使用，無一例當連詞「而」使用，足見趙建偉之說顯然有所誤差。最後，以「行」、「亡」韻協爲由，認爲古本老子應作「謹能行諸」。在《老子》中的確有某些章節協韻，但不代表《老子》全書皆爲韻文，所以不能據此推斷古本老子應作「謹能行諸」。另外，劉信芳以「竺能」說解「篤能」，作爲「董（謹）能」之相同詞例，此例證是否作「篤能」仍有待商榷，「竺能」一般多訓解成疑問句「孰能」。總括來說，將「董」字假作「謹」，在語法上是有問題。

其次，再來討論整理小組的意見，「董」字假作「勤」，「勤能行於其中」可以解釋作「勤勞便能夠實現老子的道」，亦可解釋作「勤勞地履行著道」，但何者詮釋是較恰當的？「董能行於其中」、「若聞若亡」、「大笑之」，是指「上士」、「中士」、「下士」聞道後三種不同的反應，「若聞若亡」是形容中士對於道的一知半解，「大笑之」則是形容下士對道的完全無知。

「上士聞道後勤勞地履行著道」，是就上士聞道的反應而言；而「勤勞便能夠實現老子的道」是依上士聞道並行道後所得的結論來說。第二種詮釋與後文中士、下士的反應，在思想層面上是不相同的，因此，應以第一種說解較爲正確。然而，問題是採取第一種說解方式，便會產生與假作「謹」字相同的語法問題，，必須將「能」字視爲連詞，「『勤』能行於其中」語句方能通順。此句王弼本、傅奕本各作「勤而行之」、「而勤行之中」，可以發現可能當時對此句語法便有所疑惑，所以才將「能」字去除或改易成連詞「而」字。簡言之，「董能行於其中」之「董」字假作「勤」，同樣有其語法問題。

《老子》：「道不可言，不可識」、「道可道，非常道」，說明道是無法完全瞭解掌握的，所以「董」解釋作「僅」，「僅」作程度副詞修飾後面的「能」字，正好說明上士聞道後，也僅能履行其中，並不能完全掌握到的最高境界，如《莊子・知北遊》所云：「道不可聞，聞而非也」。故此處以劉殿爵、裘錫圭說法爲是。

簡文意指：上等之士聽聞「道」，只能在「道」中履行著。中等之士聽聞「道」，像聽到又像沒聽到。下等之士聽聞「道」，大笑著。好像不大笑就不足以回應「道」。

【60】芺

《郭店‧老子乙》9～10：

上士昏（聞）道，董（勤）能行於丌（其）中。中士昏（聞）道，
若昏（聞）若亡。下士昏（聞）道，大『芺（笑）』之。弗大『芺（笑）』，
不足以爲道矣。

「芺」，對勘各個《老子》版本相應位置作「笑」。丁原植引《玉篇‧艸部》：
「芺，古文疑字」，懷疑今本的「笑」字，是「芺」字之訛變，應訓解爲疑惑
之義。（丁原植 1998：272）劉信芳讀如「謨」，引伸爲謀議。（劉信芳 1998：56）

《說文》無笑字，卻有「笑」字，爲徐鍇據《唐韻》補入。《說文》「笑，
喜也」，「笑」字即今之「笑」。今之「笑」字各批戰國楚簡均作「芺」[註8]，
而隸定作「笑」字字形，出現於《馬王堆》帛書及《銀雀山》漢簡中（《睡虎
地》秦簡無「笑」、「芺」、「笑」諸字），如下：

例號	字形	文例	出處
（1）		大『芺』之	《馬‧老乙》178
（2）		智爲楚『笑』者	《馬‧戰》271
（3）		至樂不『芺』	《馬‧稱》152
（4）			《銀》207
（5）			《銀》590
（6）			《銀》591

上列六例字形，例（1）「芺」上半所從類似「艸」旁，而例（2）「芺」上半所
從則較形近「竹」旁，如：《馬王堆》帛書「箇」作「（《戰》018）」。而見於
《銀雀山》漢簡的例（4）-（6）其上半所從均爲「艸」旁。[註9] 由此可見今
之「笑」字在上舉各批戰國中期至西漢早期的材料中，以從艸從犬作「芺」是

〔註8〕 文字字例詳參滕壬生《楚系簡帛文字編（增訂本）》，頁439。

〔註9〕 《銀雀山》漢簡這批材料，對於「艸」旁與「竹」旁分野，有相當明顯的區分，
　　　　詳參《銀雀山漢簡文字編》頁160及19～27。

常態，極少數才作從竹從犬之「笑」。而就詞例看來，不論作「芺」或「笑」均今語「笑」字無誤，與《玉篇》訓作「疑」之古字的「芺」字應非同字。

「芺」字，同時出現於《楚帛書》中，「取女（汝）爲邦『芺』」，何琳儀認爲「芺」字爲「莽」字之省，從「㳄」得聲，讀爲亡。（何琳儀 1998：721）劉信芳據此認爲「芺」從「㳄」得聲，應讀如「謨」，「下士大芺之」意謂初學者，往往沾沾自喜於一得之見。何琳儀、劉信芳立論的基礎爲「芺」是「莽」字之省，從「㳄」得聲。然上述即已證明「芺」字亦作「笑」，可見「艸」、「竹」二旁可互換，以一個可換置的偏旁當作聲符，不甚恰當。因此，此處不傾向此說。但若可證明「芺」字眞從「㳄」得聲，劉信芳之說將可備一說。

「笑」字爲何可作「芺」或「笑」？段《注》便記載在唐朝字樣學盛行時，便有笑該作「笑」或「笑」的爭議。段玉裁認爲孫愐于《唐韻》所載之「笑」，應是當時孫愐所見篆體即是從竹從犬，但一般人多無法解釋「從竹從犬」之義，於是改「笑」爲從夭得聲之「笑」。馬王堆帛書《六十四卦・辰（震）卦》：「『芺』言亞（啞）亞（啞）」又《六十四卦・旅卦》上九：「旅人先『芺』後掳（號）桃（咷）」。通行本《易經》「芺」作「笑」。由此可見早至馬王堆漢墓的年代，「笑」即有「芺」、「笑」、「芺」這三種變化，王輝認爲「芺」是「芺」的訛變（王輝 1993：198），此說仍待商榷，就現階段而言，「笑」作「芺」出現的最早，並最爲平常，誰是誰的訛變仍不可太早斷言。且「哭」字亦從犬旁，哭與笑之義又相生相成，「笑」字古從犬旁也就不足爲奇。

綜上所述，拙文認爲今「笑」字，古應作「芺」，「笑」、「芺」、及「笑」實爲一脈的文字演變。從馬王堆帛書可知文字發展至漢隸，「竹」、「艸」二偏旁往往互訛，如：「竿」作「𥫱（《馬王堆・戰》232）」又作「𦬣《馬王堆・遣一.278》」，如此便不難理解「芺」又作「笑」。再者，爲何作「從夭」，可能是後人逐漸不識從「犬」之造意，後變形音化後結果。

簡文意指：上等之士聽聞「道」，只能在「道」中履行著。中等之士聽聞「道」，像聽到又像沒聽到。下等之士聽聞「道」，大笑著。好像不大笑就不足以回應「道」。

【61】㝅

《郭店‧老子乙》10～11：

是以建言又（有）之：明道女（如）『㝅』，退（夷）道〔女（如）

績（類），進〕道若退。

此段文字對勘今本《老子》作：「『明』道若『昧』，『進』道若『退』，『夷』道若『類』」，運用「明」與「昧」、「進」與「退」、「夷」與「類」對偶卻義項相反的對比形式，暗喻不能透過表面現象去理解「道」，「道」是深藏於現象之下的本質。與今本「昧」字相應位置簡文作「㝅」，因此按此書寫形式「㝅」字應具備「明」之反義、「昧」之相似義，據此學者多將簡文「㝅」字訓解爲闇亂不明之義，但在簡文「㝅」字是本字或是假借字上，則意見多有不同。

「㝅」，帛書《老子》乙本作「費」，王弼本作「昧」。《郭店》整理小組認爲帛書《老子》整理小組將「費」字假爲「瞢」可從，因而將「㝅」字亦假作「瞢」。劉信芳與彭浩則認爲應假作「昧」。（劉信芳 1999：55；彭浩 2000：90）丁原植將之假爲「悖」。（丁原植 1998：273）魏啓鵬讀爲「晦」。（魏啓鵬 1999：49）趙建偉另外提出另一新解，認爲此字疑讀爲從勿聲之字。（趙建偉 1999：280）

《說文》：「瞢，目不明也」，可引申爲不明之義，與前文「明」之文義正反相應，字形又與帛書本的「費」字相似，故帛書本假作「瞢」應是無誤。但這並不代表古本《老子》本字即是「瞢」。

劉信芳逕假作「昧」，無釋。彭浩則引朱駿聲之說「瞢與『昧』、眛字皆同」，又「㝅」、「費」、「昧」三字同屬物韻，聲母亦近，進而認爲「㝅」、「費」皆假作「昧」。然彭浩所引朱駿聲之言有誤，應作「瞢與眛、『眛』字皆同」，「瞢」、「眛」、「眛」皆從目旁，皆指目不清之義，故朱駿聲言其同。「眛」與彭浩所引的「昧」字在意義上不盡相同，《說文》：「昧，昧爽且明也」，段《注》：「明者將明未全明也」，意指日光、天色而言。但大抵來說，「瞢」、「眛」或「眛」均可引申爲「明」之反義，而「㝅」、「費」、「昧」三字聲音又相近，因此，彭浩之說所作的假設仍缺乏主要證據證明。

丁原植、魏啓鵬之說與彭浩的立論一樣，字義接近，《集韻‧隊韻》：「晦，暗也」，《說文》：「誖，亂也，從言㝅聲，或從心」，均指得都是闇亂不明之義，聲音也相近。上述諸說的問題均同，在聲音上均可與「㝅」字音近通假，字義

也都具備闇亂不明的義項，但又沒有直接證據可資證明正確。因此不如就簡文「㣊」作解，「㣊」，本身即有昏暗不明義，《漢書・五行志》：「㣊者，惡氣之所生也，謂之㣊者，言之㣊㣊有所妨蔽闇亂不明之貌也」，《春秋・文公十四年》：「有星㣊入于北斗」，「㣊」是指天地將發生大災難前的異象。而從「㣊」得聲之字亦多有混亂不明義，「晦，暗也」；「誖，亂也」；《廣雅・釋詁一》：「悖，蔽也」。因此，此處不作通假逕以「㣊」說解亦無不可。「㣊」、「弗」二旁古文字中亦常有互換之例，如：《禮記・緇衣》：「其出如『綍』」，《釋文》「綍」作「綍」；《史記・司馬相如列傳》：「鴻水浡出」，《漢書・司馬相如傳》、〈文選・喻巴蜀檄〉「浡」作「沸」。由此可見《郭店・老子》之「㣊」字應才是古本《老子》的本字。

趙建偉提出《老子》十四章「其下不昧」，帛書本作「不忽」，與段《注》：「昒，疑昒之或字」之證。又說明從勿得聲之字多有不明之義，故「㣊」應假作從「勿」得聲之字。然歷來典籍字書中卻沒有從「勿」聲之字與「㣊」通假之例，而「㣊」與「弗」聲之字通假卻是常例，故于此仍以「㣊」為本字較為恰當。

簡文意指：古書《建言》說：明白的道好似闇暗，平坦的道好似崎嶇，前進的道好似後退。

【62】迡

《郭店・老子乙》10～11：

是以建言又（有）之：明道女（如）㣊，『迡（夷）』道〔女（如）纇（類），進〕道若退。

與其他版本《老子》對勘，缺泐之字應補作「女（如）類，進」。然簡本此二句「迡道□□，□道若退」句序，與帛書《老子》乙、王弼本、河上公本前後互換，與傅奕本、《後漢書・張衡傳》注引《老子》言相同。因此彭浩認為以上兩種句序應各有所本。（彭浩 1998：90）

「迡」，對勘其他《老子》版本相應位置均作「夷」，其字形與《說文》「遲」字古文相同，整理小組讀為「夷」。學者如丁原植、趙建偉、魏啟鵬、彭浩等皆從整理小組意見訓解為「平坦」之義。（丁原植 1998：273；趙建偉 1999：281；魏啟鵬 1999：49；彭浩 2000：90）劉信芳則另有一說，訓解為會、比及。（劉

信芳 1999：56）

　　劉信芳之說，與此章「明道女（如）孛，遲道女（如）類，進道若退」句式不符，此句型爲「形容詞＋道＋連詞＋形容詞」，「明」、「遲」、「進」應同是形容「道」之修飾語，劉信芳之說則破壞了這樣的句型結構，不可從。《古文四聲韻》：「夷」字作「𡰥」，與「𨒰」所從「𠚤」旁相同。典籍文獻亦有「遲」、「夷」二字通假的例證，如《詩經‧小雅‧四牡》：「周道倭『遲』」，《韓詩》作倭『夷』。故整理小組意見應可從。

　　簡文意指：古書《建言》說：明白的道好似闇暗，平坦的道好似崎嶇，前進的道好似後退。

【63】辱

《郭店‧老子乙》11：

　　上惪（德）女（如）浴（谷），大白女（如）『辱』。𡥈（廣）惪（德）
　　女（如）不足，建（健）惪（德）女（如）〔偷，質〕貞女（如）愉
　　（渝）。

　　歷來諸家對「大白若辱」的涵義多不甚瞭解，說解時多徵引王弼《注》：「知其白，守其黑，大白然後乃得」，以「白」、「黑」對舉訓解「大白」和「辱」。王弼所言「知其白，守其黑」見於今本《老子》二十八章「知其白，守其黑，爲天下式，……知其榮，守其辱，爲天下谷」，亦見於《莊子‧天下》作「知其白，守其辱，爲天下谷」。易順鼎就此懷疑《老子》這段話爲後人竄入文字，認爲「守其黑，爲天下式，……知其榮」一大段，均爲後人不識「白」、「辱」對舉所添加的。此說隨著帛書《老子》甲、乙本的出土，證明所言非是。

　　但帛書《老子》甲、乙本中此段文字卻又引發究竟是「白」、「黑」或「白」、「辱」對舉的思考。茲將此段文字相關資料羅列如下：

　　帛書甲　　　　知其日（白），守其辱，爲天下浴（谷），爲天下浴
　　　　　　　　　（谷），恆德乃□□□□□。知其白，守其黑，爲天
　　　　　　　　　下式。

　　帛書乙　　　　□其白，守其辱，爲天下浴（谷）。爲天下浴（谷），
　　　　　　　　　恆德乃足。恆德乃足，復歸其樸。知其白，守其黑，

　　　　　　　　　爲天下式。

王弼本　　　　　　知其白，守其黑，爲天下式。爲天下式，常德不忒，
　　　　　　　　　復歸於無極。知其榮，守其辱，爲天下谷。

《莊子‧天下》老聃曰：知其雄，守其雌，爲天下谿。知其白，守
　　　　　　　　　其辱，爲天下谷。

《淮南子‧道應訓》：知其榮，守其辱，爲天下谷。

　　高明認爲帛書《老子》甲本的「知其日」之「日」字，應假作「榮」，如此
才能與王弼本、《淮南子》相對應。（高明 1996：371～375）然帛書《老子》乙
本亦作「□其白」，甲本「日」字與「白」字訛混的可能性，又遠遠超過「日」
假作「榮」，今簡文之「大白若辱」一句更可佐證「白」、「辱」是可對舉。因此
將之解釋作後人不識「白」、「辱」對舉的眞正含意，而改成較易理解的「榮」、
「辱」對舉，或許更合情理。

　　今本《老子》二十八章句據《郭店‧老子》及帛書《老子》，應改作「知其
白，守其黑，爲天下式。爲天下式，常德不忒，復歸於無極。知其白，守其辱，
爲天下浴（谷），爲天下浴（谷），恆德乃足。恆德乃足，復歸其樸。」「白」、「黑」
和「白」、「辱」一前一後分別對舉，足見老子對「辱」與「黑」的認知是有所
不同。王吉甫即云：「黑白以明晦言」指黑是闇然不顯、韜光養晦、寧於禍福的
處世態度。而何謂辱？「知其白，守其辱」即爲「天下谷」，「谷」意指虛空卑
下、爲水所歸，老子多以此比喻道，或者以此形容人的德行。簡文「白」、「辱」
應就是如王吉甫所言就人德行、內心層面的形容，「辱」是指德行上爲人詬病的
陰暗面。

　　簡文「大白如『辱』」，范應元本、傅奕本「辱」作「黷」，學者受此影響多
將「辱」訓解爲「黑」之義，但其說解方式有些不同。其一、直接讀作「辱」。
《廣雅‧釋詁》：「辱，污也」，持此說者有朱謙之、彭浩、魏啓鵬。（朱謙之 1985：
169；彭浩 2000：91；魏啓鵬 1999：49～50）其二、「辱」假作「黷」，《玉篇》：
「黷，垢黑也」，持此說者爲丁原植。（丁原植 1998：273）其三、趙建偉亦讀
作「辱」，認爲兼有屈辱與黑之義。（趙建偉 1999：281）其四、劉信芳讀作「縟」，
訓解爲經光線照射所產生的七彩效果。（劉信芳 1999：57）

　　以上諸說除劉信芳外，均以黑、白對立爲立論基礎，進而以黑訓辱。簡文

作「上悳（德）女（如）浴（谷），大白女（如）辱，坒（廣）德女（如）不足，建（健）悳（德）女（如）〔偷，質〕貞女（如）愉（渝）」，以低下的山谷喻高上之德，以不足喻廣博之德，以怠惰喻剛健之德，以改變喻堅定不渝之本質，

均在說明「德」或本質，與劉信芳所云顏色之說無關，故此說應可排除。而《廣雅・釋詁三》有云：「辱，污也，又惡也」，「辱」可指東西上有污垢，此句置於「上悳（德）女（如）浴（谷）」、「坒（廣）德女（如）不足」之間，亦可指德行上的污穢、陰暗面，無需假借作其他訓讀。引今本二十一章內容，據黑、白對立之說引申談「辱」，反而將老子的原意複雜化了。

簡文意指：高上的德好似山谷，最潔白的東西好似有污垢，廣博之德好似不足，剛健之德好似怠惰，堅定之本質好似會改變。

【64】貞／愉

《郭店・老子乙》11：

上悳（德）女（如）浴（谷），大白女（如）辱。坒（廣）悳（德）女（如）不足，建（健）悳（德）女（如）〔偷，質〕『貞』女（如）『愉（渝）』。

整理小組據今本《老子》、帛書《老子》乙本，將簡文缺字補作「偷質」。偷屬上讀，質屬下讀。此句「建悳女□，□貞女愉」歷來版本有作：

帛乙本	建德如□，質□□□
河上公本	建德若揄，質直若渝
嚴遵本	建德若偷，質眞若渝
范應元本	建德如輸
王弼本	建德若偷，質眞若渝
傅奕本	建德若媮，質眞若輸

第一個缺字，有作「偷」、「揄」、「媮」、「輸」，朱謙之云：「偷、揄、媮、輸，古可通用，偷字是故書。」（朱謙之1985：170～171）《說文》：「媮，巧黠也，從女俞聲，字亦作偷」，段《注》：「偷盜字當作此媮」。《國語・晉語》：「偷居倖生。」《舊音》：偷作媮。《補音》：「媮通作偷。」《荀子・修身》：「偷儒轉脫」，《荀子・非十二子》：「偷儒而罔」《注》：當爲「輸」，苟避於事也，又爲「揄」。

由此可知「偷」、「媮」、「輸」、「揄」四字有互用之例。朱駿聲云：「《漢書‧食貨志》：『民媮甘食好衣』，路溫書《傳》『媮爲一切』，《注》：『苟且也』。《禮記‧表記》：『安肆曰偷』，《左傳‧文公十七年》：『齊君之語偷』，《注》：『苟且。』」上述例證足見「輸」、「媮」、「偷」三字均可訓解爲「苟且」，又《方言》十二：「揄，墮脫也」，「揄」字字義亦趨近「偷」字字義，故此可知朱謙之之推論「偷」爲老子故書應是可信。「偷」于此訓解爲偷懶怠惰。

第二個缺字，帛書《老子》甲本殘，乙本僅存「質」字，王弼本《老子》作「質眞若渝」，傅奕本《老子》作「質眞若輸」，故此缺字應作「質」字無誤。

「質貞若愉」，整理小組以「貞」爲「眞」之借字，而「愉」字學者多認爲「渝」字之假，引《爾雅‧釋言》：「渝，變也」作訓。持此說有丁原植、魏啓鵬、彭浩。（丁原植 1998：275；魏啓鵬 1999：50；彭浩 2000：92～93）劉信芳則另持異說將「愉」訓解爲樂得天眞。（劉信芳 1999：58）對勘歷來《老子》版本，「貞」字作「眞」、「直」，而「愉」字亦有「渝」、「輸」的不同，最後以「質眞若渝」最爲學者所接受，解釋成本質樸直如不能堅持（朱謙之 1985：31），或質樸而純眞好似混濁的樣子。（陳鼓應 1990：230）

由簡文「進道若退，上悳（德）女（如）浴（谷），大白女（如）辱，坒（廣）德女（如）不足，建（健）悳（德）女（如）〔偷，質〕貞女（如）愉（渝）」可知此段文句結構以對文反義的形式組成，假若此句眞照多數學者所言訓讀作「質眞若渝」，即要檢討「眞」與「渝」是否具備反義的條件。《說文》：「渝，變污也」；《爾雅》：「渝，變也」；《詩經‧羔裘》：「舍命不渝」。一般而言，「渝」多訓解爲「變」。而「眞」，據朱駿聲《說文通訓定聲》所引，大致有精誠、無假、眞實內在等意涵。據此得知「眞」與「渝」二字在字義上似乎不具備反義條件，返回檢視簡文，簡文「眞」作「貞」，《賈子‧道術》：「言行抱一，爲之貞」，而貞又具有貞節、堅貞、忠貞等詞彙，多有從一而終、堅定不移的意涵，簡文所作之「貞」與「渝」相對，更符合此章對文反義的結構形式，因此今本所言「質眞若渝」之「眞」，應從簡文作「貞」字較爲恰當。

最後，還要討論整理小組作「質眞若愉」是否恰當，《說文》：「愉，薄也。」段《注》：「別製偷字從人訓爲偷薄，訓爲苟且」；《廣雅‧釋詁》：「愉，喜也」，「眞」富精誠、無假之字義，與富喜悅義項之「愉」字，同樣反義條件不成立，

因此就現有的字義對比來看，以「愉」假作「渝」，作「質貞如渝」為是。

簡文意指：高上的德好似山谷，最潔白的東西好似有污垢，廣博之德好似不足，剛健之德好似怠惰，堅定之本質好似會改變。

【65】禺

《郭店・老子乙》12：

> 大方亡（無）『禺（隅）』，大器曼（慢）成，大音祗聖（聲），天象
> 亡（無）坓（形），道〔名始亡（無），善始善成〕。

「禺」，王弼本、傅奕本作「隅」，學者多以為「禺」為「隅」之假。然劉信芳提出新說，認為「大方」之「方」，也就是《詩經・邶風・谷風》「方之舟之」之「方」，鄭箋：「方，泭也」，「泭」是指木筏、竹筏之類交通工具，據此劉信芳認為「方」的本義即是併船，「大方」意指不可比並之方，因此相對「方」而言的「禺」字應讀作「偶」，為配對、匹配之義。（劉信芳1999：58）《說文》：「方，併船也」，《詩經・周南・漢廣》：「江之永矣，不可方思」，《傳》：「方，筏也」，《爾雅・釋言》：「舫，筏也」，注「舫，水中排筏」。可見「方」、「舫」、「筏」指得均是同一種編竹木而成的水上工具。據《古辭辨》考證的結果，這類編排竹木而成的水上交通工具，亦有「桴」、「簰」、「槎」等不同說法，而「方」有併船義，當是舟船盛行後的說法，古義應也是桴、筏一類的小排筏。（王鳳陽1993：224）由此可知劉信芳將「方」的本義當作併船並不恰當，「方」指方形，四隅之和，方和隅皆表形狀，對舉恰當，故此處不採劉信芳之說，以舊說為是。

簡文意指：極大的方，沒有角隅；極大的器物總是很慢做成；極大的聲音反而是最細微聲響；天的形象總是沒有形狀。「道」開始沒有名，但能夠善始善終。

【66】曼

《郭店・老子乙》12：

> 大方亡（無）禺（隅），大器『曼（慢）』成，大音祗聖（聲），天象
> 亡（無）坓（形），道〔名始亡（無），善始善成〕。

「曼」，整理小組認為讀作「晚」，裘錫圭按語認為當讀作「趖」。魏啟鵬贊同裘先生的看法，認為「趖」即是今語快慢之「慢」。（魏啟鵬1999：50）丁原

植則將「曼」假作「慢」，訓解爲輕忽之義，「大器慢成」意指大器不居其功、功成而弗居之義。後引陳柱與樓宇烈的意見，「晚成」非「大器」之反義，此處僅可能作「慢」，或作帛書本之「免」，但不當作「晚」。（丁原植 1998：275）劉信芳贊同樓宇烈的解說，認爲「免成」才能與「大器」相合，與前後文文義一致，因而將「曼」讀作「槾」，「大器槾成」意指塗抹自成一器。（劉信芳 1999：58～59）

首先，劉信芳之說可被排除，《說文》：「鏝，鐵杇也。從金曼聲。槾，鏝或從木」；「杇，所以涂也，秦謂之杇，關東謂之槾，從木。」段《注》：「按此器，今江浙以鐵爲之，或以木。」「槾」本指一種塗抹的工具，又可引伸爲塗抹之義。然「曼」是用來表示「器如何成」的程度副詞，非動詞。

再者，《韓非子・喻老》與《呂覽・樂成》均作「大器晚成，大音希聲」。而陳柱、樓宇烈以「晚成」非「器」之反義，認定《老子》古本該作「免」，「晚」爲訛誤字。觀察簡文「大方亡禺（隅），大器曼成，大音袛（希）聖（聲），天象亡坖（形）」，便可發現此段簡文與前文正言若反的特殊描述不盡相同。前文「明道如孛」一大段，老子以抽象意象來形容道，描述道的存在，但此段簡文卻是以具象的自然景物，具體告訴人們道存在於哪裡，道所處的境界。世界上最大的方形莫過於我們的居處之所；看似方形卻沒有稜角；最大的聲音往往便是萬籟俱寂時所發出的最細微聲響；天象是最大的形象，往往卻是沒有形狀，其意象均不難理解想像。「曼成」用來形容「大器」，假若誠如學者所言「曼成」必爲「大器」之反義，「免」作否定詞使用，「大器免成」之義便類似「大器無成」。然「大器無成」屬於負面意涵，與前後文隔閡，丁原植解釋作「大器不居其成，功成而弗居」又顯得增字解義。「曼成」之「曼」爲程度副詞，同如後文「希」以形容「聲」的書寫形式。「曼」、「免」、「晚」古音皆同，定可通假，「趡（慢）」與「晚」皆指遲緩之義，可見歷來老子版本並無太大歧異，只是用字略有不同，帛書本作「免」應是「晚」之借字，簡文作「曼」應是今快慢之「慢」的通假。

簡文意指：極大的方，沒有角隅；極大的器物總是很慢做成；極大的聲音反而是最細微聲響；天的形象總是沒有形狀。「道」開始沒有名，但能夠善始善終。

【67】祇

《郭店‧老子乙》12：

> 大方亡（無）禺（隅），大器曼（慢）成，大音『祇』聖（聲），天
> 象亡（無）圣（形），道〔名始亡（無），善始善成〕。

裘錫圭于案語云：「『聲』上一字疑是作兩『甾』相抵形的『祇』字古文的訛變，今本作希，『祇』與『希』音近。」簡文「▦」字，與《三體石經》之「▦」（祇）」字、《金文編》「祇」字所收入「▦」（〈者沪鐘〉）、「▦」（〈中山王𦩖壺〉）二形，及《清華‧保訓》07、09、10「嗚呼！『▦』（祇）之才」之「▦」，形體十分類似，《清華簡（壹）》整理小組將此句與屢見於《尚書》、《逸周書》之告誡語「嗚呼，敬之哉」連結，「祇」讀作「敬」〔註10〕，據此簡文「▦」字隸定作「祇」大抵無誤。

魏啓鵬、趙建偉在隸定上遵從裘錫圭之說，但在訓解上卻略有不同，魏啓鵬、趙建偉均將「大音祇聖（聲）」說解成「大音病聲，大音亡聲」。（魏啓鵬1999：50；趙建偉1999：282）趙建偉認爲「祇」也就是「祇」，《集韻‧支韻》：「祇，病也」，因此「祇聲」也就是「病聲」。「祇」、「祇」二字上古音韻相差甚遠，通假可能性不大，朱駿聲《說文通訓定聲》「祇」字條下即有說明，將「祇」訓解爲病之義，乃「祇」字之誤。由此可見魏啓鵬、趙建偉所作的訓解並不恰當，仍以裘錫圭假作「希」，訓作稀少、細微爲是。

再者，張桂光另有一說，認爲「▦」字與《三體石經》「傲」字古文「▦」相近，「大音傲聲」爲美妙之聲，不輕易發聲之義。（張桂光 1999a；74）根據黃錫全《汗簡注釋》「傲」字條，「傲」字《三體石經》作「▦」，汗簡作「▦」，小篆作「▦」，張桂光之摹寫有所誤差。《三體石經》「▦」字，實爲「晜」字，《說文通訓定聲》「晜，嫚也。……按此字當從百、夰聲，與傲略同。與敖、溇通假，或曰此字與顥同字，此字待考？」足見《三體石經》「▦」字是「傲」的音近通假字非「傲」之古字。再者，從字形通假慣例而言，楚文字中從「敖」得聲之字多作「囂」，少有變例。「晜」字所從「百」旁亦未見變形作「▦」形，可見張桂光之說仍有待商榷。

〔註10〕清華大學出土文獻研究與保護中心編，李學勤主編：《清華大學藏戰國竹簡（壹）》
（上海：中西書局 2010 年）註 24，頁 146～147。

簡文意指：極大的方，沒有角隅；極大的器物總是很慢做成；極大的聲音反而是最細微聲響；天的形象總是沒有形狀。「道」開始沒有名，但能夠善始善終。

【68】天

《郭店・老子乙》12：

> 大方亡（無）禺（隅），大器曼（慢）成，大音『祇』聖（聲），天
> 象亡（無）坓（形），道〔名始亡（無），善始善成〕。

「『天』象」，帛書《老子》乙本作「天象」，王弼本《老子》、傅奕本《老子》均作「『大』象」。郭店整理小組將之釋作「天象」，而帛書《老子》整理小組認爲帛書《老子》乙本的「天」字爲「大」字之訛。由於楚簡「天」、「大」二字易訛混，加上今本老子十八章有「執大象」之用語，因此早期整理帛書《老子》的學者，多認爲「天」乃「大」之訛誤。如今郭店《老子》亦作「天象」，與帛書《老子》乙本所見正好相同，因此「天象無形」與「大象無形」的「天」、「大」之辯，再度被提出討論。

「象」語出《周易》：「在天成象，在地成形，變化見矣」意指形象不固定、不斷發生變化的事物上，如天象、氣象、星象等，均爲象。古人崇信天，認爲各種天象都是上天昭示給人事的徵兆，如：《周易・繫傳》「天垂象，見吉凶」，「仰則觀象於天」。而《老子》中有「象」之句，如：

> 「無狀之狀，無物之象，是爲惚恍」（今本《老子》十四章）
>
> 「道之爲物，惟恍惟惚，惚兮恍兮，其中有象，惚兮恍兮，其中有物」
>
> （今本《老子》二十一章）
>
> 「執大象」（今本《老子》三十五章）

除末句「大象」被今人解釋爲「道」外，《老子》之「象」多指恍惚不具體的形象，與《周易》所指各種不斷發生變化的天象，抑或更深刻以爲上天給予的徵兆變化，在思想意涵上近似。從上舉《老子》中有「象」之句，在文字組合上，老子有「大象」與「象」兩種不同的表示。然需思考的是，老子之「大象」與「象」是否代表了老子思想的不同認知。若簡文作「天象無形」，則可與前文「大方無隅」、「大器慢成」、「大音希聲」等自然意象做一連貫的銜接，文意也無不妥，若要進一步解釋這是對宇宙自然間「道」的體認，也無不可。筆者認爲不

論老子做「天象」、「大象」、「象」，其思想意涵並無太大差別，都是藉由天象莫測的變化，意會「道」之幽隱未明，無法以具體形體、具體的語言描述。

然就文字而言，王中江便認爲古本《老子》應作「天象無形」，「大象無形」乃爲後人的改動。（王中江 1999：115）在《郭店》與帛書《老子》俱作「天象」非「大象」的情況下，而「天」與「大」又常常訛混，拙文仍以「天象」爲是，王氏之說應是可從。

簡文意指：極大的方，沒有角隅；極大的器物總是很慢做成；極大的聲音反而是最細微聲響；天的形象總是沒有形狀。「道」開始沒有名，但能夠善始善終。

四、【13～15 簡《郭店‧老子乙》釋文】

閟（閉）㊷兀（其）門，賽（塞）兀（其）逸（兌），終身不㾙㊻。
啓兀（其）逸（兌），賽（塞）兀（其）事，終身不逨㊿。大成若 13
夬（缺），兀（其）甬（用）不幣（敝）㊼。大淫（盈）若中（沖），
兀（其）甬（用）不穿（窮）。大攼（巧）若仳（拙），大成（盛）
若訕㊽，大植（直）14 若屈。杲（燥）勷（勝）蒼（滄），青（清）
勷（勝）然（熱），清＝（清靜）爲天下定（正）。

【河上公本《老子》】五十二章中段＋四十五章

塞其兌，閉其門，終身不勤。開其兌，濟其事，終身不救。（五十二章中段）

大成若缺，其用不弊。大盈若沖，其用不窮。大直若屈，大巧若拙，大辯若訥。燥勝寒，靜勝熱，清靜爲天下正。（四十五章）

【簡文語譯】

關上通過知識的大門，堵上接受知識的孔竅，這樣就終身不會愁苦；打開接受知識的孔竅，將其事填滿，這樣終身都不會返回正道。極完善好似殘缺，它的作用永不衰敗；極充盈好似空虛，它的作用永不窮盡。極靈巧好似笨拙，極豐盛好似不足，極正直好似枉屈。不停地活動焦燥可以戰勝寒冷，心境清靜可以戰勝暑熱。清靜無爲是天下的君長。

【69】盃

《郭店・老子乙》13：

　　閔（閉）其門，賽（塞）其逄（兌），終身不『盃』。啓帀（其）逄（兌），

　　賽（塞）帀（其）事，終身不埰。

　　老子此句是就認識論的角度闡述如何才能眞正體悟「道」，「閔（閉）其門」、「賽（塞）其逄（兌）」阻絕人們接受知識的孔竅大門，去除接受知識後產生的私欲和妄見的蔽障，內視本明的智慧，才可明察事理，而「終身不盃」與「終身不埰」反文相對，一是指人們閉塞接受知識孔竅後所產生的良善影響，一是開啓接受知識孔竅後所產生的惡的影響。由此可知，「不盃」所代表的意涵必定是正向的、積極的。簡文「盃」字，帛書《老子》甲、乙本作「堇」，今本《老子》作「勤」。學者多將帛書本的「堇」字假作「勤」，訓解爲勤勞之義。然「不勤」屬於負面消極的詞彙，與前後文的銜接隔閡，前人學者亦曾發現此問題，馬敘倫認爲「勤」應借爲「瘽」，《說文》：「瘽，病也。」但馬敘倫之說並不爲大眾所接受，在《郭店》未出土前，多數學者仍以「堇」假作「勤」，對於訓解上的不合理，則以「勤」字的引伸義加以說通，「終身不勤」意指終身不受勞苦或終身不受勞擾。

　　「盃」，從矛從山，又見〈須盃生鼎蓋〉（《集成》2238）作「盃」，柯昌泗謂「箞」字之省[註11]，此說丁原植、魏啓鵬、趙建偉從之，並將之借作「瞀」，訓解爲內心迷惑紛亂之義。（丁原植 1998：284；魏啓鵬 1999：51；趙建偉 1999：286）另外，李零提出兩種說法，其一、「盃」字從「矜」省聲，讀作「勤」；其二、「盃」字與《郭店・老子丙》「柔」字形構接近，可能二字同爲「侮」字。（李零 1999：472）劉信芳則讀作「務」，訓解爲事務。（劉信芳 1999：61）彭浩則將「盃」字得聲之字疑讀作「謀」，《說文》：「慮難曰謀」。（彭浩 2000：95）白於藍認爲「盃」是「岑」之會意初文，指山之高銳者，從「今」得聲之字，與從「堇」時有相通之例，簡文「盃（也就是岑）」、帛書本之「堇」均應假作「勤」，意指終身不勞。又云或可讀「矜」，《爾雅・釋言》：「矜，苦也」。（白於藍 2000：58～59）

　　楚簡文字中從矛偏旁之字，有「敄（務）」、「矛（務）」、「委（務）」、「悉（懋）」

「癸」〔註12〕等字，「敄」、「癸」、「㝱」爲「務」之不同寫法，「癸」即《郭店‧老子丙》1「🌿」字，整理小組讀作「侮」，然「癸」於幾批楚簡文字中多讀作「務」如：「爲人上者之癸（務）也（《郭‧尊》1）」；「從正（政）所癸（務）〔註13〕（《上二‧從甲》3）」。〈中山王響壺〉（《集成》9735）：「敄」字作「🌿」，與「🌿」相較，不難發現「🌿」乃是「🌿」省去右邊攴旁，而下方人形爲「丁」部件的訛變，「癸」應也是楚簡文字「敄（務）」的一種省形。其次，「㝱」從矛從心，學者多視爲「懋」字之省。上述幾個從矛偏旁的字例，可讀作「務（明母幽部）」、「侮（明母侯部）」、「懋（明母侯部）」、「柔（日母幽部）」等不同讀法，據此可以發現楚簡文字從矛偏旁之字均與「矛（明母幽部）」聲關係密切。同理，簡文「🌿」字亦當是如此。

李零認爲「岙」從矜省，讀作「勤」，或與《郭店‧老子丙》「🌿（癸）」字同，皆讀作「侮」，及白於藍所云「岙」是「岑」之會意初文，讀作「勤」或「矜」，其說皆不可從。原因如下：一、楚簡文字「矜」多作「矜」從矛從令，少有變例；二、古文字中既省聲符，又與所省聲符通假的例證微乎其微；三、將「岙」讀作「侮」、「務」或作「謀」，都存在同一問題，即是與帛書本、今本之「勤」字無法銜接。四、造字之始會意字產生往往較早，所舉「🌿（強）」、「吉（固）」二例早至殷商甲骨文或金文即有大量例證出現，白於藍所言「岙」是「岑」之會意初文之說，就產生年代而言偏晚，目前僅有三個字例均晚至戰國。簡文「🌿」字，從矛從山，又見於《上五‧鬼神之明》3作「邌（送）🌿（岙）公」，李家浩、楊澤生同樣同意「岙」必定是從「矛」得聲，將之讀爲「秦穆公」（李家浩、楊澤生2009：178～184），又楚簡「敄（務）」字有省攴旁作「癸」之特殊寫法，可見柯昌泗考釋作「嵍」的可能性是較高的。

「岙」，「嵍」之省，「嵍」一般解釋爲山名或丘名。版本傳抄過程中基本上不會有兩個完全無關的字義作更替，因此此處要明白「岙」字的眞正意涵，便該與今本《老子》相應位置之「勤」字一併考慮。「勤」除具備勤勞之義項外，亦有當作憂愁、愁苦之義項使用。《呂覽》：「不廣勤天子之難」《注》：「勤，憂

也」；《法言》：「先知或問民所勤」注：「勤，苦也」。「孜」讀若「務」，典籍不乏「務」與「督」通假的例證，如：《楚辭‧九思》：「復故兮彭務」，《考異》「務一作督」。從聲音來說，「敄」和「督」通假是沒有問題的。又《楚辭‧惜頌》：「中悶瞀瞀忳忳」注：「瞀，亂也，又爲悶」。「孜」與「勤」兩相系聯，便可發現二者皆有煩悶、愁苦之義，據此「孜」當讀爲「督」，「終身不督」即是終身不煩悶、愁苦。此處以丁原植、魏啓鵬、趙建偉之說爲是。

簡文意指：關上通過知識的大門，堵上接受知識的孔竅，這樣就終身不會愁苦；打開接受知識的孔竅，將其事填滿，這樣終身都不會返回正道。

【70】棶

《郭店‧老子乙》13：

閔（閉）其門，賽（塞）其迄（兌），終身不孜。啓丌（其）迄（兌），

賽（塞）丌（其）事，終身不『棶』。

「棶（棶）」，何琳儀認爲與「來」、「迷」爲一字之分化，《玉篇》：「迷，來也，至也。」（何琳儀 1998：80）《天星觀》卜筮簡、《新蔡》甲三‧117、120之「棶歲」，《禮記‧月令》作「來歲」是爲其證。

「棶」，帛書《老子》乙本作「棘」，王弼本作「救」。古文字中「來」與「束」形音相近，相互訛混的可能性很高，如：趙建偉所引〈釋文〉：「棗」作「棶」，與裘錫圭於《郭店‧窮達以時》「邵（呂）望（望）爲牂『棶濼』」按語云：「呂望傳說中提到地名『棘津』，馬王堆帛書《老子》甲本以『朸』爲『棘』。『力』、『來』古音極近，疑簡文之『棶』與『棘』通。……『棶濼』很可能就是『棘津』。〔註 14〕」，均可作爲從「來」之字與從「束」之字，形音具近進而通假的佐證，也據此可說通簡文「棶」，帛書《老子》乙本作「棘」的關係。而今本作「救」，白於藍即以「來（來母之部）」、「求（群母幽部）」、「裘（群母之部）」之聲音關係，證明其「來」、「救」聲韻具近〔註 15〕。而《包山》《清華‧耆夜》

〔註 14〕《郭店楚墓竹簡》（北京：文物出版社，1998 年），頁 119。裘錫圭所引之帛書《老子》例證，爲《老子》甲本「〔師之〕所居，『楚朸』生之」，對應今本《老子》三十章「師之所處，『荊棘』生焉。」

〔註 15〕白於藍：〈郭店楚簡《老子》「孜」、「賽」、「棶」校釋〉，《古籍整理研究學刊》2000 年第 2 期，頁 60。

讀爲「仇（群母幽部）」之字均作從「來」得聲之「栽」，文例作「與其栽（仇），有怨不可證（《包》138背）」；「栽（仇）讎（《清‧耆》06）」，此亦可作爲從「來」得聲之字與從「求」得聲之字，古音接近的佐證。

「逨」，丁原植採《玉篇》：「逨，來也，至也」之訓解，將「終身不逨」解釋作終身不會得到人民的歸附。（丁原植 1998：285）魏啓鵬、彭浩均將「逨」讀作「勑」，二人的訓解卻有所不同，其一訓作「順」或「理」，另一解作「勞」。（魏啓鵬 1999：51；彭浩 2000：96）劉信芳則從俗語方言的角度去分析，認爲「不逨」就是河南方言「忙不過來」之義。（劉信芳 1998：61）白於藍採簡文「逨」、帛書「棘」、今本「救」音義具通的論點，將「逨」訓解爲窮盡、終止之義。（白於藍 2000：60）劉釗認爲古文字「來」、「朿」二旁經常相混，而楚簡文字中，「來」、「求」二旁也常相混，簡文「逨」疑即「逑」字，讀爲「救」，訓解爲挽救。（劉釗 2005：34）

就字形及上古音韻關係，白於藍已合理說通「逨」、「棘」、「救」三種版本的關係，其說甚爲適切，可從。如此劉釗之說便是捨最古簡本「逨」字，反讀今本之「救」字，且楚簡文字「逨」、「救」二字算是平常用字，有明顯的區分，「救」多作「敕（《包》2.228）」、「敕（《包》2.226）」，雖從「來」得聲之字與從「求」得聲之字，有聲符替換之例，但未有「逨」、「救」二字混用的情況，因此劉釗之說不甚妥當。

而丁原植將「終身不逨」解釋作終身不會得到人民的歸附，與此章所講述內容意旨不符，此章乃在說明開啓及關閉智慧孔竅對人終身的影響，與人民歸附這樣的問題是扯不上關係的。

魏啓鵬、彭浩將「逨」讀作「勑」，一訓解爲「順理」，一訓解爲「勞」。前文之「不矛」與此簡文之「不逨」乃相對而言，「不矛」是指人們閉塞孔竅後所產生的良善影響，「不逨」便是指人開啓孔竅後所引發的負面影響，因此，「不逨」字所代表的意涵應是反面的、消極的。彭浩之說「不逨」即「不勞」，不勞應指不必勞動、勞苦之類的意涵，與老子的原意有所差距。魏啓鵬引《廣雅‧釋詁》：「勑，順也」作訓解，但「勑」有順、理諸義，乃是與「敕」字通假的結果。「敕」又作「勅」，「勅」與「勑」二字形聲俱近，通假頻繁，更衍生後來文字使用上的混亂，魏啓鵬所引《廣雅‧釋詁》之例即是如此。況且，要將「勑」訓解爲

順、理諸義，必須先將「埜」與「勑」通假後，又與「勅」通假，其過程也顯迂迴，故此處亦不採此二說。

劉信芳之說有先入爲主的主觀意識問題，他舉《漢書・儒林傳》「轅固言《老子》多家人言」，以此認定《老子》一書多俗語，繼而推論此簡的「不埜（來）」也是一種方言，其論證過程缺乏具體證據，以河南方言解釋「不埜（來）」，亦無法取信於人。

白於藍之說以簡文「埜」、帛書「棘」、今本「救」音義具通的論點，以「救」通「求」，「棘」通「極」，「埜」通「極」、「至」、「止」，是故認爲「埜」、「棘」、「救」均有窮盡、終止之義。簡文「啓其兌，塞其事，終身不『埜』」，若依白於藍之訓解，應是「人開啓接受知識的孔竅，將其事填滿，終身不終止」，如此便會產生何事終身不終止？白於藍應同樣意識到此問題，因此將簡文加以解釋作「啓其兌，再去憂思其紛繁事務，則終身勞苦，不會終止」，此說必須加以增字解釋其終身勞苦方可理順。

本文認爲簡文之「不埜」，與《易經・雜卦》：「萃聚，而升『不來』也」之「不來」當同義，注：「來，還也」。趙建偉便認爲「埜（來）」有返復、復歸之義，「不來」就是《易經・復卦》之「迷復」，形容人迷失而不能來復。（趙建偉1999：287）丁原植另一說亦提到類似看法，認爲「不埜」的思想意涵類似《莊子・天下》、《莊子・徐無鬼》中的「不反」（丁原植1998：285），「不來」一詞亦見《詩經・采薇》：「我行不來」，箋「來」猶「反」也，可見「不來」作「不還」或「不反」之義並非特例。趙建偉、丁原植二人之說較切合老子所倡導反樸歸眞、赤子之心等境地，「終身不埜（來）」意指終身迷失正道，永遠無法回復到道的原始境地。

簡文意指：關上通過知識的大門，堵上接受知識的孔竅，這樣就終身不會愁苦；打開接受知識的孔竅，將其事填滿，這樣終身都不會返回正道。

【71】㪍

《郭店・老子乙》13：

> 大成若夬（缺），丌（其）甬（用）不『㪍（敝）』。大涅（盈）若中（沖），丌（其）甬（用）不穷（窮）。

「㪍」，對勘其他版本《老子》相應位置，帛書《老子》甲本作「㪍」，乙

本殘損，王弼本《老子》作「弊」。「𥿮」字，整理小組認爲從巾、采聲，上部所從部件與金文番字相同，又徵引《古文四聲韻》中《古老子》「弊」字作「𥿳」，其結構爲從采從巾從口，僅比簡文多一口形部件，進而釋作「幣」，假作「敝」。此字同時出現於《郭店・緇衣》33「行則稽其所『𥿮』（敝）」；《郭店・緇衣》40「苟有衣必見其『𥿳』（敝）」，以及《郭店・性之命出》22「𥿮（幣）帛」，整理小組均釋作「幣」，繼而根據前後文意讀作從「敝」得聲之字。

　　李家浩認爲楚簡中所有從「𥿮」旁之字，與古文字「敝」字有密切的關係，並徵引以下五種「敝」字字形進行比對討論：

A. 𢾭《甲骨文編》337 頁

B. 𢾭 同上

C. 𢾭《金文編》782 頁

D. 𦏵《馬王堆漢墓帛書（一）》老子乙本及卷前古佚書圖版十三下

E. 𦏵 同上圖版二十九下

A 型與小篆「敝」相同，B 型爲 A 型的簡省，E 型也是簡省，下方所從改從「市」。其中以 C、D 二型與楚簡「𥿮」旁最密切，C 型將「㡀」字上方部件寫作「采」，D 型則寫作「米」。「采」、「米」二字形體接近，常有偏旁互用的例證，如：「番」字上方「采」形部件，常被寫作「米」形。C、D 二型顯然爲一字之異體，舊說將 C 隸定作「歚」，非是。古文字把上方部件改寫作「采」，乃是將「㡀」聲符化的結果。由此可見楚簡中從「𥿮」偏旁的相關字形，均爲從「㡀」得聲之字。（李家浩 1996：555～578）

　　1998 年何琳儀將《包山》2.204「𥿮」字，隸定作「籥」，疑爲「籬」字之異文。（何琳儀 1988：1060）2000 年 11 月於中研院史語所所召開「古文字與出土文獻」學術研討會中，曹錦炎又再次提出「𥿮」字應爲「幡」字之說。將「𥿮」分析成從巾從采，采字與番字又常偏旁互用，故將此字當作「幡」字之省。（曹錦炎：2000：3～5）爲了更進一步確定此二說的正確性，筆者將從以「𥿮」偏旁爲討論的主軸，採集從「番」、從「采」偏旁之字配合文例交叉比對，歸納分析下述二點：（一）、「𥿮」是否即是「采」字之省；（二）、從「𥿮」偏旁的相關字是否有其特殊性。

一、「𡴎」、「番」、「㠶」

「𡴎」字，從采從巾（或從市），詳細字形可參滕壬生《楚系簡帛文字編（增訂本）》頁 727「㡀」字條，與《上海博物館藏楚竹書一～五文字編》頁 383「㡀」字條，其巾形部件均置於采形部件下方，未有變例。其文例均與從「㡀」聲之字通假。

「番」字最基本的字形為從采從田，金文中上方的采形部件，已開始有劇烈的變化，甚作「𤓷」、「𤓸」、「𤓹」、「𤓺」形（參《金文編》頁 53～54），訛作「米」、或「𤓻」，抑或「𡴘」等各種變化。楚簡文字中的采形部件訛變情形較少，以采形或米形為主，字義義項多用於姓氏用字，或國名。

目前古文字中尚無確定為「采」字者，從采旁之字，另見《古文四聲韻》「幡」字項下收「㠶」字形，從巾從采，雖與楚簡「𡴎」字相類，但部件位置不同。讀為「幡」，巾旁置其左；讀為「㡀」，巾旁置其下。由上可知，「采」與「番」偏旁可互用，但「𡴎」字不等於「㠶」字，所從巾旁之位置是判斷二字的主要依據。

𡴎（㡀）	番	㠶
《郭店·老子乙》14：其用不『敝』	〈番君鬲〉《集成》545：『番』侯	《古文四聲韻》：幡
《郭店·緇衣》33：行則稽其所『弊』	〈番君酓伯鬲〉《集成》732：『番』君	
《郭店·緇衣》40：茍有衣，必見其『蔽』	〈番君召簠〉《集成》4582：『番』君	
《上二·魯》4：幣帛於山川	《包山》2.52：『番』豫 《包山》2.99：『番』期 《包山》2.55：『番』逆	
〔註16〕《九店·五六》44：塑（器）『幣』		

〔註16〕九店 2.44 號簡第一個「敝」字，于《九店楚簡》一書中完全無法辨識，故僅存同簡第二個「敝」字，二字的字詞完全相同，應不影響比對結果。

二、「𢽽」、「敝」、「秋」

「𢽽」（《包》2.260），李家浩讀爲「蔽」，全句「一蔽扉（戶）」意指遮蔽門戶的簾子。（李家浩 1996：573）曹錦炎認爲此字爲「幡」之繁構，應隸定作「幣」，讀作「蔽」，訓解爲入箱偉之器。此字另見金文〈散氏盤〉及貨幣文字「『𢽽』陵右司馬」中，黃錫全以此二例作爲「𢽽」爲「敝」之訛的佐證。（黃錫全 1993：152）黃錫全引「𢽽」（〈散氏盤〉）、「𢽽」（古幣）二形，當作「敝」字之訛的佐證，但此二字皆爲地名用字，無法確定其音讀，李家浩便認爲〈散氏盤〉之「𢽽」字，乃古文字「尚」字將其上部聲符化改作形近的「采」聲結果，應隸定作「敝」。另見《清華簡》與馬王堆《老子》乙之類似字形，均從「𢾨」從「攵」，亦均讀從「尚」得聲之字，因此黃錫全之說仍待商榷。

楚簡文字中讀爲「播」者，作「敝」、「𤰔」、「翻」（參見上表「敝」）；金文「播」字作「秋〈師旂簋〉」，馬承源讀作「播」，訓解播遷流放之義。（馬承源：60）「播」字古文作「敝」，而「秋」爲「敝」字之省，「番」、「采」二偏旁時可互用，故馬承源之說可從。另見《汗簡》「播」字條下收「秋」此字。

綜上所述，可確定其一「𢽽」，從「𢾨（𢾨）」從「攵」，左邊偏旁不省「巾」旁，均讀從「尚」得聲之字；其二「敝」或「秋」讀爲「播」，而古文字中確定讀從「番」得聲之字，從「番」或從「采」，二偏旁可互換，但無讀從「番」得聲之字，從「𢾨」旁之例。

𢽽（敝）	敝（播）	秋
𢽽 〈散氏盤〉：封于『敝』城	𢽽 《信陽》1.024：『播』者（諸）	秋 師旂簋：義（宜）『秋（播）』
𢽽 《包山》2.260：一『敝』（蔽）扉（戶）	𤰔 《郭店‧五行》32：『播』與於兄弟	𢽽 《汗簡》：播
𢽽 《清華‧程寤》2：『敝（幣）』告宗方	翻 《郭店‧緇衣》29：『播』型之迪	
𢽽 《清華‧程寤》7：惟梓『敝』		
𢽽 馬王堆《老子》乙本：不敢『敝』其上		

三、「■」、「■」、「■」、「■」

「■」、「■」屬於馬王堆《老子》卷前古佚書《經法‧六分》中的同一段落，觀其詞例「不敢蔽其主」、「不敢蔽其上」，語法並無不同，又皆爲遮蔽義，可見「■」「■」二字爲一字之異體。前文李家浩已有證明甲骨文蔽字「■」與「■」二者關係，又「■」爲「■」異體字，因而可知從「朩」從「殳」的「■」同樣是「蔽」字，「米」常與「釆」形近而混用。據楚簡文字「■」字與馬王堆帛書的「■」字，便可以推演出「市」旁應就是「尚」字。另外，「■」、「■」二字均讀爲「蔽」，也是「市」即是「尚」的佐證。

四、「■」、「■」、「■」

此組字李家浩於已有詳盡的討論，將「■」釋作「蒒」，「蔽」之異體，與「筆」通假，訓解爲楚人佔畢之「畢」的專字。「■」字釋作「痈」，《集韻》：「腫滬也」。（李家浩 1996：555～578）段《注》：「蔽行而尚廢」，此組字亦可當作「■（市）」即是「尚」這項推論的證據。

五、「■」及其相關字

《古文四聲韻》弊字條下收「■」形，若省去下方古形，上方部件即可看作「市」，此項字例亦是「尚」作「市」形的證據之一。最後，通觀古文字中從「番」旁與從「釆」旁之字，可發現從「釆」旁之字沒有作「市」或「朩」形的例證，其次，從「番」旁的字常省爲「釆」旁或「米」旁，如：《古文四聲韻》「審」字條下即作「■」、「■」。

綜上所述，可作以下結論：

（一）楚簡中所作「■」形之字，即是「尚」字，今「蔽」字。

（二）從番旁的字常省作釆旁或米旁，但從番旁的字或從釆旁的字，並沒有作「市」形或「朩」形的鐵證。

故此處簡文考釋仍以李家浩的說法爲是，隸定作「尚」，讀爲「蔽」，訓解爲衰敗、敗壞之義。

最後，簡文意指極完善好似殘缺，它的作用永不衰敗；極充盈好似空虛，它的作用永不窮盡。

【72】詘

《郭店‧老子乙》14：

大攷（巧）若仳（拙），大成（盛）若『詘』，大植（直）若屈。

此段文字與歷來版本有著明顯的不同，首先將帛書《老子》甲、乙本與歷來各個版本的《老子》相應位置的文字羅列如下，再進行討論：

帛書甲　　　　　　　　大直如詘，大巧如拙，大贏如炳。

帛書乙　　　　　　　　大直如詘，大巧如拙，□□□絀。

王弼本　　　　　　　　大直若詘，大巧若拙，大辯若訥。

《淮南子‧道應訓》　　大直若詘，大巧若拙

《後漢書‧荀爽傳論》大直若屈

此段文字的排列順序與歷來版本不同，「大直若屈」歷來版本置於三句之首，郭店《老子》則置於三句之末，《說文》：「詘，詰詘也」，引伸有屈曲之義，古書「屈」與「詘」屢見通假之例，如《易‧繫辭下》：「失其守者，其辭屈。」《集解》：「屈作詘」，據此除位置不同外，簡文之「屈」相應其他版本之「詘」是可以說得通的。其次，「大攷（巧）若仳」之「仳」，對勘帛書《老子》甲、乙本與其他版本均作「拙」，「巧」與「拙」乃反義對文，因此《郭店》整理小組將「仳」假作「拙」。上述二句「大攷（巧）若仳（拙）」、「大植（直）若詘（屈）」僅是文字使用的不同，尚不至於與今本《老子》有不同的解讀問題。

引發最多爭議則是「大成若詘」一句，此句與帛書《老子》甲、乙本及今本《老子》皆不同。帛書《老子》整理小組認為此句可能有脫文，古本《老子》當作「大贏如絀，大辯若訥」，此說一開始便被高明所否定，認為「大贏如絀」、「大辯若訥」其中必有一句為古本《老子》，另一句出於後人竄誤。高明以帛書《老子》甲本之「大贏如炳」，及乙本僅剩的「絀」字，配合易順鼎的推論：「《道德指歸論‧大成若缺》『大巧若拙』下，又云：『是以贏而若詘』疑所據本有『大贏若詘』一句，無『大辯若訥』一句」，證明「大贏如絀」當是古本《老子》的原文。（高明 1996：43～45）高明就帛書《老子》甲、乙本與今本《老子》做出這樣的結論，實屬獨到，頗有見地。

郭店《老子》的出現，更進一步證實高明之說可信，郭店《老子》亦無今本「大辯若訥」一句，僅作「大成若詘」。然「大成若詘」表示何種涵義，與帛書《老子》甲本「大贏如炳」之間的關係又為何？是此處所要探討的。劉信芳

認爲「大成若詘」可以有二種句讀，其一讀若「大贏若絀」，其二讀若「大信若詘」。（劉信芳 1999：64）魏啓鵬認爲帛書本《老子》與今本《老子》皆失古本《老子》的本意，直接對「大成若詘」訓解。（魏啓鵬 1999：52）彭浩則認爲郭店的「大成若詘」即是帛書《老子》甲本之「大贏如炳」，二者僅是文字通假的不同。（彭浩 2000：98）趙建偉對於帛書《老子》甲本的「大贏如炳」與今本的「大辯若訥」皆持保留態度，並提出兩種可能以串連「大成若詘」與「大贏如炳」、「大辯若訥」的關係；其一爲「成」即是「盛」之假，詘同絀，訓解爲贏縮，其二爲「成」與「平」古通互作，而「平」又同「辯」，「詘」可讀爲「訥」。（趙建偉 1999：283）

帛書《老子》甲本作「大贏如炳」，乙本殘缺僅存「絀」字，相應位置對勘結果「炳」應對應「絀」。古文字從「出」得聲之字與從「內」同屬滂母沒韻，常有通假或偏旁借用的例證，如：《爾雅・釋獸》：「貀無前足」，《釋文》：「貀本又作豽」，由此可知「炳」、「絀」二字應代表同一字義。而「贏」、「絀」對舉，其用法同見於《楚帛書》，作「月則緹（盈）絀」，「緹（盈）絀」爲一複音詞，意指月亮的圓缺，又可以「贏絀」、「贏縮」、「贏朒」或「盈縮」等不同詞彙表示。帛書本《老子》之「炳」或「絀」應是「朒」或「朏」之假，「朒」、「朏」二字均表月相用辭，「朒」指月亮縮到只剩月牙出現在東方，「朏」則是指月未成明，朔、晦之後剛出現的新月，二字皆可引申爲短縮之義，與「贏」或「盈」反文相對。

今本的「大辯若訥」與帛書《老子》甲、乙本「大贏如炳」、「大贏如絀」對勘，即可發現二者文意有了轉變，而郭店《老子》的出現又證明此處僅有「大成若詘」單句，非帛書整理小組所認爲脫落「大辯若訥」一句，由此可知此句在帛書本到今本的傳抄過程中，有被後人竄改的痕跡。其竄改的原因可能有二種：其一、當時所見抄本此句的末字即作「詘」，如同郭店《老子》作「大成若『詘』」，但後人不識「詘」爲「朏」或「朒」之假，反將「詘」當作本字。「詘」與「訥」皆從言旁又聲音相近，典籍使用上常相互通假，如：《史記・萬石張叔列傳》：「君子訥於言敏於行」，《集解》引徐廣曰：「訥字多作詘」。當此句「朒」字被理解爲「訥」，又有《列子・仲尼》「賜能『辯』而不能『訥』」這樣類似的句法，故將「贏」字改成「辯」字。其二、在傳抄過程中將「朒」字假作「訥」，

為求與「訥」字相對應，故將對應之字改為「辯」字。

　　最後，往上疏通帛書本《老子》「大贏如肭」與郭店《老子》「大成若詘」之間的關係，在版本上二者承續關係是肯定的，不太可能發生文意完全相異無法銜接的情形，因此魏啓鵬以樂音終止來訓解「大成若詘」和「大辯若訥」，是可被排除的。其次以通假而言，「詘」從出得聲，「肭」從內得聲，「出」與「內」同屬滂母沒韻，二者通假是沒有問題的。然「成」該假作「贏」或「盛」，「盛」從成得聲，與「成」字多有通假之例，如：《易經・說卦》：「莫盛乎艮。」《釋文》：「『盛』鄭作『成』」。就音韻條件來說，假作「盛」會比假作「贏」恰當，且「盛」字亦有豐盛、豐盈之義，故此處以趙建偉第一項說法為是，簡文應作「大成（盛）若詘」，指極豐盛好似不足。

　　最後簡文意指：極靈巧好似笨拙，極豐盛好似不足，極正直好似枉屈。

五、【15～18簡《郭店・老子乙》釋文】

　　善建者不桌（拔），善伓（保，抱）⑬者15不兌（脫）。子孫以丌（其）祭祀不屯（輟）。攸（修）之身，丌（其）悳（德）乃貞；攸（修）之豪（家），丌（其）悳（德）又（有）舍（餘）；攸（修）16之向（鄉）⑭，丌（其）悳（德）乃長；攸（修）之邦，丌（其）悳（德）乃奉（豐）；攸（修）之天下，〔丌（其）悳（德）乃溥。以豪（家）觀〕17豪（家），以向（鄉）⑭觀向（鄉）⑭，以邦觀邦，以天下觀天下。虐（吾）可（何）以智（知）天〔下之然哉？以此〕。18

【河上公本《老子》】五十四章

　　善建者不拔，善抱者不脫。子孫祭祀不絕。修之于身，其德乃貞；修之于家，其德有餘；修之于鄉，其德乃長；修之於國，其德乃豐；修之于天下，其德乃普。故以身觀身，以家觀家，以鄉觀鄉，以國觀國，以天下觀天下。何以知天下之然哉？以此。

【簡文語譯】

　　善於建德者，心不會隨意動搖，善於抱德者，心不會有所間斷，子孫遵循這一原則，他們的祭祀永遠不會斷絕。修習這一原則貫徹於

自身，他的「德」就會正直；修習這一原則貫徹於一家，一家的「德」就會富餘；修習這一原則貫徹於一鄉，一鄉的「德」就會久長；修習這一原則貫徹於一國，一國的「德」就會豐厚；修習這一原則貫徹於天下，天下的「德」就會廣溥。以這個家觀察別個家，以這個鄉去觀察別個鄉，以這個國去觀察別個國，以天下去觀察天下。怎麼知道天下的情況呢？用的就是以上的方法。

【73】㑥

《郭店‧老子乙》15～16：

善建者不杲（拔），善『㑥』（保，抱）者不兌（脫）。子孫以丌（其）祭祀不乇（輟）。

整理小組認爲「㑥」字是「保」字的省寫。帛書本殘，王弼本作「抱」，「保」與「抱」音義皆近。此說法學者大抵接受，觀察「㑥」（郭店 1.1.38）與「㑥」，其構件、筆畫均相近，唯缺上方頭形曲筆。然劉信芳獨排眾議，認爲此字應隸定作「㑥」，讀作「繸」，訓解爲維繫之義。（劉信芳 1999：66）「㑥」字，歷來字書所無，若作「善㑥（繸）者」與《老子》傳本亦不能聯繫，故拙文仍以整理小組意見爲是。

此句「善建者不拔，善 保（抱）者不兌（脫）」思想意旨如何，歷來說解不一。趙建偉以今本《老子》二十七章「善閉無關楗而不可開」詮釋「善建者不拔」（趙建偉 1999：287～288），殊不知此二者代表不同層次的思想問題，前者乃自然無爲思想的延伸，闡述凡事順應自然而處事。後者闡述修身與治國之間的關係，修身是其根本。奚侗便云：「建謂建德，抱爲抱德，善建德者，外物不能動搖，故云不拔，善抱德者，心未嘗間斷，故云不脫。」趙建偉此說與《老子》原意恐怕不符。

簡文意指：善於建德者，心不會隨意動搖，善於抱德者，心不會有所間斷，子孫遵循這一原則，他們的祭祀永遠不會斷絕。

【74】向

《郭店‧老子乙》16～17：

攸（修）16之『向（鄉）』，丌（其）悳（德）乃長；攸（修）之邦，

丌（其）惪（德）乃奉（豐）；攸（修）之天下，〔丌（其）惪（德）乃溥。以豪（家）觀〕豪（家），以『向（鄉）』觀『向（鄉）』，以邦觀邦，以天下觀天下。

「㊤」，裘錫圭按語云：「此字爲『向』字之訛，讀爲『鄉』……『向』本從『𠆢』，變從二『𠆢』。簡文『輪』字所從的『侖』旁上部或變作𠘧（《語叢四》20 號簡），與此相類」。《九店・五六》44〈告五夷〉一節亦出現類似的字，作「君『㫺』受某之𡎰帒（幣）芳糧」，李家浩將『㫺』當作「昔」字的省變，與《郭店》的「㊤」字無關，但爲省寫後的同形字。〔註17〕顏世炫則持不同意見，認爲《九店》的「㫺」字與《郭店》的「㊤」無別，二者皆爲從「羊」得聲之字，爲「襄」字聲化後的省體，可讀爲「鄉」、「向」、「曩」等。（顏世炫2000c：74）冀小軍受裘錫圭〈釋殷墟卜辭中的「兇」「兇」等字〉一文將「兇」釋爲「皿」，讀爲「嚮」的影響，進而推論楚簡文字的「㊤」即卜辭中的「兇」，亦就是「皿」字，「皿」字形體有如下變化：

兇《殷契卜辭》798 —— 兇〈盟弘字卤〉「盟」字所從 —— 兇〈郜公鼎〉「盂」字所從 ——

兇 盛季壺「盛」字所從 —— 兇《古陶文香錄》5・2 —— 兇《说文・木部》籀文「盤」字所從

其中《說文》籀文「盤」字所從「兇」，與楚簡文字「㊤」相比，僅下方多一橫筆，而古文字中「皿」字下方橫筆又有收縮寫法，據此推論楚簡文字「㊤」當是「皿」字，其下又徵引多項「皿（明紐陽部）」、「鄉（曉紐陽部）」、「嚮（曉紐陽部）」音近通假之例證，證明簡文隸定作「皿」，讀爲「鄉」、「向」、「嚮」之合理性。〔註18〕

與「㊤」相關的字又見於以下諸簡（引文盡量用寬式釋文，以免混淆字形焦點）：

〔註17〕湖北省文物考古研究所、北京大學中文系合編《九店楚簡》（北京：中華書局，2000年），頁 139 補正 3。

〔註18〕冀小軍：〈釋楚簡中的㊤字〉，簡帛網：http://www.jianbo.org/Wssf/2002/jixiaojun01.htm，2002 年 7 月 21 日；裘錫圭：〈釋殷墟卜辭中的「兇」、「兇」等字〉，《第二屆國際中國古文字學研討會論文集》（香港：香港中文大學，1993 年），頁 73～94。

1.《郭店・緇衣》42～43：故君子之友也有『𠭯』（鄉），其惡有方。」
〔註19〕

2.《郭店・魯穆公問子思》3：『𠭯』（鄉）者吾問忠臣於子思。〔註20〕

3.《上一・緇衣》12：母以辟（嬖）士畫大夫『𠭯』（卿）使（士）。

4.《郭店・尊德義》28：爲故率民『𠭯』（向）方者，唯德可。

5.《郭店・六德》3：「教此民爾，叟（使）民有『𠭯』（向）。

6.《郭店・語叢四》10～11：匹婦愚夫不知其『𠭯』（鄉）之小人、
君子。

楚簡文字讀爲「向」之字又可歸納成二種字形，其一、以從「𠆢」從口的「𠭯」字形爲主要寫法，從𠆢從口，古文字口形部件中間常增一贅筆成甘形，「𠭯」、「𠭯」二形實無差別；其二、如簡文「𠭯」上方部件作似「北」形，從北從甘，屬於少數〔註21〕。楚簡文字中從「北」偏旁之字作「𠁼」（《郭・太》13）、「𠁼」（《曾》144）、「𠁼」（《包》2.188）、「𠁼」（《包》2.90），可知「北」字除二人相背之形外，另會訛變作「𠆢」形，同理「𠆢」應也會類化作「𠁼」，單就「𠭯」、「𠭯」二種字形不難推論二形形體形訛類化的可能性。但若照裘錫圭說法「𠆢」爲「𠆢」旁的變形，便會產生「𠆢」無法合理地類化作第二種字形作似「𠁼（北）」形，必須經過「𠆢」先訛變作「𠆢」再訛變作「𠁼」的轉折，冀小軍也認裘錫圭所引《郭店・語叢四》20號簡「輪」字所從之「𠆢」變化，不足以合理說明此類字形的變化，「輪」字從「𠆢」之形可能是受到「蘽」旁寫法影響，是故裘錫圭之說是否正確仍待證據補充其說。

李家浩據楚簡中「𦀖」（《包》2.200）和「𠭯」（《包》2.99）二字，將《九店》「𠭯」隸定作「昔」，讀爲「夕」，並認定此字與簡文「𠭯」、「𠭯」、「𠭯」僅是同形關係。「昔」字，甲骨文作「𣊡」（《合集》1772正），金文作「𣊡」（〈舒盉壺〉《集成》9734）、「𣊡」（〈𡨄尊〉《集成》6014）、「𣊡」（〈中山王𧻚鼎〉《集成》2840）；楚簡文字作「𣊡（《信》1.087）」、「𣊡（《天星觀》遣策）」等，據此知

〔註19〕對勘今本《緇衣》作「君子之朋友有『鄉』」，其惡有方。

〔註20〕此句辭例用法亦見於《禮記・相見禮》：「『鄉者』吾子辱使某見請」。

〔註21〕詳細字形參見《楚系簡帛文字編（增訂版）》頁682「向」字條；《上海博物館藏楚竹書一～五文字編》頁365「向」字條。

「昔」字下方部件多作「日」形或「田」形，少作口形 [註22]，而上方部件，何琳儀認爲是災字的初文，多作上下二「∧∧」形。（何琳儀 1998：586）而李家浩所徵引二例，「貓」字又作「貓《包》2.215」，另一則爲人名姓氏用字，均無法明確證明「昔」字可從單一「∧∧」形，作「旹」或「旹」。同理《郭店》中形似《九店》「旹」字的「旹」和「旹」字，亦不可斷然讀爲「昔」字。另外，顏世鉉所提出「襄」字聲化省體之說，觀察《郭店》所出「旹」、「旹」二字形，目前古文字未有「襄」字作類似寫法，與楚系「襄（襄）」字比較也多所不同，況乎楚簡文字的「羊」旁亦未見省作「∧∧」或「北」形，因此顏世鉉所提「襄」字說，亦是不妥。

　　冀小軍之說看似合理，但蘇建洲所提出反對意見亦是不無道理，蘇建洲以曹定雲將卜辭「旹」字隸定爲「敦」，藉以說明「旹」字如何隸定仍待考，裘錫圭「皿」字說未必是鐵證，是故冀小軍所依據卜辭源流證據便不存在。再者，楚簡文字中從「皿」之字，如：「血（血）」、「盤（盤）」、「盜（盜）」等字，楚系「皿」字大抵是「M」形上下各作「一」畫，未見作如「旹」的「口」形或「甘」形。（蘇建洲 2004：105～107）

　　據目前作「旹」或「旹」字形的辭例，或與今本相校，或藉由上下文貫串通讀，此字隸作「向」均無異議。李家浩所引《九店·五六》44〈告五夷〉：「君『旹』受某之塑尚（幣）芳糧，思某來歸食故」，隸定作「向」，訓解爲往昔、過去，簡文解釋作「昔日接受某人的聶幣芳糧，誠懇希望你能使某人的魂魄歸來」，亦是文通字順，是故《九店·五六》44「旹」亦當隸定作「向」。就目前材料及說法仍無法對楚系「向」字的特殊寫法，作出字形上很理順的推理，目前僅能提出中說不合理之處，其餘留待其他新材料出現再行訂補。

　　簡文意指：修習這一原則貫徹於一家，一家的「德」就會富餘；修習這一原則貫徹於一鄉，一鄉的「德」就會久長；修習這一原則貫徹於一國，一國的「德」就會豐厚；修習這一原則貫徹於天下，天下的「德」就會廣溥。以這個家觀察別個家，以這個鄉去觀察別個鄉。

〔註22〕從《金文編》、《戰國古文字典》、《楚系簡帛文字編》、《古文四聲韻》、《汗簡》等
　　　　書檢索從昔旁之字，僅《金文編》「昔」字條、「趞」字條以及《戰國古文字典》臘
　　　　字條下一至二例，以比例來説屬於少數。

第三章 《郭店・老子丙》譯釋

一、【1〜2 簡《郭店・老子丙》釋文】

大（太）上下智（知）又（有）之，丌（其）既（次）斳（親）譽
之，丌（其）既（次）䰟（畏）之，丌（其）既（次）炎（侮）之。
信不足，安（焉）1 又（有）不信。猷（猶）唐（乎）丌（其）貴言
也。成事述（遂）玌（功），而百眚（姓）曰我自肰（然）也。

【河上公本《老子》】十七章

太上，下知有之；其次親之譽之，其次，畏之，其次，侮之。信不
足焉，有不信焉。猶兮其貴言，功成事遂，而百姓皆謂我自然也。

【簡文語譯】

最上等的統治者，人民僅僅知道他的存在；次一等的統治者，人民
親近他稱譽他；再次一等的統治者，人們畏懼他；最次等的統治者，
人們輕慢他。統治者誠信不足，人民才有不信任感。最好的統治者
悠閒且不輕易發號施令。功成而事就，老百姓都說：都是自然而然
做成的。

二、【2～3 簡《郭店・老子丙》釋文】

古（故）大 2 道雙（癈，廢）⑩，安（焉）又（有）悳（仁）義。六
斳（親）不和，安（焉）又（有）孝孴（慈）。邦豪（家）緍（昏）
亂，安（焉）又（有）正臣。3

【河上公本《老子》】十八章

大道廢，有仁義；〔智慧出，有大偽〕；六親不和，有孝慈；國家昏
亂，有忠臣。（〔〕內文字表簡文無相對異文）

【簡文語譯】

大道被廢棄了，於是提倡仁義；父子兄弟夫婦之間不和，於是提倡
孝慈；國家陷入昏亂，於是產生忠臣。

三、【4～5 簡《郭店・老子丙》釋文】

埶（設）⑦⑤大象，天下往。往而不害，安（焉）坪（平）大（太）。
樂與餌，怠（過）客垰（止）。古（故）道〔之出言〕4，淡可（呵）
丌（其）無味也。視之不足見，聖（聽）之不足餌（聞），而不可既
也。5

【河上公本《老子》】三十五章

執大象，天下往。往而不害，安平太。樂與餌，過客止。道之出口，
淡乎其無味。視之不足見，聽之不足聞，用之不可既。

【簡文語譯】

設置施用「大道」，天下人都會向往。向往而不互相傷害，於是大
家平和康泰。音樂和美食，能使路過的客人停下腳步。而「道」用
言語表述出來，平淡而無味，看它看不見，聽它聽不到，但卻不會
用完。

【75】埶

《郭店・老子丙》4：

埶（設）大象，天下往。

「🔲」，整理小組釋作「執」。簡文「🔲大象」，帛書《老子》甲、乙本與今本均作「『執』大象」。然就字形而言，《郭店竹簡》中「執」字作「🔲（《郭・老甲》10）」、「🔲（《郭・老甲》11）」、「🔲（《郭・老丙》11）」、「🔲（《郭・老丙》11）」、「🔲（《郭・緇衣》18）」，與「🔲」字截然不同。「🔲」，從土從木從丮，字形亦見於其他批楚簡，例如：

《郭店・緇衣》21：「而🔲（襄）臣怓（託）也」。

《郭店・尊德義》14：「晉（教）以🔲（勢）」。

《郭店・語叢三》51：「遊於🔲（藝）」。

《郭店・性自命出》5：「所善所不善，🔲（勢）也」。

《九店・五六》3：「無聞🔲（埶，設）罔（網）得」。

其字形整理小組均隸定作「埶」，由此可見簡文「🔲」字，整理小組隸定有誤。關於這問題裘錫圭于按語中便提出看法，裘錫圭認為此字實為「埶」字，當讀為「設」，各本作「執」恐誤。魏啟鵬、彭浩從之。丁原植以為「埶」的意義疑為「臬」，指古代測日影的杆或桿，引申為標顯之義。（丁原植 1998：337）崔仁義則維持今本說法，以為「執」字，李零從之。（崔仁義 1998：50；李零 1999：474）劉信芳釋作「埶」，據《說文》說解為訓，訓解為至之義。（劉信芳 1999：69）

楚簡文字中「執」、「埶」二字的使用情形，羅凡晸詳細比對結果，顯示除此例之外，其餘「埶」均不能釋作「執」，「執」、「埶」二字在《郭店楚簡》中的分野十分明顯。（羅凡晸 2000：244〜247）可見崔仁義、李零之說不可信。至於劉信芳將之隸定作「埶」，殊不知右下半部的「女」旁，是「丮」旁足趾的訛變，戰國文字此種情形不在少數，劉信芳之隸定亦不可行。

從音韻上來說，裘錫圭的推論是十分合宜的，「埶」、「設」二字古音相近，「埶」屬祭部字、「設」屬於月部字，「祭」、「月」二部原本就存在陰入對轉的關係，又「埶」可讀為「勢」，「勢」與「設」古音完全相同。其後，裘錫圭又提出殷墟卜辭、《馬王堆》帛書、《武威》漢簡中以「埶」為「設」的用例，補強其說。〔註1〕繼而《九店》簡中亦有相同用例可資證明，文例如下：「🔲（設）

〔註1〕 裘錫圭關於「埶」與「設」之間的關係考，最早發表於〈釋殷墟甲骨文裏的「遠」

罔（網）得，大吉（《九店・五六》31）」。而典籍文獻中亦可發現相似例證，《大戴禮記・五帝經》說黃帝「治五氣，設五量，撫萬民，度四方」。《史記》記此事，「設五量」作「蓺五種」。以上諸多例證均可證明裘錫圭之說可信。

就字義上來說，裘錫圭認爲「設大象」之「設」與《易經》「設卦觀象」之「設」，用法極爲相近。彭浩、魏啓鵬則將「設」訓解陳設、設置之義。（魏啓鵬1999：60～61；彭浩2000：110）然何謂「設大象」？諸說中以魏啓鵬的說法最清楚，魏氏認爲「設大象」與西周古制「設象」用意大略相同，《國語・齊語》：「管子對曰：昔吾先王昭王、穆王，世法文、武遠蹟以成名，合群叟，比校民之有道者，設象以爲民紀」韋《注》：「設象，謂設教象之法於象魏。」西周舊制的「設象」，猶是陳列形之於文字的政教法令，以爲萬民所觀所頌。而《老子》書中的「大象」則昇華爲無形無聲的大道之象。「設大象」意旨趨近《文子・微明》：「道者，所謂無狀之狀，無物之象也，無達其意，天地之間，可陶冶而變化也。」（魏啓鵬1999：60～61）聖人因循自然無爲之大道，治國治民亦是如此，設置大道自然之法讓人民有所遵從，天下歸往有道之人，享受平安康樂的生活。魏啓鵬之說可從。

簡文意指：設置施用「大道」，天下人都會向往。

四、【6～10簡《郭店・老子丙》釋文】

君子居則貴左，甬（用）兵則貴右。古（故）曰兵者〔非君子之器，不〕6导（得）已而甬（用）之，鑥（銛）纏（功）⑦爲上，弗娀（美）也。歆（美）之，是樂殺人。夫樂〔殺，不可〕7以导（得）志於天

「狄」（逷）及有關諸字〉，《古文字研究》十二輯，頁94～98。《郭店》竹簡出土後，裘錫圭又於達慕思郭店《老子》會議中再度提出此項說法，後又有〈郭店《老子》初探〉，《道家文化研究第十七輯》，頁53；〈以郭店《老子》簡爲例談談文字的考釋〉，《中國哲學21輯》，頁187陸續發表，增補其說不足之處。1998年又於香港大學亞洲研究中心主辦《東方文化》1998年36卷1～2號合刊中發表〈古文獻中讀爲「設」的「埶」及其與「執」互譌之例〉，指出傳世的漢之前古籍和出土簡帛文獻中，有不少當讀爲「設」的「埶」字被誤讀爲「勢」或訛作形近的「執」字之例證；2011年再度增補古文獻之例證，刊於〈再談古文獻以「埶」表「設」〉，復旦網：http://www.gwz.fudan.edu.cn/srcshow.asp?src_id=1429，2011年3月14日。

下。古（故）吉事上左，龔（喪）事上右。是以攴（偏）牉（將）8
軍居左，上牉（將）軍居右，言以龔（喪）豊（禮）居之也。古（故）
殺〔人眾〕9，則以悆（哀）悲位（莅）之，戰勲（勝）則以龔（喪）
豊（禮）居之。10

【河上公本《老子》】三十一章中段和下半段

君子居則貴左，用兵則貴右。兵者〔不詳之器〕，非君子之器，不得
已而用之，恬淡爲上，勝而不美，而美之者，是樂殺人。夫樂殺人
者，不可以得志於天下矣。吉事尚左，兇事尚右，偏將軍居左，上
將軍居右。言以喪禮處之。殺人之眾，以哀泣之，戰勝則以喪禮處
之。（〔〕內文字表簡文無相對異文）

【簡文語譯】

君子平常居處以左邊爲尊貴，用兵打仗時則以右邊爲尊貴。所以說
兵器不是君子使用的東西，萬不得已而使用它，最好鋒利堅固就好，
不必加以裝飾美化。加以美化裝飾，就是以殺人爲樂了。以殺人爲
樂的人，不可能得志於天下。所以吉慶之事以左爲尊，凶喪之事以
右爲上，所以不專殺的偏將軍位處左了邊，主殺的上將軍位處右邊，
這就是說以喪禮的形式來處理用兵打仗的事。殺人眾多，要以悲哀
的心情對待，戰勝也要喪禮的方式處置。

【76】鎔／繂

《郭店‧老子丙》7：

□得以甬（用）之，『鎔』『繂』爲上，弗媺（美）也。敳（美）之，
是樂殺人。

「鎔」，帛書《老子》甲、乙本均作「銛」，王弼本作「恬」，整理小組認
爲「鎔」右上部是「舌」，右下部是「肉」，隸定作「銛」，「銛　繂」讀作「恬
淡」。裘錫圭首次考釋此字，于案語云：「第一字右上部似非『舌』，第二字從「葬」
恐亦不能讀爲『淡』。此二字待考。」然後又修正前說，以整理小組意見爲是。
（裘錫圭 1999：51）而劉釗認爲不可直接隸定作「銛」，應多一「厂」旁聲符，
隸定作「鎔」。（劉釗 2000：12～14）何琳儀則以「厂」形自有一套演變序列，

由「⌐」→「⼫」→「⼫」，因此「⿰魚」右半部即是「厭」字所從「⼳」，讀爲「厭」。簡文「⿰魚纏」應讀爲「厭降」。（何琳儀 2001：160～161）由眾說紛紜的右半部部件，足見有其先釐清的必要性。

整理小組、裘錫圭、劉釗均傾向將「⿰魚」右半部部件，隸定作「舌」或多一「厂」旁。然何琳儀則偏向說明「厂」旁的演變，導致「⼳（厭）」的訛變。據此將古文字資料中從「舌」之字簡化爲下列圖表，陳列於下：

舌（殷商甲骨文）	酤（西周金文）	醸（西周金文）	舌（戰國楚簡）	（戰）
《合集》14948	〈師旗鼎〉	〈盂鼎〉	《郭店·語叢四》19	《曾》1 《曾》3

可發現「酤」、「醸」及「稍」所從之「舌」，若「⼭」部件下方兩撇拉直，即與「⿰魚」右半部部件「⼭」相類，且《郭店·語叢四》19：「若齒之事舌」之「舌」作「⿱舌肉」，恰可證明「舌」字有增「肉」旁之例證。反之，檢驗何琳儀所云「⼫」部件爲「厂」旁的演變，以從「厂」旁之字爲例：

廁		《包山》2.158		
庶	《包山》2.257	《包山》2.258	《包山》簽	
扉	《包山》2.45	《包山》2.57		
厭	《包山》2.219			
厭	《包山》2.154			
厝	《帛書》乙 6.28			
石	《包山》2.80	《包山》2.150	《包山》2.203	

就上表所示，可知楚簡中「厂」旁多作「⌐」、「⼫」、「⼫」，未見演變作「⼫」，是故可知何琳儀之說尚待商榷。因此簡文「⿰魚」字的隸定，以劉釗之隸定－「鴰」爲是，「鴰」當釋作「銛」。

「銛纏」，帛書《老子》甲本作「銛襲」，乙本作「銛㤗」，王弼本《老子》作「恬淡」。《郭店》整理小組注云：「『銛』，簡文右上部是『舌』，下部是『肉』。

『銛纏』疑讀為『恬淡』」；而《帛書》整理小組考釋「銛龑」云：「銛，恬古音同，龑、淡古音近。」

「銛纏」，對勘今本《老子》相應位置作「恬淡」，勞健便曾指出其不合理處，認為用兵而言恬淡，雖強為之詞，終不成理。「恬淡」應為「銛銳」之訛，謂兵器但取銛銳，無用華飾。〔註2〕今就郭店《老子》、帛書《老子》均作「銛」非「恬」，勞健之說當可信。然「銛纏」當如何訓解，又如何與傳世本之「恬淡」銜接上，成為前輩學者討論的問題。

由於傳世本作「恬淡」，某些學者為了與之相對應，仍企圖從聲音的角度將「銛纏」讀為「恬淡」，如：李零認為簡文之「纏」與帛書本的「龑」、「憴」應從「龒」得聲，如此便與「淡」字讀音接近。（李零 1999：475）趙建偉的說法與李零相近，認為「龒」、「淡」為陽入對轉的關係。（趙建偉 1999：276）就字形來說，「𥿇」右半偏旁，亦常見於《包山》作「𦎡（《包》2.19）」「𦎡（《包》2.188）」，隸定作「龏」，因此「𥿇」為從糸從龏之字，當是無誤。「纏」，從龏得聲，「龏」為見母東部，與「淡」定母談部，古音差距甚大。若照李零、趙建偉所言，「纏」為從「龒」得聲之字，即為端母緝部字，與「淡」字古音仍有所隔，如是李零、趙建偉之說不甚恰當。

從簡文「纏」字，至帛書甲本的「龑」字，及乙本的「憴」字，可發現三字均從「龍」旁，此情況必有其理由不可輕易忽略。裘錫圭便提出「纏」當從龏得聲，讀為「功」。而「龏」與「龍」上古音相近，因此帛書乙本「憴」，亦可讀為「功」。而帛書甲本「龑」字，應是從「龍」得聲之字的形訛字，「龑」、「淡」上古音相差不遠，可通假。後人將「銛龑」一類異文讀為「恬淡」，遂為今本所用。（裘錫圭 1999：51）前輩學者談「纏」、「憴」、「龑」、「淡」三字的文字承襲關係，均無法同時說通四字之音韻現象，若從「龍」得聲僅能說通「纏」可演變為帛書乙本「憴」，卻無法同時說通甲本「龑」字與今本「淡」字，反之，從「龒」得聲可說通甲本「龑」字與今本「淡」字，卻無法說通「纏」與帛書乙本「憴」，裘錫圭之說恰可為此四字疏通，而訓解為堅利，「銛功」意指兵器堅利為上，亦是恰如其份，當從此說為是。

簡文意指：萬不得已而使用它，最好鋒利堅固就好，不必加以裝飾美化。

〔註2〕　轉引自裘錫圭〈郭店《老子》檢初探〉頁51。

加以美化裝飾，就是以殺人為樂了。

五、【11～14簡《郭店・老子丙》釋文】

為之者敗之，執之者遊（失）㉑之。聖人無為，古（故）無敗也；無執，古（故）〔無遊（失）〕11。斬（慎）㉒終若忖（始）㉓，則無敗事壴（矣）。人之敗也，互（恆）於丌（其）虘（且）成也敗之。是以〔聖〕人12谷（欲）不谷（欲），不貴戁（難）尋（得）之貨；學不學，遠（復）眾之所逃（過）㉔。是以能枏（輔）墇（萬）勿（物）13之自肰（然），而弗敢為。14

六、【10～13簡《郭店・老子甲》釋文】

為之者敗之，執之者遠10之。是以聖人亡為古（故）亡敗；亡執古（故）亡遊（失）。臨事之紀，斬（慎）冬（終）女（如）忖（始），此亡敗事矣。聖人谷（欲）11不谷（欲），不貴難尋（得）之貨；孝（教）不孝（教），遠（復）眾之所=坒（過）。是古（故）聖人能尃（輔）萬勿（物）之自肰（然），而弗12能為。

【河上公本《老子》】六十四章下半段

為者敗之，執者失之。聖人無為故無敗，無執故無失。民之從事，常於幾成而敗之，慎終如始，則無敗事。是以聖人欲不欲，不貴難得之貨；學不學，復眾之所過，以輔萬物之自然，而不敢為。

【簡文語譯】

有作為就會有失敗，有持守就會有失去。聖人無作為，所以不會有失敗，無所執守，所以無所喪失。如果事情終結時可以像剛開始一樣慎重，就不會有失敗。人的失敗，往往在將要成功之時。因此聖人以不欲為欲求，不看重難得的財貨，聖人的學問就是不學，復歸眾人所過越的心性，所以能夠輔佐萬物自然發展，而不敢主動有所作為。

徵引書目

一、民國以前古籍

1. （漢）許慎撰/（清）段玉裁注　1994《說文解字注》台北：黎明文化。
2. （宋）夏竦　　　　　　　　　1978《古文四聲韻》台北：學海出版社。
3. （宋）郭忠恕　　　　　　　　1983《汗簡》北京：中華書局。
4. （明）閔齊伋輯　　　　　　　1996《訂正六書通》上海：上海書店。
5. （清）阮元　　　　　　　　　1995《經籍籑詁》北京：中華書局。
6. （清）阮元刻本　　　　　　　1993《十三經注疏》台北：藝文印書館。
7. （清）朱駿聲　　　　　　　　1998《說文通訓定聲》北京：中華書局。
8. （東漢）張陵　　　　　　　　1997《老子想爾注》，台北：三民書局。
9. （西漢）河上公（東漢）解老　1983《老子道德經河上公章句》，王卡點校本，
   北京：中華書局。

二、圖版

1. 《九店楚簡》　　　　　　　　　　　2000　北京：中華書局。
2. 《包山楚簡》　　　　　　　　　　　1991　北京：文物出版社
3. 《馬王堆漢墓帛書》　　　　　　　　1974　北京：文物出版社。
4. 《望山楚簡》　　　　　　　　　　　1995　北京：中華書局。
5. 《郭店楚墓竹簡》　　　　　　　　　1998　北京：文物出版社。
6. 《上海博物館藏戰國楚竹書（一）》2001　上海：上海古籍出版社。
7. 《上海博物館藏戰國楚竹書（二）》2002　上海：上海古籍出版社。

8. 《上海博物館藏戰國楚竹書（三）》2003　上海：上海古籍出版社。

9. 《上海博物館藏戰國楚竹書（四）》2004　上海：上海古籍出版社。

10. 《上海博物館藏戰國楚竹書（五）》2005　上海：上海古籍出版社。

11. 《上海博物館藏戰國楚竹書（六）》2007　上海：上海古籍出版社。

12. 《清華大學藏戰國竹簡（壹）》　　2010　上海：中西書局。

三、文字編

1. 容　庚　1996《金文編》，北京：中華書局。

2. 李守奎、曲冰、孫偉龍合編　2007《上海博物館館藏戰國楚竹書（一～五）文字編》，北京：作家出版社。

3. 徐在國　2006《傳抄古文字編》，中國語言文字叢刊（第一輯），北京：線裝書局。

4. 張世超等撰集　1990《睡虎地秦簡文字編》，中文出版社。

5. 張光裕主編、袁國華合編　1992《包山楚簡文字編》，台北：藝文印書館。

6. 張光裕主編、袁國華合編　1999《郭店竹簡研究》第一卷文字編，台北：藝文印書館。

7. 曾憲通　1993《長沙楚帛文字編》，北京：中華書局。

8. 陳松長　2001《馬王堆簡帛文字編》，北京：文物出版社。

9. 滕壬生　1995《楚系簡帛文字編》，武漢：湖北教育出版社。

10. 滕壬生　2008《楚系簡帛文字編（增訂本)》，武漢：湖北教育出版社。

11. 駢宇騫　2001《銀雀山漢簡文字編》，北京：文物出版社。

四、民國專書及期刊論文

1. 丁四新　2000a《郭店楚墓竹簡思想研究》，北京：東方出版社。

2. 丁四新　2000b〈郭店楚墓竹簡研究文獻目錄〉，《郭店楚簡國際學術研討會論文集》（二），武漢：湖北人民出版社，頁361～371。

3. 丁原植　1998《郭店竹簡老子釋析與研究》，台北：萬卷樓出版社。

4. 于省吾　1979〈釋古文字中附劃因聲指事字的一例〉，《甲骨文字釋林》，頁446。

5. 王　博　1998〈郭店《老子》爲什麼有三組？〉，達慕思會議論文，頁1～3。

6. 王　博　1999a〈關於郭店楚墓竹簡《老子》的結構與性質——兼論其與通行本《老子》的關係〉，《道家文化研究》第17輯，北京：三聯書局，頁149～166；亦收入氏著《簡帛思想文獻論集》（臺北：臺灣古籍出版社，2001年），頁231～245。

7. 王　博　1999b〈張岱年先生談荊門郭店竹簡《老子》〉，《道家文化研究》第17輯，北京：三聯書局，頁22～24。

8. 王中江　1999〈郭店竹簡《老子》略說〉，《中國哲學》第20輯，瀋陽：遼寧教育出版社，頁103～117。

9. 王元貴　1999《馬王堆帛書漢字構形系統研究》，南寧：廣西教育出版社。

10. 王仲翔　1996《包山楚簡文字研究》,高雄：國立中山大學中文所碩士論文。

11. 王鳳陽　1993《古史辨》,長春：吉林文史出版社。

12. 王　輝　1993《古文字通假釋例》,台北：藝文印書館。

13. 王　輝2001〈郭店楚簡釋讀五則〉,《簡帛研究2001》,桂林：廣西師範大學出版社,頁168～173。

14. 白于藍　1999a〈《包山楚簡文字編》校訂〉,《中國文字》新廿五期,台北：藝文印書館,頁175～204。

15. 白于藍　1999b〈《郭店楚墓竹簡》釋文正誤一例〉,《吉林大學社會科學學報》,頁90～92。

16. 白于藍　2000〈郭店楚簡《老子》「孟」、「賽」、「埜」校釋〉,《古籍整理研究學刊》2000年第2期,頁58～61。

17. 白于藍　2001〈郭店楚簡補釋〉,《江漢考古》2001.02,頁55～58,54。

18. 石　泉　1996《楚國歷史文化辭典》,湖北：武漢大學。

19. 朱歧祥　2001〈也論甲骨文的"見"字〉,《古文字研究》第二輯,南寧：廣西教育出版社,頁180～184。

20. 朱德熙　1995《朱德熙古文字論集》,北京：中華書局。

21. 朱謙之　1985《老子釋譯》,台北：里仁書局。

22. 池田知久1999〈尚處形成階段的《老子》最古文本——郭店楚簡《老子》〉,《道家文化研究》第17輯,北京：三聯書局,頁167～181。

23. 何琳儀　1998《戰國古文字典》,北京：中華書局。

24. 何琳儀　2001〈郭店楚簡選釋〉,《簡帛研究2001》,桂林：廣西師範大學出版社,頁159～167。

25. 李存山　1999〈從郭店楚簡看早期道儒關係〉《中國哲學》第20輯,瀋陽：遼寧教育出版社,頁187～203。

26. 李若暉　1999〈郭店《老子》校注簡論(上)〉《郭店楚簡國際學術研討會會議論文彙編》第二冊,武漢：湖北人民出版社,頁195～231。

27. 李若暉　2000〈讀老子偶雜〉,《郭店楚簡國際學術研討會》,武漢：湖北人民出版社,頁519～523。

28. 李家浩　1979〈釋「弁」〉,《古文字研究》第一輯,北京：中華書局,頁391。

29. 李家浩　1996〈包山楚簡「薕」字及其相關之字〉,《第三屆國際中國古文字學研討會論文》,頁555～578；又刊於《著名中年語言學家自選集(李家浩卷)》(合肥：安徽教育出版社,2002年),頁272～288。

30. 李家浩　1999〈讀《郭店楚幕竹簡》瑣議〉《中國哲學》第20輯,瀋陽：遼寧教育出版社,頁339～358。

31. 李運富　1997《楚國簡帛文字構形研究》,長沙：岳麓書社。

32. 李　零　1985《長沙子彈庫戰國楚帛書研究》,北京：中華書局。

33. 李　零　1998〈讀郭店楚簡《老子》〉，美國達慕斯大學郭店老子國際研討會，頁1～4。

34. 李　零　1999〈郭店楚簡讀校記〉，《道家文化研究》十七輯，北京：三聯書局，頁455～540。

35. 李　零　2007《郭店楚簡校讀記【增訂本】》，北京：中國人民出版社。

36. 李學勤　1999〈荊門郭店楚簡所見關尹遺說〉，《中國哲學》第20輯，瀋陽：遼寧教育出版社，頁160～164。

37. 李學勤　2005〈論郭店簡《老子》非《老子》本貌〉，《中國古代文明研究》，上海：華東師範大學出版社，頁234～237。

38. 李縉雲　1999〈郭店楚簡研究近況〉，《古籍整理出版情況簡報》第4期（總341期）。

39. 李天虹　2006〈《性自命出》『愳』、『㤟』二字補釋〉，《簡帛》第一輯，頁53～57。

40. 邢　文　1998〈郭店楚簡研究述評〉，《民族藝術》第3期。

41. 邢　文　1998〈郭店楚簡與國際漢學〉，《書品》第4期。

42. 邢　文　1999〈論郭店《老子》與今本《老子》不屬一系〉，《中國哲學》第20輯，瀋陽：遼寧教育出版社，頁165～186。

43. 周鳳五　1999〈楚簡文字瑣記（三則）〉，第一屆簡帛學國際學術研討會，臺北：中國文化大學。

44. 周鳳五　2000〈郭店竹簡的形式特徵及其分類意義〉，《郭店楚簡國際學術研討會論文集》（二），武漢：湖北人民出版社，頁338～356。

45. 季旭昇師 1998〈讀郭店楚簡札記：卞、絕爲棄作、民復季子〉，《中國文字》新廿四期，台北：藝文印書館，頁129～134。

45. 季旭昇師　1999〈讀郭店楚簡札記之二：《老子》第三十二章「知之不殆」解〉，《中國文字》新廿十五期，台北：藝文印書館，頁171～174。

46. 林清源師　1997《楚國文字構形演變研究》，台中：東海大學博士論文。

47. 林清源師　2010〈「歇」、「𣤶」考辨--釋「𣥂」及其相關諸字〉，《漢學研究》第28期第1卷，頁1～34。

48. 宗靜航　2008〈讀《老子》偶記〉，《華學》第九、十輯（上海：上海古籍出版社，2008年），頁252～253。

49. 姜元媛　1998《老子道德經版本的比較——以郭店楚墓竹簡爲研探中心》，淡江大學教育資料科學研究所碩士論文。

50. 范常喜　2006〈《郭店楚墓竹簡》中兩個省聲字小考〉，簡帛網：http://www.jmlib.net/zj/news.asp?id=427，2006年8月1日。

51. 袁國華師　1993〈讀《包山楚簡字表》札記〉，國立中央大學主辦全國中國文學研究所在學研究生學術論文研討會，1993年4月18日。

52. 袁國華師　1994a〈「包山竹簡」文字考釋三則〉，國立政治大學主編《中華學苑》

第四十四期（1994 年），頁 87～97。

53. 袁國華師　1994b《包山楚簡研究》，香港：中文大學博士論文。

54. 袁國華師　1998〈郭店楚簡文字考釋十一則〉，《中國文字》新廿四期，台北：藝文印書館，頁 135～146。

55. 袁國華師　2003〈郭店楚墓竹簡從「七」諸字以及與此相關的詞語考釋〉，《歷史語言研究所集刊》74 本第一分，頁 17～33。

56. 袁國華師　2008〈《郭店楚簡‧老子》甲篇「三言以爲叟（使）不足」新探〉，97 年度楚系簡帛文字字典編纂計畫論文成果發表研討會，頁 1～7。

57. 高　亨　1997《古文字通假會典》，北京：齊魯書社。

58. 高　明　1996《帛書老子校注》，北京：中華書局。

59. 高　明　1998〈讀《郭店》老子〉，《中國文物報》1998 年 10 月 28 日三版，又發表於 1998 年美國達慕思大學主辦《郭店老子國際研討會論文集》；後修訂收入《郭店〈老子〉：東西方學者的對話》（北京：學苑出版社，2002 年），頁 40～41。

60. 高　明　35. 徐在國　2001〈郭店楚簡文字三考〉，《簡帛研究》2001，桂林：廣西師範大學出版社，2001 年，頁 177～185

61. 高　明　2004〈上博竹書（三）周易釋文補正〉，簡帛研究網：http://www.jianbo.org/ADMIN3/HTML/xuzaiguo04.htm，2004 年 4 月 26 日

62. 孫以楷　2003《老子解讀》，合肥：黃山書社。

63. 崔仁義　1998《荊門郭店楚簡老子研究》，北京：科學出版社。

64. 吳振武　1992〈釋戰國文字中的從『虐』和從『朕』之字〉，《古文字研究》19 輯，頁 490～499。

65. 張桂光　1994〈楚簡文字考釋二則〉，《江漢考古》第 3 期，頁 75～78；又刊於《古文字論集》（北京：中華書局，2004 年）頁 164～169。

66. 張桂光　1999a〈《郭店楚墓竹簡‧老子》釋注商榷〉，《江漢考古》第 2 期，頁 72～74；又刊於《古文字論集》（北京：中華書局，2004 年）頁 170～175。

67. 張桂光　1999b〈甲骨文「𗆢」字形義再釋〉《中國文字》新廿十五期，台北：藝文印書館，頁 27～34；又刊於《古文字論集》（北京：中華書局，2004 年）頁 144～153

68. 張桂光　2001〈《郭店楚墓竹簡》釋注續商榷〉，《簡帛研究 2001》，廣西：廣西教育出版社，頁 186～191；又刊於《古文字論集》（北京：中華書局，2004 年）頁 177～185。

69. 張桂光　2002〈《戰國楚竹書‧孔子詩論》文字考釋〉，《上博博物館藏戰國竹書研究》，上海：上海出版社；又刊於《古文字論集》（北京：中華書局，2004 年）頁 187～193。

70. 張桂光　2004〈上博簡（二）《子羔》篇釋讀札記〉，《華南師範大學學報》2004.04；又刊於《古文字論集》（北京：中華書局，2004 年）頁 194～201。

71. 張崇禮　2008〈釋「參」及其一些相關字〉，復旦網：http://www.gwz.fudan.edu.cn/

SrcShow.asp?Src_ID=464，2008 年 12 月 31 日。

72. 曹錦炎　2000〈從竹簡《老子》、《緇衣》、《五行》談楚簡文字構形〉，第一屆「古文字與出土文獻」學術研討會，2000 年 11 月 17 日，頁 1～7。

73. 許文獻　2001a《戰國楚系多聲符字研究》，彰化：國立彰化師範大學國文系碩士論文。

74. 許文獻　2001b〈郭店楚簡「龥」字形構新釋〉，《中國文字》新廿七期，頁 171～175。

75. 許抗生　1982《帛書老子注譯與研究》，浙江：浙江人民出版社。

76. 許抗生　1999〈初讀郭店竹簡《老子》〉，《中國哲學》第 20 輯，瀋陽：遼寧教育出版社，頁 93～102。

77. 郭　沂　1998〈從郭店楚簡看老子其人其書〉，《哲學研究》第 8 期，頁 47～55。

78. 郭　沂　1999〈楚簡《老子》與老子公案〉，《中國哲學》第 20 輯，瀋陽：遼寧教育出版社，頁 118～147。

79. 郭永秉　2008〈由《凡物流形》「鷹」字寫法推測郭店《老子》甲組與「朘」相當之字應為「鷹」字變體〉，復旦網：http://www.gwz.fudan.edu.cn/SrcShow.asp?Src_ID=583，2008 年 12 月 31 日。

80. 陳　立　1999《楚系簡帛文字研究》，台北：台灣師範大學國文系碩士論文。

81. 陳　偉　1996《包山楚簡初探》，武昌市：武漢大學出版社。

82. 陳　偉　1998〈郭店楚簡別釋〉，《江漢考古》年第 4 期，頁 67～72。

83. 陳　偉　1999〈讀郭店竹書《老子》札記（四則）〉，《江漢論壇》1999.10，頁 11～12。

84. 陳　偉　2000〈《太一生水》編校讀并論與《老子》的關係〉，《郭店楚簡國際學術研討會論文集》（二），武漢：湖北人民出版社，頁 318～321。

85. 陳　偉　2002《郭店竹書別釋》，湖北：湖北教育出版社。

86. 陳　偉　2006〈上博五《三德》初讀〉，武漢大學「簡帛網」：http://www.bsm.org.cn/show_article.php?id=201。2006 年 2 月 19 日。

87. 陳　劍　2001〈說慎〉，《簡帛研究 2001》，桂林：廣西師範大學出版社，頁 207～214。

88. 陳　劍　2011〈清華簡《皇門》「𩛥」補說〉，復旦網：http://www.gwz.fudan.edu.cn/SrcShow.asp?Src_ID=1397，2011 年 2 月 4 日。

89. 陳偉武　2000〈舊釋『折』及從『折』之字平議—兼論『慎德』和『惄終』問題〉，《古文字研究》二十二輯，北京：中華書局，頁 251～256。

90. 陳斯鵬　2008〈楚簡『史』、『弁』續辨〉》，《古文字研究》第二十七輯，頁 403。

91. 陳新雄　2000《古音研究》，台北：五南出版社。

92. 陳鼓應　1999《老子註釋及評介》，北京：中華書局。

93. 陳福濱主編　1999《本世紀出土思想文獻與中國古典哲學研究論文集》（上、下冊），台北：輔仁大學出版社。

94. 陳錫勇　1999《老子校正》，台北：里仁出版社。

95. 陳錫勇　2005《郭店楚簡老子論注》，台北：里仁出版社。

96. 彭　浩　2000《郭店楚簡〈老子〉校讀》，湖北：湖北人民出版社。

97. 黃人二　2000〈讀郭店《老子》并論其爲鄒齊儒者之版本〉，《郭店楚簡國際學術研討會》，武漢：湖北人民出版社，頁236～266。

98. 黃德寬、徐在國　1998〈郭店楚簡文字考釋〉，《吉林大學古籍整理研究所建所十五周年紀念文集》，長春：吉林大學出版社，頁100；又出於《新出楚簡文字考》，安徽：安徽大學出版社，2007年，頁1～16。

99. 黃錫全　1993《汗簡注釋》，長沙：武漢大學出版社。

100. 黃錫全　2000〈讀郭店楚簡《老子》札記三則〉，《郭店楚簡國際學術研討會論文集》，武漢：湖北人民出版社，頁457～461。

101. 馮勝君　2009〈試說東周文字中的部分「嬰」及從「嬰」之字的聲符〉——兼釋甲骨文中的「癭」和「頸」，復旦網：http://www.gwz.fudan.edu.cn/srcshow.asp?src_id=860，2009年7月30日。又刊於復旦大學出土文獻與古文字研究中心編：《出土文獻與傳世典籍的詮釋——紀念譚樸森先生逝世兩周年國際學術研討會論文集》（上海：上海古籍出版社，2010年）

102. 雷敦龢　1999〈郭店《老子》：一些前提的討論〉，《道家文化研究》十七輯，北京：三聯書局，頁118～130。

103. 楊澤生　2001〈郭店楚簡幾個字詞的考釋〉，《中國文字》新二十七期，台北：藝文印書館，頁163～170。

105. 裘錫圭　1980〈釋柲〉，《古文字研究》第三輯，頁7～41。

106. 裘錫圭　1985〈釋殷墟甲骨文裏的「遠」「狄」（邇）及有關諸字〉，《古文字研究》第十二輯，頁94～98。

107. 裘錫圭　1993〈釋殷墟卜辭中的「𡭔」、「𡭗」等字〉，《第二屆國際中國古文字學研討會論文集》，香港：香港中文大學，頁73～94。

108. 裘錫圭　1995《文字學概要》，台北：萬卷樓出版社。

109. 裘錫圭　1998〈以郭店《老子》簡爲例談談古文字的考釋〉，美國達慕思大學主辦《郭店老子國際學術研討會論文集》，頁1～7；又收入於《中國哲學》第21輯（瀋陽：遼寧教育出版社，2000），頁180～188；又收入於刑文主編《郭店〈老子〉：東西學者的對話》（北京：學苑出版社，2002），頁26～36。

110. 裘錫圭　1999〈郭店《老子》簡初探〉，《道家文化研究》十七輯，北京：三聯書局，頁25～63。

111. 裘錫圭　2000〈糾正我在郭店《老子》簡釋讀中的一個錯誤——關於『絕僞棄詐』〉，《郭店楚簡國際學術研討會論文集》，武漢：湖北人民出版社，頁25～29。

112. 裘錫圭　2002〈古文獻中讀爲「設」的「埶」及其與「執」互譌之例〉，香港大

學亞洲研究中心主辦《東方文化》1998 年 36 卷 1～2 號合刊，頁 39～45。

113. 裘錫圭　2006〈關於《老子》的「絕仁棄義」和「絕聖」〉，復旦大學出土文獻與古文字研究中心編《出土文獻與古文字研究》第一輯，頁 1～15。

114. 裘錫圭　2008〈《天子建州》甲本小札〉，《簡帛》第三輯，上海：上海古籍出版社，頁 105。

115. 裘錫圭　2009〈是「恆先」還是「極先」？〉，復旦網：http://www.gwz.fudan.edu.cn/SrcShow.asp?Src_ID=806，2009 年 6 月 2 日。

116. 裘錫圭　2011〈再談古文獻以「執」表「設」〉，復旦網：http://www.gwz.fudan.edu.cn/srcshow.asp? src_id=1429，2011 年 3 月 14 日。

117. 裘錫圭、李家浩　1989〈曾侯乙墓鐘磬銘文釋文與考釋〉，《曾侯乙墓》，北京：文物出版社。

118. 董珊　2008〈出土文獻所見「以謚爲族」的楚王族——附說《左傳》「諸侯以字爲謚因以爲族」的讀法〉，《出土文獻與古文字研究》第二輯，頁 110～130。

119. 廖名春　1998〈楚簡《老子》校釋〉（二），《簡帛研究》第三輯，南寧：廣西教育出版社，頁 50～76。

120. 廖名春　1999a〈楚簡《老子》校詁〉（二）（上），《大陸雜誌》，第 98 第 5 卷，頁 40～48。

121. 廖名春　1999b〈楚簡《老子》校詁〉（二）（下），《大陸雜誌》，第 98 第 6 卷，頁 40～48。

122. 廖名春　1999c〈楚簡《老子》校詁〉（上），《大陸雜誌》，第 98 卷第 1 期，頁 37～48。

123. 廖名春　1999d〈楚簡《老子》校釋〉（三）（上），《大陸雜誌》，第 99 第 1 期，頁 38～48。

124. 廖名春　1999e〈楚簡《老子》校釋〉（三）（中），《大陸雜誌》，第 99 第 2 期，頁 42～48。

125. 廖名春　1999f〈楚簡《老子》校釋〉（三）（下），《大陸雜誌》，第 99 第 1 期，頁 25～32。

126. 廖名春　1999g〈楚簡《老子》校釋〉（七），《人文論叢》，武漢大學出版社。

127. 廖名春　2003《郭店楚簡〈老子〉校釋》，北京：清華大學出版社。

128. 蒙文通　1998《《老子》徵文》，台北：萬卷樓圖書。

129. 趙平安　2000〈戰國文字的『遊』與甲骨文「𡕥」爲一字說〉，《古文字研究》二十二輯，北京：中華書局，頁 275～277。

130. 趙建偉　1999〈郭店竹簡《老子》校釋〉，《道家文化研究》第 17 輯，北京：三聯書局，頁 260～296。

131. 劉信芳　1998〈望山楚簡讀校記〉，《簡帛研究》第三輯，南寧：廣西教育出版社，頁：35～39。

132. 劉信芳　1999《荊門郭店竹簡老子解詁》，台北：藝文印書館。

133. 劉　釗　1991《古文字構形研究》，長春：吉林大學博士論文。

134. 劉　釗　2000〈讀郭店楚檢字詞札記（一）〉，《郭店楚簡國際學術研討會論文集》，武漢：湖北人民出版社，頁 12～18。

135. 劉　釗　2005《郭店楚簡校釋》，福建：福建人民出版社。

136. 劉國勝　1999〈郭店竹簡釋字八則〉，《武漢大學學報》（哲社版）第 5 期，頁 42～44。

137. 劉國勝　2000〈郭店《老子》札記一篇〉，《郭店楚簡國際學術研討會論文集》，武漢：湖北人民出版社，頁 189～194。

138. 劉煥藻　1999〈郭店楚簡《老子》研究〉，《理論月刊》第 5 期，頁 49～52。

139. 劉殿爵　1982〈馬王堆漢墓帛書《老子》初探〉，《明報月刊》1982 年 8 月號，頁 17。

140. 冀小軍　2002〈釋楚簡中的 ⿱也字〉，簡帛網：http://www.jianbo.org/Wssf/2002/jixiaojun01.htm，2002 年 7 月 21 日。

141. 顏世鉉　1999〈郭店楚簡淺釋〉，《張以仁先生七秩壽慶論文集》，臺灣：學生書局，頁 379～404。

142. 顏世鉉　2000a〈郭店楚簡散論（一）〉，《郭店楚簡國際學術研討會論文集》，武漢：湖北人民出版社，頁 100～107。

143. 顏世鉉　2000b〈郭店楚簡散論（二）〉，《江漢考古》第一期，頁 38～41。

144. 顏世鉉　2000c〈郭店楚簡散論（三）〉，《大陸雜誌》第 101 卷第 2 期，頁 74～85。

145. 魏啓鵬　1999《楚簡老子柬釋》，臺北：萬卷樓圖書有限公司。

146. 蘇建洲　2004《上海博物館藏戰國楚竹書（二）校釋》，國立台灣師範大學國文研究所博士論文。

147. 蘇建洲　2008〈《上博楚竹書》文字及相關問題研究〉，台北：萬卷樓出版社。

148. 龐　樸　1999〈古墓新知〉，《中國哲學》第 20 輯，瀋陽：遼寧教育出版社，頁 7～12。

149. 饒宗頤　1993〈楚地出土文獻三種研究〉，北京：中華書局。

150. 羅凡晟　2000《郭店楚簡異體字研究》，台北：台灣師範大學國文系碩士論文。

字形筆畫檢索表

筆　畫	隸　定	字　形	通　假	出　處	頁　碼
三劃	乇				
四劃	屯		敦	《郭店·老子甲》9	55～57
	中			《郭店·老子甲》23	114～117
	方			《郭店·老子甲》24	117～118
	天			《郭店·老子乙》12	190～191
四劃	不			《郭店·老子甲》37	156
五劃	忨		怠，始	《郭店·老子甲》11 《郭店·老子甲》17	76～86
	互		亟	《郭店·老子乙》1～2	161～165
	奴		若	《郭店·老子甲》8～9	51～54
	厇		託	《郭店·老子乙》7～8	170～171
六劃	合			《郭店·老子甲》19	95～96
	亥		垓，改	《郭店·老子甲》21	104～106
	牝			《郭店·老子甲》34	145～147
	亥		鷹	《郭店·老子甲》34	147～152
	伓		保，抱	《郭店·老子乙》15	207
	向			《郭店·老子乙》16～17	207～211
七畫	見			《郭店·老子甲》5	31～33

	坉		沌	《郭店・老子甲》9	55～57
	朳		宓	《郭店・老子甲》10	57～62
	呈		盈	《郭店・老子甲》10	64～65
	季			《郭店・老子乙》10～11	179～181
	尚		敝	《郭店・老子乙》13	198～202
八劃	季			《郭店・老子甲》1	12～13
	叓		史，使	《郭店・老子甲》1	14～30
	非		微	《郭店・老子甲》8	49
	忽		始	《郭店・老子甲》11 《郭店・老子甲》17	76～86
	佳		過	《郭店・老子甲》12	86～88
	妻		稚	《郭店・老子甲》18	94
	朿		持	《郭店・老子甲》25	123～126
	悔		謀	《郭店・老子甲》25	126～127
	亟			《郭店・老子乙》1～2	161～165
	芙			《郭店・老子乙》9～10	177～179
	遅		遲，夷	《郭店・老子乙》10～11	181～182
	孟		嗀，瞀	《郭店・老子乙》13	192～195
九劃	迬		動	《郭店・老子甲》10	62～63
	貞			《郭店・老子甲》13 《郭店・老子乙》11	90～92 184～186
	法		寄	《郭店・老子乙》7～8	171～172
	禺		隅	《郭店・老子乙》12	186～187
十劃	浴		谷	《郭店・老子甲》2～3	37～38
	員			《郭店・老子甲》24	120～122
	杲		早	《郭店・老子乙》1	160～161
	堇		僅	《郭店・老子乙》9～10	174～177
	辱			《郭店・老子乙》11	182～184
	祇		希	《郭店・老子乙》12	189～190
十一劃	視			《郭店・老子甲》2	31～33

	栢		狀	《郭店・老子甲》21	99～100
	敓		悅	《郭店・老子甲》21	102～104
	連		轉	《郭店・老子甲》22	111～113
	龠		飲，含	《郭店・老子甲》33	140
	昜		常	《郭店・老子甲》34	152～154
	曼		慢	《郭店・老子乙》12	187～188
	埶		設	《郭店・老子丙》4	214～216
十二劃	須		寡	《郭店・老子甲》2	33～35
				《郭店・老子甲》24	118～120
	詀		厭	《郭店・老子甲》4	38～40
	逾			《郭店・老子甲》19	96～97
	閔		閉	《郭店・老子甲》27	130～132
	剆		剉，挫	《郭店・老子甲》27	133～135
	猒		猛	《郭店・老子甲》33	145
	湍			《郭店・老子甲》37	156～158
	備			《郭店・老子乙》1	160～161
	愉		渝	《郭店・老子乙》11	184～186
	坅		來	《郭店・老子乙》13	195～198
	詘			《郭店・老子乙》14	203～205
十三劃	僉		憯	《郭店・老子甲》5～6	41～44
	稦		矜	《郭店・老子甲》7	46～47
	溺		妙	《郭店・老子甲》8	49～50
	斳		慎	《郭店・老子甲》11	72～76
十四劃	遠			《郭店・老子甲》10	67～69
十五劃	憍		僞	《郭店・老子甲》1	1～6
	慮		慮	《郭店・老子甲》1	6～12
	遊		失	《郭店・老子甲》11	69～72
	箈		篤	《郭店・老子甲》23	114～117
十六劃	懌		釋	《郭店・老子甲》9	54～55
	霝		脆	《郭店・老子甲》25	127～128

十八劃	蟲		融	《郭店·老子甲》21	100～102
	蟲		蒙，蜂	《郭店·老子甲》33	140～144
二十劃	雙		發，伐	《郭店·老子甲》7	45～46
	籲		銳	《郭店·老子甲》27	135～138
	態		寵	《郭店·老子乙》5	166～167
	鑷		銛	《郭店·老子丙》7	218～220
二十一劃	觀		渙	《郭店·老子甲》9	54～55
二十二劃	總		穆	《郭店·老子甲》21	102～104
二十四劃	澀		衍	《郭店·老子甲》22	106～111
	曌		驚	《郭店·老子乙》5	167～169
二十六劃	纏		功	《郭店·老子丙》7	218～220